LOCUS

LOCUS

LOCUS

LOCUS

RECREATION

R34

不馴（夜之屋4）

Untamed (the house of night, book 4)

作者：菲莉絲・卡司特＋克麗絲婷・卡司特（P. C. Cast & Kristin Cast）

譯者：郭寶蓮

責任編輯：廖立文 美術編輯：蔡怡欣

校對：呂佳真

法律顧問：全理法律事務所董安丹律師

出版者：大塊文化出版股份有限公司

台北市10550南京東路四段25號11樓

www.locuspublishing.com

讀者服務專線：0800-006689

TEL：(02) 87123898　FAX：(02) 87123897

郵撥帳號：18955675　戶名：大塊文化出版股份有限公司

總經銷：大和書報圖書股份有限公司　地址：台北縣五股工業區五工五路2號

TEL：(02) 89902588　FAX：(02) 22901658

排版：辰皓國際出版製作有限公司 製版：瑞豐實業股份有限公司

初版一刷：2010年12月

初版二刷：2010年12月

定價：新台幣 280元

Printed in Taiwan

不馴

Untamed

THE HOUSE OF NIGHT, BOOK 4

P. C. CAST + KRISTIN CAST
菲莉絲．卡司特＋克麗絲婷．卡司特 著　郭寶蓮 譯

1

嘎！嘎！嘎！一隻蠢烏鴉啼得我整夜睡不著。嗯，應該說整個白天睡不著——你知道的，我是雛鬼，日夜顛倒。總之，我昨兒個晚上／白天完全沒睡。不過，一旦朋友對你不爽，那日子才**真**叫難受，這要命的失眠根本不算什麼。我早該知道，敝人柔依．紅鳥已經當之無愧地成爲「惹毛朋友」之后。

普西芬妮伸長脖子，不停磨蹭我的臉頰。這隻栗紅色灰斑母馬，只要我人在夜之屋，就算是我的。我親親她柔軟的口鼻，回頭刷她滑順的頸部。替普西芬妮梳理可以幫助我靜下來思考，也能讓我的心情變得好些。而現在我絕對需要這兩項。

「好，我連兩天躲過了**大對決**的場面，不過總不能一直這樣下去吧。」我對普西芬妮傾訴：「對，我知道他們正在餐廳，一群人有說有笑地吃晚餐，完全把我甩到腦後。」

普西芬妮鼓鼻噴氣，然後又大口大口地嚼著乾草。

「就是嘛，我也覺得他們很混蛋。沒錯，我是對他們撒謊，但其實只省略一些事沒說嘛。對，我是隱瞞一些事，但這也是爲了他們好啊。」我嘆一口氣。唉，隱瞞史蒂薇．蕾成爲活死人這事確實是爲他們好，不過隱瞞我和吸血鬼桂冠詩人羅倫．布雷克的事則是爲了我自己。「總之，」普西芬妮一隻耳朵往後揚，繼續聽我說，「他們眞的不該這樣對待我。」

普西芬妮又一次鼓鼻噴氣，我則再度嘆氣。該死，我不能再躲著他們。

我最後一次拍了拍普西芬妮的頸背，然後慢慢踱出她的馬廄，走進馬具房，將馬刷和鬃毛梳放回原來位置。我深吸一口氣，聞著皮革與馬混合的氣味，讓這種具撫慰效果的味道舒緩我的焦慮。我瞥見我在馬具房玻璃窗上的映像，不自禁地以手指梳理這一頭黑髮，想讓它不會看起來像剛睡醒的樣子。我被標記爲雛鬼，住進夜之屋不過兩個多月，但頭髮已經明顯變濃變長。這只是我身上諸多改變的其中一項。我身上的改變有些是無形的，比如我對五元素的感應力；有些改變則具體可見，比如我臉龐四周的繁複漩渦狀刺青。不同於其他雛鬼和成鬼，我的寶藍色刺青從臉部往下延伸到了脖子、肩膀和背脊。最近，刺青更擴及整圈腰圍——不過這件事只有我的貓咪娜拉、女神妮克絲和我自己知道。

難不成我還能秀給誰看？

「嗯，幾天前妳有男朋友，而且不是一個，是三個。」我對著玻璃窗中那個雙眸黝黑，微露苦笑的自己說道：「不過妳都搞定了，不是嗎？如今妳不只沒半個男朋友，還搞到，我不知道啦，至少千萬年吧，都不會有人相信妳。」除了愛芙羅黛蒂以外。兩天前她發現自己突然間可能已經變回人類，驚慌失措地跑走，而史蒂薇．蕾跟在後面追了過去，因爲愛芙羅黛蒂之所以從雛鬼變回人類很可能是史蒂薇．蕾造成的。而這又是因爲我設立守護圈，把史蒂薇．蕾從可怕的活死人小鬼變成額頭出現奇怪紅色刺青，卻應該已恢復本性的新物種。

「反正，」我大聲告訴自己：「任誰碰上妳，妳就有辦法把他給毀了。眞有本事啊，妳！」

我激動得嘴唇顫抖，噙淚的雙眼隱隱刺痛。不行。就算我哭到雙眼紅腫也無濟於事。我是說眞的，若這招管用，我和那夥朋友幾天前就已經互吻（嗯，比喻啦）和好了。我必須去面對他們，設法彌縫我們的友誼裂痕。

十二月末的夜晚沁涼，起了點薄霧。從馬廄和馬場延伸到主校舍的人行道上有一整排的煤氣燈，搖曳著點點暈黃燈光，看起來古色古香，眞是美。事實上，夜之屋的整個校園美極了，總讓我有身處中世紀亞瑟王傳奇之中而非二十一世紀的感覺。**我愛這裡**，我提醒自己，**這裡是我的家，是我的歸宿，我一定要跟我那幾個朋友和好，然後一切都會好轉的。**

我咬著唇，正煩惱該怎麼跟他們言歸於好，身旁突然響起一記拍擊的怪聲，打斷我壓力沉重的思緒。這聲音讓我的脊背發涼。我抬頭張望，卻除了黑暗與夜空，以及寒冬裡人行道旁成排巨大橡樹光禿的枝椏，什麼都沒看到。但原本薄霧瀰漫的柔和夜色瞬間變得黑沉陰森，我不由得發顫，生起一股莫名的恐懼感。

等等——黑沉陰森？太扯了吧！我剛剛聽到的或許一點都不可怕，只不過是風吹過樹梢的聲響。天哪，我眞是昏頭了。

眞蠢。我對自己搖搖頭，繼續往前走。但沒走幾步，那聲音又響起，就在我頭頂上拍擊著，而且眞的攪動了四周溫度似乎驟降十度的空氣，一陣陣急遽地拍向我的肌膚。我想都沒想地伸出一隻手往上猛揮，心想應該是蝙蝠、蜘蛛這一類令人起雞皮疙瘩的東西。

但我的手指什麼都沒碰到，只感受到酷寒空氣。就在那瞬間，一陣冰凍的痛楚劃過我的手背。我嚇壞了，驚呼一聲，將手縮回來貼在胸口。有那麼半晌，我不知所措，嚇到全身動彈不得。拍擊聲愈來愈大，空氣也變得愈來愈冰冷。終於，我能夠動彈了。當下我只有一個想法：低頭衝入離我最近的那道門。

快速衝進門內後，我將厚重木門重重地關上，氣喘吁吁地轉身從門中央的拱形小窗往外望。黑夜在我眼前游移流動，彷彿黑墨潑在黑紙上。那冰冷、恐懼的可怕感覺仍在我體內盤桓。到底是怎麼一回事？不知不覺地我開始低喚：「火，降臨我，我需要你的溫暖。」

火元素立刻回應，四周空氣瞬間瀰漫著壁爐爐火的溫暖撫慰。我繼續凝視窗外，手掌平貼著粗糙的木門。「到外面，」我喃喃地說：「將你的熱度也傳送到外頭。」一股溫熱騰起，火元素從我身上漫開，穿過木門，湧向黑夜，霎時嘶聲大作，宛若乾冰冒出煙霧。濃稠的煙霧翻滾著，看得我頭暈目眩，有點作嘔，接著那詭異的漆黑開始蒸發，速度之快一如它方纔乍然出現。等熱氣徹底驅散寒意，黑夜立刻恢復那靜謐、熟悉的感覺。

剛剛發生了什麼事？

手上的刺痛讓我的注意力從窗外移開。我低下頭，看見手背上出現紅色抓痕，彷彿被什麼野獸或猛禽的爪子抓過。我搓了搓那紅腫的傷痕，痛得彷彿被燙髮夾給灼傷。

接著，一股強烈具體的感覺襲來——由於女神賦予的第六感，我清楚知道，我不應該一個人逗留在這裡。剛剛那陣玷污黑夜的詭異寒意，那抓傷我手背，將我驅趕到室內的鬼魅般的東西，讓我心裡充滿不祥預感。好久以來我不曾這麼恐懼過，徹頭徹尾的恐懼。不是為我那幾個朋友，不是為我阿嬤或我的人類前男友，甚至也不是為已經跟我沒有瓜葛的媽媽而恐懼。這恐懼是為了我自己。這一刻，我不只**希望**這幾個朋友陪伴，我是迫切需要他們。

我繼續搓著手背，努力移動雙腿，百分之百知道我寧可面對朋友們受傷與失望的眼神，也不願單獨面對隱蔽在黑夜中等著我的什麼鬼東西。

「用膳堂」（也就是我們學校的自助餐廳）裡熱鬧哄哄，我在敞開的門口遲疑了幾秒，看著大家輕鬆愉快地聊天，當下好希望我是其中一分子——沒有特殊法力，也沒有隨著這些法力而來的責任，只是個平凡雛鬼。在那片刻，這強烈的渴望壓得我幾乎無法呼吸。

接著，我感覺到一陣風拂過我的肌膚，這風似乎被隱形火焰的熱氣薰得暖烘烘。然後一絲海洋的氣味飄來，雖然奧克拉荷馬州根本不靠海。我還聽見鳥鳴，聞到新刈草地的芬芳。而我的靈魂也因感受到我對風、火、水、土、靈五元素的感應，默默地喜悅悸動著。

我確實與眾不同，跟任何其他雛鬼或成鬼都不一樣。也許我壓根兒不該期望自己是平凡人。此時我內心與眾不同的聲音告訴我，我必須走進去，試著跟朋友言歸和好。於是我挺直脊背，收拾起自憐的情緒，環顧四周，立刻見到我那群朋友坐在我們慣坐的雅座裡。

我深吸一口氣，快速穿過餐廳，沿路跟那些朝我打招呼的學生微笑頷首回禮。我發現大家跟我打招呼的神情和往常沒有兩樣，仍然帶著敬畏。看來我的朋友沒在背後說我壞話，而且奈菲瑞特也沒公開對我發動全面性攻擊。起碼還沒。

我迅速拿了一份沙拉和一罐可樂，然後以不正常的力道緊抓著托盤（甚至用力到指節發白），邁開大步走向我們專屬的雅座，依照慣例在戴米恩身邊坐下。

我坐下時沒人瞧我一眼，但正在進行的閒聊立刻打住。我真討厭他們這種反應。一群應當是你朋友的人一見你走近，立刻戛然不語，讓你一看就知道他們正在談論你。還有什麼比這種感覺更差呢？唉。

「嗨。」我沒跑開，也沒放聲大哭，而是主動跟他們打招呼。

沒人吭聲。

「呃，都好嗎？」我對著戴米恩說，因爲我知道在「別跟柔依說話」的鏈條中，這位同志朋友肯定是最薄弱，最容易切斷的一環。

慘的是回答我的是孿生的，而非比較細膩體貼、周到有禮的戴米恩。

「好個屁唷，對吧，孿生的？」簫妮說。

「就是啊，好個屁。」依琳說：「孿生的，妳知道我們不值得人家信任嗎？」

「直到最近才明白呢，孿生的。那妳呢？」簫妮說。

「也是最近才知道啊。」依琳總算說完她們想表達的意思。這會兒，兩人同時帶著一模一樣，不爽、猜疑的眼神狠狠瞪著我。

天哪，她們那德性我看了就累——而且想抓狂。

「多謝兩位這麼窩心的評論。不過現在我想問的人，我希望他說話口氣不會像電視影集《花邊教主》裡那位任性嬌嬌女布萊兒。」我將注意力從她們身上移開，直接看著戴米恩，但我清楚聽見孿生的倒吸一口氣，準備說些我擔保她們日後會懊悔的話。「其實，當我問

『都好嗎？』，我是想知道你最近有沒有注意到外頭有什麼會發出拍打聲的可怕鬼東西。有嗎？」

戴米恩是個很可愛的男孩，一雙褐色眼眸溫暖靈動，此刻卻是冷漠的，流露出提防我的眼神。「會拍動的鬼東西？」他說：「抱歉，我不知道妳在說什麼。」

聽到他那陌生人般的語氣，我的心揪緊，但我安慰自己，至少他願意回答我的問題。「我從馬廄來這裡的途中，好像有東西攻擊我。我沒眞的看到什麼，不過那東西冷冰冰的，還在我的手背上抓出一個大傷痕。」我舉起手給他們看——但沒有任何抓傷痕跡。

太好了。

簫妮和依琳同時不屑地哼了一聲，而戴米恩看起來眞的、眞的很難過。就在我張嘴想解釋時，傑克衝過來。

「嗨！對不起，我遲到了。你們知道嗎？我要穿衣服時才發現衣服前面有一大片污漬。」傑克邊說邊匆忙端著餐盤坐在戴米恩身邊。

「污漬？該不會是我買給你當聖誕禮物的那件藍色長袖亞曼尼襯衫吧？」戴米恩邊說邊挪動屁股，騰出空位給他的男友。

「喔，當然不是！我從來沒讓那件衣服沾上任何東西，我眞的很愛那件，而且——」他的視線從戴米恩身上飄向我時，話語打住。他嚥了嚥口水說：「喔，呃，嗨，柔依。」

「嗨，傑克。」我跟他笑笑打招呼。傑克和戴米恩在一起。沒錯，他們是同性戀，不過我朋友和我，以及其他思想開放、不妄斷是非的人都欣然接受他們的同志身分。

「沒想到會見到妳。」傑克囁嚅地說：「我以爲妳還……呃……嗯……」他說不下去，一臉困窘，還尷尬地臉紅。

「你以爲我還躲在房裡？」我幫他把話接完。

他點點頭。

「沒有。」我堅定地說：「我已經躲夠了。」

「說得好呀，」依琳開始譏諷，但籣妮還沒來得及如往常般搭腔，我們身後的門口就冒出響亮的性感笑聲。大家一回頭，立刻目瞪口呆。

愛芙羅黛蒂邊扭腰擺臀走進來，邊仰頭大笑，邊對達瑞司眨眼放電，還撩人地甩了甩頭髮。這女孩一向有辦法一心多用，但見到她這麼冷靜自若，我嚇了一跳。不過兩天前，她才差點死掉，還因爲額頭上的深藍色弦月記印消失而驚慌失措——因爲這表示，不知怎地，她變回了人類。

2

好，我是以為她變回人類，不過這會兒我遠遠望過去，確實見到愛芙羅黛蒂額頭上的記印又出現了。她湛藍的雙眼冷冷地掃過餐廳，對直盯著她瞧的學生露出不屑的冷笑，然後將注意力轉回達瑞司，一隻手流連在這位高大戰士的胸膛上。達瑞司是負責保護夜之屋的「冥界之子」戰士當中最年輕、性感的一個。

「你人好好喔，陪我走到餐廳。你說得沒錯，眞不該在外頭多待兩天，才甘願結束寒假回來。發生這麼可怕的事，最好還是留在有人保護的校園。更何況你說你會在我們宿舍門口放哨，那裡當然就是最安全、最吸引人的地方了。」她還對他撒嬌呢。有夠噁。若非她的出現嚇了我一大跳，我很可能會發出符合當下情境的作嘔聲音。響亮清晰的嘔聲。

「我該回崗位了。晚安，我尊貴的小姐。」達瑞司說，對她爽利地鞠了個躬，看起來就像古代那種浪漫英俊、風度翩翩的騎士，只不過沒騎馬，也沒穿戴閃亮的盔甲。「能為妳服務是我的榮幸。」他又給愛芙羅黛蒂一個微笑，然後利落地腳跟一轉，離開餐廳。

「我敢打賭，若能爲**你**服務，也是我莫大的榮幸。」愛芙羅黛蒂一確定他聽不到，立刻以最噁心的語氣說道，然後轉身看著滿屋子瞠目結舌的人，揚起一道修整過的完美眉毛，對大家露出她專有的冷笑。「幹麼？沒見過美女啊。拜託，我才離開兩天欸，你們這些人的記憶未免太差了吧。忘了我是誰嗎？我是那個讓你們恨得牙癢癢的賤貨美女啊。」見沒人反應，她翻了翻白眼，說：「哼，隨便啦。」然後扭腰擺臀疾步走到沙拉吧，在盤子裡裝滿食物。這時眾人終於爆出聲響，故意製造各種噪音，不屑一顧地繼續吃飯。

不知情的人或許會覺得愛芙羅黛蒂又恢復她原來的傲慢德性，不過我看得出來其實她緊張得半死。唉，我完全能體會她的感覺——因爲我自己才剛經歷這種被夾道鞭笞的酷刑啊。不對，事實上，我跟她一樣，此刻就在承受這種酷刑。

「我以爲她變回人類了。」戴米恩壓低聲音說：「沒想到她的記印又出現。」

「妮克絲的旨意確實很神祕。」我努力讓自己聽起來很有智慧，像個見習女祭司長。

「我倒認爲妮克絲的旨意可用另一個『神』字來表示，孿生的。」依琳說：「妳猜得到我要說什麼嗎？」

「神經病。」簫妮說。

「完全正確。」依琳說。

「這是三個字。」戴米恩說。

「喂，別這麼愛當老師嘛。」簫妮告訴他：「再說，我的重點是愛芙羅黛蒂是個母夜叉，她的記印消失時，我們都有點希望妮克絲真的甩了她。」

「不只有點希望，孿生的。」依琳說。

所有人盯著愛芙羅黛蒂，我則努力把嘴裡的沙拉嚥下。愛芙羅黛蒂曾是夜之屋裡最有行情、最有勢力的可惡雛鬼，但自從她忤逆女祭司長而被徹底孤立後，就只是夜之屋裡的可惡雛鬼。「有行情」、「有勢力」這些形容詞全都不適用了。

怪的是（我已經習慣我身上發生怪事）她和我竟然意外地變成朋友——至少可以說是盟友。我們當然不希望大家知道這事。她失蹤時我很擔心她，即使那時史蒂薇・蕾跟著追了出去。我的意思是，畢竟這兩天我都沒聽到她們任何一人的消息。

沒錯，我的其他朋友——換言之，戴米恩、傑克和孿生的——都對她恨得牙癢癢的。但偏偏愛芙羅黛蒂徑直走到我們的桌位，在我旁邊坐下。這時，若說他們表情詫異而且不怎麼高興，顯然太過輕描淡寫了，就跟電影《法櫃奇兵》裡那個騎士見到壞蛋選錯聖杯，將杯裡的水一飲而盡後身體碎裂時，只淡淡說了一句「他真不會挑啊」一樣大題小作。

「盯著別人瞧很不禮貌欸，即使對方美得像**我本人**。」愛芙羅黛蒂說完咬一口沙拉。

「妳到底在幹什麼呀，愛芙羅黛蒂？」依琳問。

愛芙羅黛蒂將嘴裡的食物嚥下去，裝出無辜的眼神對依琳眨眨眼。「吃東西啊，白癡。」她以甜美的聲音回答。

「這裡是『賤人勿入』區。」簫妮終於重拾說話的能力。

「是啊，標示就貼在這裡。」依琳說，指著她和簫妮的椅背，假裝那裡貼了標示。

「我眞的很不喜歡重複，不過這次就破例吧。我再說一次：孿生蠢蛋，去死吧。」

「很好，」依琳提高音量，「孿生的和我正打算將那該死的記印從妳臉上摑掉。」

「是啊，或許這次會眞的掉哦。」簫妮說。

「夠了。」我出言喝止。見到孿生的那種斜眼怒視我的表情，我整個胃都揪緊了。難道她們眞的這麼恨我嗎？但我仍抬起下巴，盯了回去。若我蛻變爲成鬼，終有一天會當上他們的女祭司長，也就是說他們最好要聽我的話。「我們已經歷過這一切。現在愛芙羅黛蒂是黑暗女兒的一員，也是我們守護圈的一分子，因爲她具有土元素的感應力。」說到這裡我遲疑了一下，納悶她在從雛鬼變回人類，又從人類變回雛鬼的過程中，會不會失去感應力。不過整件事太讓人困惑了，所以我趕緊繼續說：「你們都知道，你們已同意接受她的角色，**不會**再咒罵她，對她說惡毒的話。」

孿生的沒答腔，但戴米恩的聲音從另一側冒出來，聽起來出奇地冷漠平淡。「我們是同意妳說的那些，但可沒同意當她的朋友。」

「我也沒說要當你們的朋友。」愛芙羅黛蒂回嘴。

「深有同感啊，賤人！」孿生的異口同聲。

「無所謂啦。」愛芙羅黛蒂說，作勢端起餐盤，準備離開。

我正打算叫愛芙羅黛蒂坐下，孿生的閉嘴，奇怪的嘈雜聲從走廊穿過敞開的門傳入餐廳。

「搞什麼——」我話還沒說完，只見至少一打貓咪咻地衝入餐廳，發瘋似地咧嘴嘶嗚。在夜之屋，貓咪無所不在。他們隨時隨地跟隨在他們挑選的雛鬼主人身邊，跟他們睡在一起。以我的貓咪娜拉來說，她還經常對我發牢騷。不過我從未見過他們如此驚惶失措。

孿生的那隻大公貓小惡魔直接跳到她們兩人中間。他原本已經夠龐大的身軀鼓成兩倍大，琥珀色的雙眼憤怒地瞇起來，直盯著餐廳門口。

「小惡魔，怎麼了？」依琳想安撫他。

娜拉跳到我的大腿上，她前端呈白色的小貓掌搭在我肩上，發出抓狂貓咪特有的可怖低吼聲，雙眼也直盯著敞開的門和走廊傳來的騷動聲。

「啊，」傑克說：「我知道那聲音是什麼了。」

這時我也聽出來了。「是狗在吠。」我說。

接著，有隻更像大黃熊而非狗的動物衝入餐廳。這隻似熊似狗的動物身後緊跟著一個學生，而他身後又跟著幾位難得露出疲態的師長，包括我們的擊劍老師龍．藍克福特、馬術老師蕾諾比亞，另外還有幾位冥界之子戰士。

「逮到妳了！」男孩趕上狗，在離我們不遠的地方驟然止步，俯身抓住那隻狗的頸圈（我注意到這頸圈是粉紅色的皮革，還鑲著銀色的金屬釘），利落地扣上皮帶。皮帶一扣上，狗就不再吠了，圓滾滾的屁股撲通一坐，氣喘吁吁地抬頭望著男孩。「對，很好，**現在**妳總算肯安靜下來了。」我聽見他低聲對狗說，而這隻狗顯然咧著嘴在笑。

雖然她不再吠，餐廳裡的貓咪依然驚恐不安。四周繼續冒出嘶嗚聲，聽起來眞像破了洞的內胎不停洩氣。

「你瞧，詹姆士，我之前就是想跟你說明這一點。」龍．藍克福特老師邊說邊皺眉俯視著那隻狗。「這隻動物在這所夜之屋是行不通的。」

「我叫史塔克，不是詹姆士。」男孩說：「另外，正如**我**之前想跟**你**說明的——這隻狗必須跟著我，別無選擇。如果你要我——你也必須要她。」

我發現帶狗的這位新同學很特別。我不是說他敢公然對龍老師無禮，但他也不像多數剛被標記的雛鬼那樣，在跟成鬼說話時總是畢恭畢敬，甚至戒慎恐懼。我留意了一下他身上那件印有英國迷幻搖滾樂團「平克．佛洛伊德」圖案的舊T恤，上面沒有任何年級徽章，所以看不出來他是哪個年級，也不知道他被標記了多久。

「史塔克，」蕾諾比亞老師一副想跟這男孩講道理的語氣，「在這校園裡不可能養狗，你應該看得出來她把貓咪嚇壞了。」

「他們會習慣她的。芝加哥夜之屋的貓咪都很習慣跟她在一起，而且她通常不會追貓咪。都是那隻灰貓先對她咆哮，還亂抓。」

「哇—喔。」戴米恩壓低聲音驚呼。

我毋須抬頭看，就可以感覺到孿生的氣鼓鼓地膨脹得像河豚。

「怎麼搞的，這麼吵？」奈菲瑞特快步走進餐廳，美麗威嚴，一副君臨天下的姿態。

我看到新同學被她的美震懾得雙眼圓睜。任何人第一眼見到我們的女祭司長（也是我的死敵）奈菲瑞特，總變得像傻瓜，真是叫人生氣。

「奈菲瑞特，不好意思，引起了騷動。」龍老師握拳放在心臟位置，恭敬地對女祭司長鞠躬致意。「這位是我的新雛鬼，他才剛抵達。」

「你這話只說明了這位新雛鬼怎麼會在這裡，但沒解釋爲什麼**那東西**會在這裡。」奈菲瑞特指著那隻喘氣的狗。

「她跟我來的。」男孩說，一見到奈菲瑞特那雙苔蘚色的眼眸轉向他，立刻模仿龍老師的方式對她鞠躬行禮。然而我很驚訝地發現，他一挺直身子，立刻撇著嘴對奈菲瑞特露出冷笑，非常傲慢的樣子。「她可以算是我的貓。」

「是嗎？」奈菲瑞特揚起細長的赭色細眉。「不過她看起來比較像熊。」

哈！所以我沒形容得太誇張嘛。

「是這樣的，女祭司長，其實她是一隻拉布拉多犬，不過妳並不是第一個說她長得像熊的人。她的腳掌確實大到跟熊掌差不多。妳看看。」我眞不敢相信新同學就這麼轉身背對奈菲瑞特，然後跟狗說話：「來擊掌，女爵。」狗聽話地抬起碩大無比的腳掌，跟史塔克的手對拍一下。「好女孩！」他稱讚她，還搓搓她柔軟的耳朵。

好吧，我承認，這把戲很可愛。

他將注意力轉回奈菲瑞特身上。「不管是狗是熊，反正打從四年前我被標記後，她就一直和我在一起，所以對我來說她就像我的貓咪。」

「把拉布拉多獵犬當貓咪？」奈菲瑞特慢慢繞著狗走一圈，仔細打量她。「眞大。」

「是啊，女祭司長，女爵一向很壯碩。」

「女爵？她叫女爵？」

男孩點點頭，咧著嘴笑。就算他已經六年級，見到他這麼輕鬆自在地跟成鬼交談，我還是不敢置信，尤其對方還是威風凜凜的女祭司長呢。「是女公爵的簡稱。」

奈菲瑞特的目光從狗轉移到男孩身上，瞇起眼睛問他：「你叫什麼名字，孩子？」

「史塔克。」他說。

眞不知道有沒有其他人注意到她一聽這名字，下巴瞬間綳緊。

「詹姆士．史塔克？」奈菲瑞特說。

「幾個月前我把上面的名字拿掉，所以我現在叫史塔克。」他回答。

但她不理會，逕自問龍老師：「他就是那個我們等著從芝加哥夜之屋轉來的學生？」

「是的，女祭司長。」龍老師回答。

奈菲瑞特回頭看著史塔克時，我發現她的嘴唇微翹，露出的笑容看起來心機很重。「我聽說不少關於你的事，史塔克。你和我應該盡快好好談一談。」奈菲瑞特繼續打量這位雛鬼，同時交代龍老師：「要讓史塔克可以二十四小時隨時使用射箭場地和任何相關設備。」

我看見史塔克的身體微微抽搐一下，顯然奈菲瑞特也注意到了，因爲她的笑容咧得更大，並說：「沒錯，史塔克，關於你天賦的傳聞比你早一步傳到我們這裡。你可不能因爲轉學而疏於練習。」

這是史塔克首次流露不安的神情。事實上他一聽到射箭，不僅神色不安，表情甚至立刻從可愛和帶點嘲諷，轉變成冷酷甚至凶狠。

「他們要我轉學時，我就告訴過他們，我不再參加比賽了。」史塔克以淡漠的口氣說，聲音低到連離他不遠的我們也幾乎聽不清楚。「就算換了學校，這一點也不會變。」

「比賽？你是說夜之屋不同分校之間那無聊的射箭比賽？」奈菲瑞特的笑聲讓我起雞皮疙瘩。「我不在乎你要不要比賽。記住，我是妮克絲的傳聲筒，我認爲最重要的是你不該浪費女神賜給你的天賦。你永遠不知道妮克絲何時會召喚你——但絕不會只是召喚你參加什麼愚蠢的比賽。」

我的胃翻騰了一下，因爲我知道奈菲瑞特指的是她與人類之間的戰爭。然而對此事毫無所悉的史塔克一聽他不必參加比賽，立刻鬆了一口氣，瞬間變回帶著一絲傲慢的滿不在乎的表情。

「沒問題，我不介意練習，女祭司長。」他說。

「奈菲瑞特，那妳希望怎麼處理這隻，呃，狗？」龍老師問。

奈菲瑞特躊躇了一會兒，然後優雅地蹲在黃色拉布拉多犬前面。狗兒碩大的耳朵往前豎起，頂出濕潤的鼻子，好奇地嗅奈菲瑞特伸出的手。在我對面的小惡魔繼續咧嘴嘶嗚恫嚇，而娜拉也對狗低嗥。奈菲瑞特抬起雙眼，看著我。

我努力不露出任何表情，但不知道有沒有成功。兩天前奈菲瑞特在禮堂宣布要對人類開戰，替死去的羅倫復仇，然後她隨著我走出禮堂，跟我發生爭執。之後我就沒再見過她。

奈菲瑞特嚴重地傷了我的心，我對她的恨意就跟畏懼一樣強烈。希望她往我們桌位走來時，我臉上沒露出任何忿恨或恐懼的表情。她輕輕打了個手勢，要史塔克和他那隻拴上皮帶的狗跟過來。孿生的那隻貓咪再次咧嘴發出長長一聲嘶嗚，然後一溜煙跑開。我猛拍娜拉，希望她不會抓狂失控。奈菲瑞特走到我們桌位時止步，視線迅速從我掠到愛芙羅黛蒂，最後停在戴米恩身上。

「很高興你在這裡，戴米恩。我希望你帶史塔克到他房間，順便帶他認識環境。」

「我很樂意，奈菲瑞特。」戴米恩立刻答應。奈菲瑞特對他露出那種一百瓦特的感謝笑容時，這傢伙樂得兩眼閃閃發亮。

「相關細節龍老師會幫你。」她說，接著目光移到我身上。我繃緊神經，嚴陣以待。

「柔依，這是史塔克。史塔克，這位是柔依・紅鳥，黑暗女兒的領導人。」

他和我相互點頭致意。

「柔依，既然妳是見習女祭司長，我就把史塔克這隻狗的問題交給妳來處理。我相信妮克絲賜給妳的其中某項能力，一定可以幫助妳讓女公爵融入我們學校。」她冰冷的目光一直停留在我臉上，那雙眼睛透露的訊息與她蜜糖般的語氣截然不同。她的眼睛告訴我：**給我記住，這裡歸我管，妳只不過是個小毛頭**。

我刻意撇開她的目光，勉強對史塔克露出笑容，說：「我很樂意幫你的狗適應環境。」

「很好。」奈菲瑞特柔聲說：「喔，柔依、戴米恩、簫妮和依琳，今晚十點半我要召開特別的委員會會議。」她對著我朋友微笑，而他們像一群傻瓜癡癡地看著她笑。不過她對愛芙羅黛蒂和傑克視而不見。她瞥了一眼自己手腕上那只鑲鑽白金手錶。「現在將近十點了，所以你們得盡快結束用餐。我希望你們這些領袖生都能到場。」

「我們會到的！」這些人竟像可笑的小小鳥兒齊聲回應。

「喔，奈菲瑞特，我想到一件事，」我提高音量，好讓滿屋子都能聽見。「愛芙羅黛蒂也會出席，因為妮克絲賜給她對土的感應力，而我們也已經同意讓她參加領袖生委員會。」

我屏住呼吸，希望我的朋友沒有異議。

幸好，除了娜拉對女公爵的低嗥聲外，現場沒人說任何話。

「愛芙羅黛蒂怎麼能當領袖生？她已經不是黑暗女兒了。」奈菲瑞特的口氣好冰冷。

我裝出無辜的天眞口吻。「我沒告訴妳嗎？眞不好意思，奈菲瑞特！一定是因爲最近發生了太多可怕的事。愛芙羅黛蒂已經重新加入黑暗女兒了，她對我和妮克絲宣誓過，願意遵守我們的新守則，所以我就讓她加入。我想，妳也會這麼做吧——讓她重回女神的懷抱。」

「是啊。」愛芙羅黛蒂這種謙抑的語氣還眞罕見。「我已經同意遵守新規定，我要彌補我過去犯下的錯誤。」

我知道在愛芙羅黛蒂這麼清楚表示要改過向善的狀況下，奈菲瑞特若公開拒絕愛芙羅黛蒂，會讓她顯得凶狠惡毒。奈菲瑞特可是最看重表面的人。

女祭司長對著在場所有人微笑。「我們的柔依實在是寬宏大量，能接受愛芙羅黛蒂重回黑暗女兒，尤其她還必須爲愛芙羅黛蒂的所有行爲負責呢。不過話說回來，我們的柔依似乎很樂於承擔責任。」然後她正視著我，目光裡的憎恨讓我一口氣哽在喉頭。「親愛的柔依，妳要小心，別被自找的壓力給壓得喘不過氣啊。」接著，彷彿切換開關，她的臉瞬間又充滿甜美與愉悅神情，轉頭微笑對新同學說：「歡迎來到夜之屋，史塔克。」

3

「嗯，呃，你餓了吧？」奈菲瑞特和其他成鬼離去後，我問史塔克。

「是吧。」他說。

「那跟我們一起吃吧。吃完後，戴米恩會帶你去房間。」我說。

「我覺得你的狗很漂亮。」傑克說，身子斜靠過去，想把女公爵看個仔細。「我的意思是，她雖然很大隻，不過也很漂亮。她不會咬人吧？」

「除非你先咬她。」史塔克說。

「啊，嗯。」傑克說：「我可不想滿嘴狗毛，這樣很噁。」

「史塔克，這是傑克，戴米恩的男友。」我決定這麼介紹，將可能出現的**喔，不，他竟然是同性戀！**這種場面先一口氣解決掉。

「嗨。」傑克露出甜美的笑容跟史塔克打招呼。

「喔，嗨。」史塔克這個招呼不是很溫暖，不過他似乎沒露出恐懼同性戀的神情。

「這是依琳和簫妮。」我依序指著她們兩個。「若叫她們孿生的，她們也會回應你。只要認識她們兩分半鐘，你就會明白怎麼回事。」

「嗨，你好。」簫妮說，對他公然使了個**眼色**。

「一樣。」依琳也對他投以一模一樣的**眼神**。

「這位是愛芙羅黛蒂。」我接著介紹。

他一聽，立刻又露出略帶譏諷的笑容。「所以，妳就是傳說中的愛神，久仰大名。」

愛芙羅黛蒂看著史塔克的眼神出奇地專注，感覺不出在賣弄風騷。不過一聽到他開口跟她說話，她立刻又搔首弄姿，誇張地甩起頭髮來，說：「嗨，眞高興你認出我。」

他咧出更大的笑容，輕笑出聲時感覺更爲嘲諷。「要不認出妳也難——因爲妳的名字代表愛神，誰一聽都知道。」

我看見愛芙羅黛蒂的熱情瞬間消失，取而代之的是她更爲人所熟悉的傲慢神情。不過在她開口狠狠把新同學損一頓之前，戴米恩先一步開口。「史塔克，我來告訴你餐盤和其他東西在哪裡。」他起身，但隨即在女公爵面前停步，有點兒不知所措。

「別擔心。」史塔克說：「她會乖乖待在這兒，只要那些貓沒做出什麼蠢事。」

他的視線轉移到娜拉，這會兒她是女公爵附近唯一的一隻貓咪。娜拉不再低嗥，但仍伏在我大腿上，雙眼眨都不眨地直盯著那隻狗。我感覺得到她全身緊繃。

「娜拉會乖乖的。」我說，希望能如我所願。其實我根本無法控制我的貓。要命，誰能控制**哪隻**貓啊？

「那就好。」他迅速對我點個頭，然後對狗說：「女公爵，待在這裡！」果然，他跟著戴米恩離席時，她眞的乖乖留在原地。

「妳們知道，狗比貓吵。」傑克說，打量女公爵的神情彷彿她是什麼科學實驗品。

「因爲他們整天喘氣。」依琳說。

「孿生的，而且比貓更容易脹氣。」簫妮說：「我媽養過體型壯碩的標準貴賓犬。他們眞的很會脹氣呢。」

「夠了，這話題實在**無聊透頂**，」愛芙羅黛蒂說：「我要先閃了。」

「妳不想留下來跟新同學打情罵俏嗎？」簫妮以誇張的友善聲音說道。

「是啊，他好像很喜歡妳呢。」依琳也故意裝出甜美的聲音。

「我把新同學留給妳們兩個，這樣做才對，畢竟他喜歡狗。柔依，妳跟這群蠢蛋幫打完交道後回寢室一下，委員會會議開始之前我要跟妳談一談。」說完她誇張地甩甩頭髮，對著孿生的冷笑一聲後離開餐廳。

「其實她沒表面上那麼壞。」我告訴孿生的。她們對我露出不可置信的表情。我聳聳肩繼續說：「她只是故意假裝自己很壞。」

「哼，我們只能說**拜託，拜託**別給我擺出那種欠扁的樣子。」依琳說。

「見了愛芙羅黛蒂，我們終於明白為什麼有些女人會溺死自己的小孩。」簫妮說。

「給愛芙羅黛蒂一個機會。」我說：「她築起來的心防，現在已經開始願意放下了。妳們終會明白的，她有時人很好。」

孿生的沉默了幾秒，互看一眼後同時搖頭翻白眼。我再次嘆氣。

「改聊更重要的話題吧。」依琳說。

「是啊，聊那個新來的性感小夥子。」簫妮說。

「瞧瞧他的小屁屁。」依琳接話。

「真希望他的牛仔褲穿垮一點，這樣我才能看得更清楚。」簫妮說。

「孿生的，垮褲很遜欸。一九九〇年代裝小混混的人才會穿得那麼俗氣。帥哥應該拒絕這種打扮。」依琳說。

「不過我還是很想看看他的小屁屁，孿生的。」簫妮說完後目光瞥向我，還咧著嘴笑。跟她原本那種友好的笑容相比，這個笑顯得有所保留，不過至少強過過去兩天她對我的譏諷和提防。「那，妳覺得呢？妳認爲他的帥是《黑暗騎士》電影裡蝙蝠俠克里斯丁．貝爾的那種帥？或是《蜘蛛人》陶比．麥奎爾那一型的帥？」

我差點喜極而泣，大聲歡呼。**耶！妳們終於又開始跟我說話了**！但我沒這麼做，而是跟著她們一起對新同學品頭論足起來。

嗯，她們說的沒錯，史塔克確實很可愛。他身高中等，不像我的人類前男友西斯的四分衛高大身材，也不像剛由雛鬼變爲成鬼的前男友艾瑞克那種超人般的挺拔身材。不過他也不算矮。事實上他和戴米恩差不多高，身材略瘦，但我仍可看出他那件舊T恤底下長了結實的肌肉，而且他那雙手臂看起來眞可口。他的頭髮散亂得很可愛，黃褐髮色介於金色與褐色之間。五官長得也不錯，剛毅下巴、挺直鼻梁、漂亮嘴唇，還有一雙褐色的大眼睛。各部位分開來看，史塔克長得還不賴。不過仔細一想，我才發覺他之所以從**不賴**變成**很帥**，主要是因爲他顯得頂眞和自信的態度。彷彿他做什麼事都很愼重，而這種愼重又帶著一絲嘲諷的意味。他看似融入這世界，同時又藐視這個世界。

對，很怪，我竟然在這麼短的時間內就對他有這麼深入的觀察。

「我想，他確實很可愛。」我說。

「喔我的天哪！我想起來他是誰了！」傑克驚呼。

「快說。」籲妮說。

「他是詹姆士．史塔克！」傑克說。

「廢話。」依琳翻白眼。「傑克，這我們早就知道了。」

「不是，不是，妳們沒聽懂。他是詹姆士．史塔克，全世界最厲害的弓箭手！妳們忘了嗎？我們之前在網路上看過他呀。他在今年的夏季田徑賽中所向無敵。各位，他可是跟成鬼和眞正的冥界之子一起競賽，而且還打敗所有人呢。他眞的好厲害……」傑克彷彿在夢中嘆息一般，吐了一口氣，結束這段話。

「哇塞！對欸，我竟然沒想到。快賞我一巴掌，叫我腦殘吧，孿生的。」依琳說。

「我就知道他很酷。」籲妮說。

「哇。」我也跟著驚呼。

「孿生的，我會努力去喜歡他的狗。」依琳說。

「當然，孿生的。」籲妮說。

所以，史塔克和戴米恩回到桌位時，我們四人就像白癡一樣嘴巴開開望著史塔克。

「怎麼了？」他滿嘴三明治地問，視線從我們身上移到女公爵。「是不是我不在時她幹了什麼事？她是滿喜歡舔人的腳趾。」

「噁，只不過——」依琳才開口便立刻閉嘴，因爲簫妮在桌底下踢了她一腳。

「沒有，你不在時，女公爵表現得像個淑女。」簫妮說，對史塔克露出一個非常、非常友善的笑容。

「那就好。」史塔克說。不過一發現大家繼續猛盯著他看，他開始侷促不安，而女公爵彷彿接收到什麼暗號，立刻依偎在史塔克腿邊，深情地抬頭望著他。我發現，史塔克不自覺地伸手撫弄她的耳朵時，整個人似乎變得輕鬆了一些。

「聽說你打敗所有的成鬼弓箭手！」傑克脫口而出，但隨即緊閉嘴巴，滿臉通紅。

史塔克沒抬頭，繼續盯著自己的餐盤，聳聳肩說：「對，我擅長射箭。」

「你就是**那個**雛鬼？」戴米恩這時才恍然大悟。「擅長？根本是超厲害吧！」

史塔克抬起頭。「隨便啦，這只是我被標記後變得擅長的事。」他的視線從戴米恩移到我身上。「說到著名雛鬼，妳有特殊記印的傳聞果然是眞的。」

「沒錯。」我眞的很討厭這種第一次見面的場合。每次跟別人初識，他們眼中只見到一個超級雛鬼，而沒見到眞正的柔依，這種感覺讓我不舒服到極點。

就在這時，我明白了，我此刻的感覺或許就跟史塔克被我們盯著猛瞧的感覺一樣。

於是，我隨口問了一個能讓他和我擺脫「特殊人物」話題的問題：「你喜不喜歡馬？」

「馬？」那種譏諷的笑容又出現了。

「對，你似乎是那種喜歡動物的人。」我心虛地說，下巴朝他的狗點了點。

「嗯，我想我應該是喜歡馬。多數的動物我都喜歡，除了貓之外。」

「除了貓之外！」傑克尖聲叫了出來。

史塔克又聳聳肩。「我一直都不喜歡貓。在我看來，他們很像潑婦。」

我聽見孿生的不以爲然地哼了一聲。

「貓咪是很獨立的動物。」戴米恩開始了。我一聽見他那種傳道授業解惑的語氣，就知道我試圖轉移話題的招數成功了。「當然，我們都知道許多古代文化會敬拜他們，不過你們知道嗎，他們也——」

「呃，各位，不好意思打斷你們，」我起身，挪動一下手中的娜拉，免得她掉在女公爵的背上，「我得在委員會會議開始之前去找愛芙羅黛蒂，看看她有什麼事。待會兒見嘍？」

「喔，好。」

「好吧。」

「隨便。」

至少我得到類似道別的回應。

我給史塔克一個友善的微笑。「很高興見到你，如果需要替女公爵張羅些什麼，請隨時讓我知道。離這裡不遠有一家很棒的南部農貨超市，裡頭賣很多貓咪需要的東西，我相信他們也賣狗用品。」

「若有需要，我會讓妳知道。」他說。

接著，戴米恩繼續他那番「貓咪很了不起」的演說，史塔克則快速對我眨眼點頭，顯然是要感謝我這一招不怎麼細膩的話題轉移法。我也對他眨眨眼。等快走到門口時，我才發覺自己像個白癡那樣咧嘴傻笑，壓根兒忘了剛剛在外面還受到什麼東西攻擊。

我像一個有什麼特殊需求或者必須得到特勤服務才能跨出門的學生，呆呆地杵在巨大的橡木門前，看著一大群冥界之子從通往二樓教職員餐廳的樓梯蜂擁而下。

「女祭司好。」其中幾位見到我，出聲跟我打招呼，然後一整批冥界之子跟著停下腳步，握拳放在結實的胸膛，以利落的姿態向我鞠躬。

我緊張地回禮。

「女祭司，容我為您開門。」其中一位較年長的戰士說道。

「喔，呃，謝謝。」我突然心血來潮。「不曉得你們是否有人可以陪我走回宿舍，途中順便告訴我負責守衛女生宿舍的戰士是哪些人。我想，如果我們叫得出他們的名字，他們在這裡會自在些。」

「您眞細心，尊貴的小姐。」這位較年長的戰士說，仍替我撐著門。「我很樂意給您名單。」

我微笑感謝他。回宿舍途中，他親切有禮地介紹負責保護女生宿舍的戰士，而我則適時地點頭出聲回應，但同時不時抬眼偷瞄靜謐的夜空。

沒有東西在空中拍動或讓空氣冰凍，但我就是無法擺脫有什麼人或什麼東西正偵伺著我的可怕感覺。

4

我還沒碰到我房間的門把，門就被拉開。愛芙羅黛蒂從裡面一把抓住我的手腕。「快點滾進來，好嗎？搞什麼呀，柔依，妳動作慢得像個胖小孩拄拐杖。」她將我拉入房間，重重甩上我們身後的門。

「我動作不慢，倒是妳得好好解釋。」我說：「妳是怎麼進我房間的？史蒂薇．蕾人呢？妳的記印什麼時候又出現？什麼——」我連珠炮似的問題被窗戶傳來的拍打聲打斷。

「首先，妳很蠢。這裡是夜之屋，不是陶沙市的公立中學，沒人鎖門，我可以大大方方直接走進妳的房間。第二，史蒂薇．蕾在那裡。」愛芙羅黛蒂掠過我身旁，走到窗邊。我楞在原地看著她將厚重窗簾拉開，開始扳厚重玻璃窗的窗栓。她不耐煩地回頭看我一眼。

「喂！行行好，幫個忙。」

我一頭霧水，但還是走到窗邊。我們兩人一起用力才將窗栓扳開。從這棟看起來更像城堡而非宿舍的粗石建築樓上往外望，十二月末的夜色依然冷冽陰鬱，一副要下雨但下不來的樣子。即使夜色漆黑，林木遮蔽，我仍能看見東牆。我打了個寒顫。雖鬼幾乎從不覺得冷，我很清楚自己打寒顫並非因爲天氣，而是因爲我瞥見了東牆——這個能量和戾氣之地。站在我旁邊的愛芙羅黛蒂嘆一口氣，然後身子往前傾，探出窗外，俯看牆面。「別瞎摸了，外點進來，免得被逮到。更重要的是，外頭的濕度快讓我的頭髮亂捲亂翹了。」

見到史蒂薇．蕾的頭冒出來，我嚇到差點尿褲子。

「嗨，柔！」她愉快地說：「瞧瞧我這身超酷的爬牆本領。」

「喔我的天哪，快．進．來。」愛芙羅黛蒂手伸出窗戶，抓住史蒂薇．蕾的一隻手猛力拉。史蒂薇．蕾像顆氣球彈入屋裡。愛芙羅黛蒂迅速關窗，將窗簾拉上。

我閉起張得大大的嘴，但仍怔怔地盯著史蒂薇．蕾，看著她拍打身上那件Roper牌牛仔褲，再將長袖襯衫下襬重新塞入褲頭。

「史蒂薇．蕾，」我終於能說話，「妳剛剛爬牆上來？」

「對！」她笑著對我猛點頭，一頭金色短鬈髮跟著彈晃，活像跳到渾然忘我的啦啦隊員。「很酷，對吧？我彷彿化身成石牆的一部分，輕功一施，就爬上這裡了。」她攤開兩隻手，證明自己辦到了。

「就像吸血鬼德古拉。」等史蒂薇．蕾皺眉問道：「什麼像德古拉？」我才發現我又邊想邊說出心中的話。我重重在床尾坐下，跟她解釋：「在布蘭姆．史托克寫的那本《吸血鬼德古拉》中，主角喬納森．哈克說，他看見德古拉從他城堡的牆爬下。」

「喔，對，這我辦得到。妳說『像吸血鬼德古拉』時，我還以為妳是說，我看起來像德古拉——蒼白可怕，一頭亂髮，還有髒兮兮的長指甲。妳應該不是這個意思吧？」

「不是，事實上妳看起來好極了。」我說的當然是實話。史蒂薇．蕾看起來非常好，尤其跟她最近這個月的模樣（以及舉止和氣味）相比，簡直好得不得了。現在的她看起來又像我最要好的朋友史蒂薇．蕾了。看著她額頭上的紅色記印，那鮮亮的紅，鮮血的那種紅，我不禁陷入沉思。一個月前史蒂薇．蕾身體排斥蛻變，死去，卻又沒死，如今變成另一種吸血鬼。這段日子的種種掙扎與痛苦經歷，此刻在我心裡翻騰，一幕幕景象歷歷如新。

「喂，呼叫柔依，有人在家嗎？妳該回神了吧。」愛芙羅黛蒂那臭屁語氣打斷我的思緒。「妳最好趕緊看看妳這位永遠的好朋友，她好像有點不對勁。」

我眨眨眼回過神。雖然我一直盯著史蒂薇．蕾，卻沒真正**看到**她。她站在房間中央，張著一雙淚水盈眶的大眼睛四處張望。一個月以前，當一切還沒因她猝死而永遠改變之前，這裡是**我們兩人**共同的房間。

「喔，親愛的，對不起。」我衝過去抱住她。「妳一定歷盡千辛萬苦才回到這裡。」我懷裡的她全身僵硬，感覺很怪。我稍微往後退，仔細端詳她。

她臉上的表情凝凍了我的血液。原本淚眼裡的震驚現在被憤怒取代。有那麼片刻我心想，這憤怒眼神看起來好熟悉呀——但是史蒂薇．蕾很少發脾氣啊。隨後我知道自己看見了什麼。憤怒的史蒂薇．蕾看起來就像我設立守護圈幫她重拾人性之前的她。

「史蒂薇．蕾？妳怎麼了？」

「我的東西呢？」她的聲音就跟表情一樣嚴峻。

「親愛的，」我溫柔地說：「那些成鬼會把，呃，死去的雛鬼的東西拿走。」

史蒂薇．蕾瞇起眼睛看我。「我沒死。」

愛芙羅黛蒂走到我身邊。「喂，別把氣出在我們身上。認爲妳死掉的人是那些成鬼，還記得吧？」

「不過妳別擔心，」我趕緊說：「當時我就跟他們要回了不少妳的東西，而且我知道妳其他的東西存放在哪裡。如果妳要的話，我可以去幫妳全拿回來。」

她的憤怒消失，我又見到了原來的摯友。「就連我那盞牛仔靴檯燈也可以拿回來？」

「對，連那盞燈。」我微笑告訴她。該死，若有人拿走我的東西，我也會火冒三丈。

愛芙羅黛蒂說：「我以爲人死過一次後，至少令人不敢恭維的品味會跟著改變。沒想到連這樣也變不了！妳的時尚品味還眞他媽的遺臭萬年啊。」

「愛芙羅黛蒂，」史蒂薇・蕾鄭重地對她說：「妳眞該友善一點。」

「對妳，還有對妳那瑪麗・波平絲的鄉巴佬品味，我只能說：**隨便啦**。」愛芙羅黛蒂說。

「瑪麗・波平絲是英國人，所以她不可能是美國鄉巴佬。」史蒂薇・蕾得意洋洋地扳回一城。（記得吧，瑪麗・波平絲是迪士尼電影《歡樂滿人間》裡的保姆仙女？）

見史蒂薇・蕾又恢復原本的德性，我高興地歡呼一聲，再度伸出雙手擁抱她。「我好高興見到妳！妳現在眞的沒事了，對吧？」

「變得有點不一樣，不過沒事。」史蒂薇・蕾回抱我。

我鬆了一口氣，喜出望外的感覺淹沒了她所說的**變得有點不一樣**。我想，我太高興見到她毫髮無傷，恢復本性了，以至於我只想牢牢抓住這份喜悅，沒能想到史蒂薇・蕾歷經幾番變化可能留下什麼後遺症。「妳們兩個怎麼有辦法進入校園，沒驚動戰士呢？」

「柔依，妳眞的得花點心思注意周遭發生的事。」愛芙羅黛蒂說：「我是大大方方從前門走進來的，因爲警鈴已經解除。我想，他們必須這麼做。就跟離校過寒假的其他人一樣，我的手機也收到寒假取消的通知。奈菲瑞特必須解除這裡的警報系統，否則學生陸陸續續觸發的警鈴聲會把她搞瘋，更何況還有大批令人垂涎的冥界之子湧進這裡。他們簡直就是送到我們嘴邊的可口大餐呢。」

「奈瑞菲特本來不就瘋了嗎？妳是說這些警報聲會把她搞得**更瘋**？」史蒂薇．蕾插嘴。

「沒錯。奈菲瑞特絕對是瘋透了。」這會兒愛芙羅黛蒂倒是完全同意史蒂薇．蕾。「總之，警報一解除，就連人類也進得來。」

「什麼？就連人類？妳怎麼知道？」我問。

愛芙羅黛蒂嘆一口氣，以奇怪的慢動作舉起手，以手背抹過前額，她額頭的弦月輪廓刺青隨之糊掉，有些線條甚至完全消失。

我驚愕地倒抽一口氣。「喔，天哪，愛芙羅黛蒂，妳是……」我實在不想說出口，但這些話還是冒了出來。

「人類。」愛芙羅黛蒂幫我把話說完，語氣冰冷。

「怎麼可能？我是說，妳確定嗎？」

「確定，百分之百確定。」她說。

「呃，愛芙羅黛蒂，即使妳變回人類，肯定也不是**正常**人類。」史蒂薇．蕾說。

「什麼意思？」我問。

愛芙羅黛蒂聳聳肩。「對我來說，沒什麼狗屁意思。」

史蒂薇．蕾嘆一口氣。「妳知道嗎，算妳走運，才能變成人類而沒變成木偶，否則妳說了那麼多謊，鼻子肯定有一哩長。」

愛芙羅黛蒂搖搖頭，一臉作嘔的樣子。「又給我來那種兒童電影的比喻。我幹麼不乾脆死了算了，至少這樣就不用在這裡被迪士尼那種無聊的蠢東西轟炸。」

「要死，妳們可不可以直接告訴我，到底是怎麼一回事？」我說。

「最好趕快告訴她，否則她要飆髒話了。」愛芙羅黛蒂又在冷嘲熱諷了。

「妳眞的很惹人厭欸，我當活死人時眞該吃掉妳。」史蒂薇．蕾說。

「妳該吃掉的是妳那土包子媽媽。」愛芙羅黛蒂說，還擺出美國南方黑人準備幹架的姿態。「難怪柔依需要找新的好友。妳樂觀到無知，只會讓人頭痛。」

「柔依**不**需要新好友！」史蒂薇．蕾吼道，怒視著愛芙羅黛蒂，還朝她逼近一步。在那一刻，我好像看見她的藍色眼眸閃過她還是活死人時眼裡出現的可怕紅光。

我覺得整顆頭快要炸開了，趕緊跨步擋在她們兩人之間。「愛芙羅黛蒂，別再惹史蒂薇．蕾！」

「那妳就管管妳朋友啊。」愛芙羅黛蒂走到水槽上方的鏡子前，抓了一張面紙開始抹去額頭上殘存的弦月圖案。我注意到她的語氣雖然滿不在乎，雙手卻在顫抖。

我轉身看著史蒂薇．蕾，她的雙眼又恢復我熟悉的湛藍色。

「對不起，柔。」她像個做錯事的孩子心虛地笑笑。「我想，這兩天跟愛芙羅黛蒂在一起快讓我煩死了。」

愛芙羅黛蒂哼了一聲，我轉身對她說：「別又開始吵嘴。」

「好，隨便啦。」我們兩人的雙眼在鏡子裡交會，我很確定我見到她眼神裡有恐懼。她繼續擦臉。

我滿心困惑，試圖回到剛剛話題走岔的地方。「所以，妳剛剛說愛芙羅黛蒂不正常是什麼意思？」我趕緊補充一句：「我說的不是她那種不同尋常的惡劣態度。」

「很簡單啊，」史蒂薇．蕾說：「她依然有靈視。人類有靈視可不算正常吧？」她投給愛芙羅黛蒂一個**反正我已經說出來了**的眼神。「說吧，告訴柔依。」

愛芙羅黛蒂從鏡子前轉過身，坐在我旁邊的小板凳上。她不理睬史蒂薇．蕾，逕自對我說：「對，我仍然有靈視。但那又怎樣？沒想到我是雛鬼時唯一**不**喜歡的東西，竟然是我變回蠢人類時唯一保有的東西。」

我更仔細端詳愛芙羅黛蒂，試圖看穿她老喜歡擺出來的**我就是這副德性**的外表。她臉色蒼白，眼睛下方厚厚的濃妝底下有明顯的黑眼圈。對，她看起來就像剛剛經歷很多鳥事的女孩，其中一件鳥事就是那足以改變命運、令人虛脫的靈視。難怪她脾氣那麼壞。我眞是白癡，之前竟然沒想到。

「妳在靈視裡見到什麼？」我問她。

愛芙羅黛蒂雙眼緊緊地盯著我，就在這一刻，她在自己四周打造出來的高傲鐵牆開始倒下。一抹可怕、陰沉的暗影掠過她的美麗面龐。當她舉起一隻手將一綹金髮捋到耳後，那手顫抖著。

「我看見吸血鬼屠殺人類，而人類也立刻反擊追殺吸血鬼。我看見世界充滿暴力、仇恨和黑暗。我看見黑暗裡有駭人的生物，我說不出牠們是什麼。我——我沒辦法一直看著牠們。我看到一切都要毀滅了。」愛芙羅黛蒂的聲音就跟她的表情一樣陰沉，充滿驚怖。

「把所有的內容全告訴她。」愛芙羅黛蒂停頓時，史蒂薇・蕾催促她。我很驚訝史蒂薇・蕾的聲音變得如此溫柔。「告訴她爲什麼會發生這些事。」

愛芙羅黛蒂再開口時，她的話語就像一片片碎玻璃插進我的心。

「我看見這些事情之所以發生，全是因爲妳死了，柔依。妳死了，這些事才會發生。」

5

「啊，要死。」我雙膝癱軟，必須坐在床上。同時，我耳朵嗡嗡作響，喘不過氣來。

「妳知道，這些事情不一定會成眞。」史蒂薇．蕾說，拍拍我的肩。「我的意思是，愛芙羅黛蒂之前也預視到妳阿嬤、西斯，甚至我死去，我是說，我第二次死去，結果我們都沒死啊，所以我們可以阻止它發生。」她抬頭看著愛芙羅黛蒂。「對吧？」

愛芙羅黛蒂坐立不安。

「啊，要死。」我又叫了一聲，然後強迫自己壓住哽在喉頭的巨大恐懼，提出我不敢問的問題：「這個與我有關的靈視應該跟妳以前的靈視有所不同吧，對不對？」

「這可能因爲我現在是人類。」她慢慢地說：「這是我變回人類後的第一個靈視。所以，若這個靈視和以前我還是雛鬼時的靈視不同，應該也沒什麼不對。」

「然而？」我催促她。

她聳聳肩，終於迎視我的眼睛。「然而這個靈視確實感覺不同。」

「怎樣的不同？」

「嗯，這個靈視比較混亂——情緒更激動，畫面更混亂。有些景象，我真的不明白。我的意思是，我認不出在黑暗中騷動的東西是什麼。」

「騷動？」我發怵。「聽起來不妙。」

「是不妙。我看見在黑暗裡的幽闇處有一些魅影般的東西，感覺像活過來的鬼魅，不過它們活過來的樣子太可怕，我連看都不敢看。」

「妳是說既不是人類也不是吸血鬼？」

「對，就是這個意思。」

我不知不覺地搓起手背，一股恐懼感爬上心頭。「啊，慘了。」

「怎麼了？」史蒂薇·蕾問。

「今天晚上我從馬廄走到餐廳途中，有個東西攻擊我。那東西好像是來自黑暗中的某種幽闇冰冷的東西，像黑影。」

「真不妙。」史蒂薇·蕾說。

「妳當時自己一個人嗎？」愛芙羅黛蒂問，聲音聽起來像燧石般堅硬。

「對。」我回答。

「好，這就是問題所在。」愛芙羅黛蒂說。

「什麼意思？妳的靈視還見到什麼？」

「這麼說吧，妳有兩種不同的死法。這種靈視我以前從未有過。」

「兩——兩種不同的死法？」看來愈來愈不妙。

「或許我們應該再等一陣子，看愛芙羅黛蒂會不會出現其他更清楚的靈視，然後再來談這件事。」史蒂薇·蕾說著在我身旁坐下。

我繼續凝視愛芙羅黛蒂的眼睛，看見我已經知道的事情。「我若不理會靈視，它們就會成眞，一直都是如此。」愛芙羅黛蒂下了結論。

「我想，或許有些事情已經發生了。」我說，感覺自己的雙唇冰冷僵硬，胃開始發疼。

「妳不會死！」史蒂薇·蕾喊道，滿臉憂傷，看起來又像我最要好的朋友了。

我伸手挽著她的手。「繼續說吧，愛芙羅黛蒂，把妳的靈視看到的一切告訴我。」

「這個靈視很強烈，充滿各種影像，但整個畫面很混亂。或許這是因爲我是從妳的角度來觀看及感覺這一切。」愛芙羅黛蒂停頓一下，用力嚥了嚥口水。「我看見妳以兩種不同的方式死去。有一次妳是溺死。水很冷，很黑。喔，而且很臭。」

「很臭？就像奧克拉荷馬州那些髒兮兮的臭池塘？」雖然談論自己的死是很恐怖的事，

我仍禁不住好奇。

愛芙羅黛蒂搖搖頭。「不，我很確定不是在奧克拉荷馬州，因爲這裡的池塘沒那麼多水，不過我很難解釋爲何我這麼肯定。總之，那水很大很深，不可能是湖泊。」愛芙羅黛蒂又停頓下來思考。然後她雙眼圓睜。「我記得靈視裡有另一個畫面。靠近水邊有個島，島上有一座宮殿。一座**真正**的宮殿，以前那種家財萬貫的人，或許是歐洲人吧，會蓋的那種，絕不是現在那些認爲老子有錢買輛休旅車來拉風的俗氣中上階層蓋得出來的。」

「妳還眞的是上流階層啊，愛芙羅黛蒂。」史蒂薇・蕾說。

「多謝啊。」愛芙羅黛蒂說。

「好，所以妳見到我在某座島嶼上的一座眞正的宮殿附近溺斃，可能是在歐洲。除了這個，妳還見到其他什麼可能有幫助的線索嗎？」我問。

「嗯，還有，妳覺得很孤單——在我的靈視中，妳兩次都是孤單一人。不過，我還見到一個男孩的臉。妳死前不久，他跟妳在一起。這人我以前沒見過，直到今天。」

「是誰？」

「我看見那個史塔克。」

「他殺了我？」我覺得自己快要吐了。

「誰是史塔克？」史蒂薇．蕾握住我的手。

「今天剛從芝加哥夜之屋轉學來這裡的學生。」我說。「他殺了我？」我對愛芙羅黛蒂再問一次。

「應該不是。我看他不是看得很清楚，光線很暗。不過，我感覺到雖然妳最後見到的人是他，妳覺得跟他在一起很安全。」她挑起眉毛對我說：「看來艾瑞克─西斯─羅倫那團混亂的多角戀情將會成為過去。」

「妳發生這些事令我很難過。愛芙羅黛蒂都跟我說了。」史蒂薇．蕾說。

我開口要跟史蒂薇．蕾道謝，但隨即想到她和愛芙羅黛蒂對那團混亂了解並不深入。畢竟當時她們兩人都不在學校，而人類的媒體也沒報導羅倫．布雷克的死訊。我深深吸一口氣，準備說出這件我寧可聽見自己死訊也不想談的事情。

「羅倫死了。」我衝口而出。

「什麼？」

「怎麼會？」

我抬眼看著愛芙羅黛蒂。「兩天前發生的，跟諾蘭老師一樣被斬首，釘上十字架，再釘在學校正門，他們還在他屍體的心臟位置釘了一張紙條，上面抄了一句聖經的話。」我一口氣說完，想讓這些恐怖的話語儘速離開我的嘴。

「喔，不會吧！」愛芙羅黛蒂臉色發白，重重地跌坐在史蒂薇·蕾以前睡的那張床上。

「柔依，這太可怕了。」史蒂薇·蕾說，一手摟著我。我聽見她聲音帶淚。「妳和羅倫就像羅密歐與茱莉葉。」

「不是！」我發現自己的語氣比我的原意尖銳，立刻轉身對史蒂薇·蕾笑笑，緩和氣氛，改以比較冷靜的聲音解釋：「他從未愛過我，羅倫是在利用我。」

「爲了跟妳上床？喔，柔，這太過分了。」史蒂薇·蕾說。

「可悲的是，連這也不是，雖然我確實犯了大錯，跟他發生了關係。羅倫利用我是爲了奈菲瑞特。她要他引誘我。她才是他的愛人。」我一想起撞見羅倫和奈菲瑞特在一起的那個畫面，不由得痛苦地皺起臉。他們嘲笑我。我爲了羅倫奉獻出我的心、我的身體，甚至透過烙印，連我的一部分靈魂也獻出去。而他卻嘲笑我。

「等等，妳說奈菲瑞特要羅倫引誘妳？」愛芙羅黛蒂問：「若他們是戀人，她幹麼這麼做？」

「奈菲瑞特想孤立我。」隨著這些片段開始拼湊起來，我的心也跟著冷得凍起來。

「什麼？這沒道理啊。爲什麼讓羅倫假裝是妳男友就能孤立妳？」史蒂薇·蕾問。

「很簡單。」愛芙羅黛蒂說：「這樣一來，柔依就得偷偷摸摸去見羅倫，因為他是學校的老師。我想，柔依不會讓她那群蠢蛋幫的朋友知道，她和布雷克**老師**在玩這種壞壞女學生的遊戲。另外，依我之見，我們的帥哥艾瑞克之所以會發現柔依正在跟別人幹齷齪事，八成與奈菲瑞特脫不了干係。」

「喂，我人在這裡欸。談論我時別當我不在場，行嗎？」

愛芙羅黛蒂哼了一聲。「若我猜得沒錯，我想，就算妳人在，腦袋也不在。」

「妳說對了。」我不甘不願地承認。「是奈菲瑞特設計，讓艾瑞克撞見我和羅倫。」

「該死！難怪他會氣得跳腳。」愛芙羅黛蒂說。

「什麼？什麼時候的事？」史蒂薇·蕾說。

我嘆了一口氣。「艾瑞克抓到我和羅倫親熱。他氣死了。然後我發現羅倫原來是跟奈菲瑞特在一起，他根本不把我當一回事，即使我們相互烙印。」

「烙印！該死！」愛芙羅黛蒂驚呼。

「所以，我也抓狂了。」我不理會愛芙羅黛蒂，逕自說下去。我當然不想著墨於細節。

「我難過地哭泣，就在這時，愛芙羅黛蒂、孿生的、戴米恩、傑克和——」

「喔，該死，我們和艾瑞克發現妳。我們發現妳在樹下哭泣。」愛芙羅黛蒂插話。

我又嘆一口氣，看來是不可能當愛芙羅黛蒂不存在了。「對，然後艾瑞克就公開跟所有人說了我和羅倫的事。」

「而且在我看來，那種公開方式還眞惡毒。」愛芙羅黛蒂說。

「可惡，」史蒂薇・蕾說：「連愛芙羅黛蒂都說惡毒了，那表示**真的**很惡毒。」

「沒錯。惡毒到她那群朋友都覺得她隨便和羅倫上床就像甩了他們一耳光。於是，『原來柔依是個騷貨』加上『柔依一直跟我們隱瞞史蒂薇・蕾沒死的祕密』，這兩個炸彈加在一起，那群生氣的蠢蛋不再相信柔依。」

「也就是說柔依被孤立了，奈菲瑞特的陰謀得逞了。」我替她把話說完後發現，我這麼容易就以第三人稱談論自己，實在惱人。

「這就是我預視到的妳的第二種死法。」愛芙羅黛蒂說：「妳徹底孤單。臨死沒見到什麼可愛男孩或蠢蛋幫。這一次，最鮮明強烈的影像就是妳徹底孤單一人。」

「我是被什麼殺死的？」

「嗯，這部分又一團混亂了。我看到奈菲瑞特對妳造成威脅，但奇怪的是妳被攻擊時畫面又非常混亂。我知道這聽起來很怪，但最後一刻，我見到黑色的東西飄浮在妳四周。」

「像鬼魅之類的嗎？」我用力嚥了嚥口水。

「不，不完全是。如果奈菲瑞特的頭髮是黑色的，那我會說那畫面就像她站在妳身後，頭髮被大風吹得飛揚。妳孤單一個人，而且眞的、**眞的**很害怕。妳想呼救，但沒人應答。妳怕到呆若木雞，無法反擊。奈菲瑞特，或者什麼東西，開始逼近妳，用某種像鉤子的黑色東西劃開妳的喉嚨。那東西很銳利，割斷妳的頸，讓妳人頭落地。」愛芙羅黛蒂發顫，隨後補了一句：「喔，還血流滿地。或許妳也想知道這點。」

「眞噁，愛芙羅黛蒂！妳非得描述得這麼詳細嗎？」史蒂薇·蕾說，又伸手摟著我。

「沒關係，」我趕緊說：「愛芙羅黛蒂必須說出她記得的每個細節——就像她預見妳、我阿嬤和西斯死去時，必須設法說出所有細節。只有這樣，我們才能想辦法扭轉命運。那麼，在我的第二次死亡中，妳還見到什麼？」

「我只見到妳呼救，但沒有人理妳。」愛芙羅黛蒂說。

「對了，稍早我在外面被黑夜中的什麼東西攻擊時，整個人嚇壞了，有那麼片刻甚至嚇到不能動彈，完全不知所措。」光想起這事，我就開始發抖。

「奈菲瑞特會不會與妳被攻擊的事有關？」史蒂薇·蕾問。

我聳聳肩。「我不知道，我什麼都看不見，只見到陰森漆黑一片。」

「我在靈視中見到的也是一片陰森漆黑。雖然我很不想說，但妳最好別再惹毛那群蠢蛋幫。沒有朋友，對妳絕對不是好事。」愛芙羅黛蒂說。

「說得簡單，做起來可沒那麼容易。」我說。

「我不懂欸。」史蒂薇・蕾說：「只要把眞相告訴他們就好了啊，讓他們知道妳和羅倫的事其實是她在背後搞鬼，也讓他們知道當初妳之所以不能把我變成活死人的事告訴他們，是因爲奈菲瑞特會……」史蒂薇・蕾一察覺自己要說的事，開始支吾起來。

「對，這招很聰明。告訴他們，奈菲瑞特是邪惡的賤人，暗地裡製造了一堆活死人小鬼。然後，只要那群蠢蛋幫的任何一人的思緒被奈菲瑞特捕捉到，一切就破功了。到時候，我們這位邪惡的賤人女祭司長不僅會察覺我們已經知道的所有事，搞不好還會對妳們那幾個麻吉做出什麼恐怖的事。」愛芙羅黛蒂打住話語，手指點著自己下巴思考。「嗯，話說回來，如果事情這樣演變似乎也不賴。」

「嘿，」史蒂薇・蕾說：「其實戴米恩、孿生的和傑克已經知道一些足以讓奈菲瑞特找他們麻煩的事情了。他們知道我的存在呀。」

「啊，慘了。」我驚呼。

「哇，完蛋了。」愛芙羅黛蒂說：「我壓根兒忘了『史蒂薇・蕾沒死』這事。奇怪，奈菲瑞特怎麼還沒從妳們朋友那幾顆小腦袋擷取到這個訊息，並大發雷霆呢？」

「她應該是忙著策畫戰爭吧。」我說。見到愛芙羅黛蒂和史蒂薇．蕾眨著眼睛，一臉疑惑地看著我，我才想到她們不知道的事情不只羅倫這一件。「奈菲瑞特跟大家宣布羅倫被謀殺的噩耗時，也宣布要對人類發動戰爭。當然不是公然進行的戰爭，她要打的是恐怖分子式的游擊戰。天哪，這女人眞邪惡，我實在不懂爲什麼沒人看出她的眞面目。」

「人類就要血肉模糊了？呵，這可有趣了。她聚集大批冥界之子，恐怕就是要將他們當成大規模摧毀的武器吧。」愛芙羅黛蒂說：「讚哪，這可悲的狀況總算有可觀的場面。」

「妳怎麼這麼說話？」史蒂薇．蕾從床上跳起來。

「第一，我眞的很不喜歡人類。」愛芙羅黛蒂舉手阻止史蒂薇．蕾訓斥。「對，我知道，我現在**就是**人類，但這只會讓我想說**呸**。第二，既然柔依活得好好的，所以我就不特別擔心這可怕的小戰爭。」

「妳在說什麼啊，愛芙羅黛蒂？」我問。

愛芙羅黛蒂翻翻白眼。「喂，妳可不可以認眞聽我說話？道理很清楚呀。我這次靈視所看到的，不外是人類與吸血鬼之間的戰爭，以及某種令人頭皮發麻的鬼魅怪物。事實上，攻擊妳的恐怕就是這些怪物，而牠們可能就是奈菲瑞特的爪牙，只是我們目前還不知道牠們的存在。」她停頓，略顯困惑，但隨即聳聳肩繼續說：「管他的，若幸運的話，我們永遠都不必知道牠們是何方神聖，因爲戰爭只會發生在妳被殺死之後。容我補充一句啊，妳的死狀恐怖淒慘。總之，我認爲，只要讓妳活著，我們就能阻止這場戰爭。」

史蒂薇·蕾吐出長長的一口大氣。「有道理，愛芙羅黛蒂。」然後轉身對我說：「我們必須保住妳的命，柔依，不只是因爲我們愛妳甚於一切，更因爲妳必須拯救全世界。」

「喔，太棒了，我必須拯救全世界？」現在，我滿腦子想到的只有：**以前我人生最大的壓力也不過是幾何學呀**。

啊，要死。

6

「對，妳得拯救世界，柔，不過我們會陪著妳。」史蒂薇．蕾說，重重坐回我旁邊。

「不對，白癡，只有我會留在這裡陪她，妳得離開這裡，直到我們想清楚怎麼告訴蠢蛋幫其他人，關於妳和妳那群衛生習慣有問題的朋友的事。」愛芙羅黛蒂說。

史蒂薇．蕾皺眉看著愛芙羅黛蒂。

「什麼？朋友？」我問。

「愛芙羅黛蒂，他們夠可憐了，而且妳要知道，一旦妳死了或者變成活死人，洗不洗澡、打不打扮都變得不重要了。」史蒂薇．蕾說：「再說，妳知道，他們現在好多了，而且有用妳買給他們的那些東西。」

「等等，妳們得倒帶一下。什麼朋友呀，妳們——」話一出口，我立刻明白她們在說什麼。「史蒂薇．蕾，別告訴我妳還跟坑道裡那些噁心的小鬼混在一塊兒。」

「妳不懂，柔依。」

「我替她翻譯：是的，柔依，我還在跟坑道裡那些噁心的廢物鬼混。」愛芙羅黛蒂說，還模仿史蒂薇·蕾的奧克腔口音。

「夠了。」我想都沒想就叫愛芙羅黛蒂閉嘴，然後對史蒂薇·蕾說：「我是不懂，那說來讓我懂啊。」

史蒂薇·蕾深吸一口氣。「呃，我想，這東西」——她指著自己額頭上的鮮紅色刺青——「代表我必須跟其他也有紅色刺青的孩子在一起，這樣我才能幫助他們蛻變。」

「其他孩子也跟妳有相同的紅色刺青？」

她聳聳肩，一臉不自在。「嗯，可以這麼說，不過只有我擁有完整實心的刺青。我想，這代表我已經蛻變完成。而他們額頭上原本藍色的弦月輪廓現在是紅色，也就是說，他們仍然是雛鬼，只不過是，嗯，另一種雛鬼。」

哇！我呆坐著，講不出話，努力消化史蒂薇·蕾這番話的含意。真是太不可思議，沒想到有另一種完全不同的雛鬼存在，而這當然就意味著有另一種完全不一樣的成鬼。有那麼一會兒，這驚人的大發現讓我無比雀躍，心想搞不好這代表只要被標記就都會經歷某種蛻變，也就是說所有雛鬼都不會死！或者至少不會永遠死去。他們只是變成紅色的雛鬼，不論這究竟是怎樣的物種。

接著，我想起那些小鬼有多噁心。他們殺了人類少年，手段駭人。他們還想殺死西斯，幸好我及時救了他。該死，若非我運用五元素的感應力，他們可能連我也一起幹掉了。

我也想起剛剛還瞥見史蒂薇．蕾雙眼閃過紅光，以及她那凶惡的表情——不過，她此刻的言行舉止看來已回復本性，我忍不住想說服自己，剛剛看到的只是我的幻想。

我甩開這些雜念，說：「可是，史蒂薇．蕾，那些孩子之前眞的很可怕。」

愛芙羅黛蒂哼了一聲。「他們現在**還是**很可怕，而且仍住在很可怕的噁心地方。此外，他們也依然很野蠻。」

「他們已經不像之前那麼失控，不過妳也不能說他們是正常的。」史蒂薇．蕾說。

「他們是沒人要的噁心孩子，沒別的。」愛芙羅黛蒂說：「就像沒人要的拖油瓶。」

「沒錯，他們有些人確實有問題，而且也不會是最受歡迎的孩子。不過，那又怎樣？」

「我只是想說，如果我們只須處理妳一個人的問題，或許會比較容易想得出辦法。」

「重點不在於容易不容易。我不在乎我們必須做什麼，或者我該怎麼做。總之，我絕對不讓奈菲瑞特利用那些孩子。」史蒂薇．蕾說，語氣堅定。

史蒂薇．蕾這番話點醒了我。我不禁害怕得發抖，因爲我的直覺隨即告訴我，我料想得沒錯。「喔，我的天哪！難怪奈菲瑞特要讓死去的孩子復活，變成活死人。她要利用他們來打這場與人類的戰爭。」

「可是，柔，那些孩子變成活死人已經有一陣子了，而諾蘭老師和羅倫才剛被殺，也就是說，奈菲瑞特才剛宣布要對人類發動游擊戰啊。」史蒂薇．蕾說。

我沒說什麼，因爲我不能說。若把我心裡的話說出來，絕對會很可怕。我很怕我這些話的每個字會變成一個個小武器，這些武器若組合起來，肯定會摧毀我們所有人。

「怎麼啦？」愛芙羅黛蒂仔細打量我。

「沒什麼。」我重組心裡的話，好讓它們變得稍堪承受。「只不過整件事讓我想到，或許奈菲瑞特長久以來一直期待有個理由讓她對人類開戰。若她眞的創造出那些活死人小鬼當她的私人部隊，我也不意外。艾略特那傢伙死後沒多久，我就看見她和他在一起。她把他控制得死死的，看了就噁心。」我想起奈菲瑞特對艾略特頤指氣使，而他在她面前卑躬屈膝的模樣，以及他吸吮她血液時充滿性暗示的畫面，忍不住打了個寒顫。

「所以我必須回到他們身邊。」史蒂薇．蕾說：「他們需要我照顧，並讓他們知道他們也可以蛻變。若奈菲瑞特發現他們的記印改變，她一定會試圖控制他們，讓他們——嗯，這麼說吧——仍然不怎麼友善。我認爲他們可以變好，就像我現在這樣。」

「可是，那些永遠都不可能變好的小鬼呢？還記得柔依剛剛說到的艾略特嗎？他活著時是個廢物，變成活死人時仍是個窩囊廢。就算他熬過蛻變，變成紅色的什麼鬼，也仍是個廢物。」愛芙羅黛蒂發現史蒂薇．蕾怒視著她，誇張地嘆一口氣，彷彿已經忍耐很久了。「我想說的重點是，他們一開始就不正常，或許妳根本救不了他們。」

「愛芙羅黛蒂，妳不能決定誰值得救，誰不值得救。我猝死前也是個正常的孩子啊，但我現在可不算正常吧。」史蒂薇．蕾說：「而我就值得救！」

「妮克絲！」我出聲。她們兩人滿臉問號地同時轉頭看著我。「有權決定誰值得救的是妮克絲，不是我，不是史蒂薇．蕾，當然也不會是妳，愛芙羅黛蒂。」

「我想，我忘了還有妮克絲。」愛芙羅黛蒂說，將臉撇開，不願讓我們看見她眼裡的痛苦神情。「我想，女神不想跟人類孩子有太多牽扯。」

「不會的，」我說：「愛芙羅黛蒂，妮克絲並沒有拋棄妳。女神仍在這裡看顧著一切。如果她不想理妳，當她拿掉妳的記印時就會同時收回妳的靈視天賦。」這時，我的直覺又一如往常，明確地告訴我，我說得沒錯。愛芙羅黛蒂是個討厭鬼，不過因爲某種理由，她對女神來說很重要。

愛芙羅黛蒂凝視著我。「這是妳猜的，還是妳眞的**知道**？」

「我清楚**知道**。」我堅定地看著她的眼睛。

「妳發誓？」她說。

「我發誓。」

「太好了，愛芙羅黛蒂。」史蒂薇·蕾說：「不過妳還是應該記得自己不算正常。」

「但我很吸引人，總是洗得乾乾淨淨，而且不會在噁心的老坑道裡亂跑，齜牙咬人。」

「妳這麼說我倒想起另一件事。妳爲什麼去坑道？」我問愛芙羅黛蒂。

她翻翻白眼。「因爲這位鄉村歌曲小姐硬要扮演牛仔，死跟著我。」

「那是因爲妳的記印消失時嚇得半死，而我可不像某些人，又爛又惡毒。再說，妳失去記印，多少也算我的錯，所以我本來就該確保妳平安無事。」史蒂薇·蕾說。

「妳咬了我呀，蠢蛋。」愛芙羅黛蒂說：「當然是妳的錯。」

「我已經道過歉了啊。」

「呃，兩位，我們可以轉回正題了嗎？」

「好。我之所以進那蠢坑道，是因爲妳這位蠢好友碰到陽光差點燒成人炭。」

「那幹麼需要離開學校兩天？」

愛芙羅黛蒂的表情看起來有點不自在。「因爲我得考慮個兩天，才能決定是否要回來這裡。況且，我也得幫史蒂薇·蕾買些東西給坑道裡那些怪胎。我可不能就這麼一走了之，讓他們——」她停頓了一下，故意顫抖，製造效果——「繼續噁心下去啊。」

「我們眞的不習慣有訪客。」史蒂薇．蕾說。

「妳所謂的訪客，不是指妳那些朋友想吃的人吧？」愛芙羅黛蒂說。

「史蒂薇．蕾，妳眞的不能讓那些孩子繼續吃人，就連遊民也不行。」我說。

「我知道。這就是我必須回去他們身邊的另一個原因啊。」

「妳還必須帶幾個家事清潔員和一組優秀的室內設計團隊跟妳回去。」愛芙羅黛蒂咕噥著：「我是可以讓我父母的幫傭去幫忙，就怕妳那夥人會把他們吃掉。就像我媽說的，好的非法勞工可不好找。」

「我不會讓那些孩子再吃人，而且我也會努力讓坑道保持整潔。」史蒂薇．蕾辯白。那些陰森的骯髒坑道有多讓人毛骨悚然，我記得清清楚楚。「史蒂薇．蕾，難道我們不能找其他地方給妳和妳那些，呃，紅雛鬼待嗎？」

「不行！」她斷然拒絕，然後微笑表示歉意。「我就是覺得待在地下坑道才對，他們也一樣。我們必須待在地底下。」她瞄了愛芙羅黛蒂一眼，因爲愛芙羅黛蒂正對史蒂薇．蕾皺起鼻子，扮出**作嘔**的表情。「對，我知道這不正常，不過我已經說過，我本來就不正常！」

「啊，史蒂薇．蕾，」我說：「我完全同意，不正常沒什麼不對。我的意思是，看看我。」我指了指自己身上的諸多刺青。這麼多刺青絕對是**不正常**。「我稱得上『不正常』之后吧。不過，**妳**所謂的不正常指的是什麼，可不可以解釋一下？」

「對呀，說說看啊。」愛芙羅黛蒂說。

「好吧。嗯，其實我還不是完全了解自己的狀況，畢竟我完成蛻變，脫離活死人狀態才幾天，不過我有一些正常成鬼應該沒有的能力。」

「像是……」見她猶豫地咬著下唇，我催促她說下去。

「像是『變成石牆的一部分』，爬上宿舍。不過這也可能是因爲我對土有感應力。」

我點點頭，思忖著。「有道理。比方說我就發現我可以召喚元素，讓自己變成濃霧、風之類的，好像隱形起來。」

史蒂薇．蕾的眼睛亮了起來。「對喔，我記得那次妳幾乎完全隱形。」

「是啊，所以或許擁有這種能力不算不正常。可能對某一種元素具感應力的吸血鬼都具有這類能力吧。」

「可惡，原來是這麼一回事！妳們兩個有這麼酷的能力，而我得到的卻是討厭的靈視。」愛芙羅黛蒂說。

「或許是因爲妳本身就是個討厭鬼啊。」史蒂薇．蕾說。

「還有哪些地方不正常？」我搶在她們再次鬥嘴之前趕緊追問。

「我在陽光下會燒起來。」

「現在還會？妳確定嗎？」我知道她還是個活死人時陽光確實是個問題。

「她很確定。」愛芙羅黛蒂搶著回答：「記得吧，我剛剛就說我們得鑽進髒兮兮的坑道，主要就是爲了躲太陽。那時我們跑到市區，太陽一出來，史蒂薇．蕾就抓狂了。」

「我知道我如果留在地面，會發生可怕的事。」史蒂薇．蕾說：「不過我可沒抓狂——只是很擔心。」

「好啦，反正我們兩人對妳的情緒總有不同的解讀。在我看來，妳的手臂被太陽曬到後，整個人就徹底抓狂了。看看吧，柔。」愛芙羅黛蒂指指史蒂薇．蕾的右臂。

史蒂薇．蕾不情願地伸出右手，拉起袖子。我看見她的前臂和手肘整片紅通通，彷彿曾經嚴重曬傷。

「看起來還好啦。以後抹點防曬油，戴上墨鏡和鴨舌帽，就可以解決了。」我說。

「喔，不行啦。」愛芙羅黛蒂說：「妳眞該看看她喝血之前的樣子。那時她的手臂簡直見不得人，後來是因爲喝了血，才從三級嚴重燒燙傷變成輕微的曬傷。不過誰知道萬一她整個身體都被曬到，喝血這招還能發揮多大效用。」

「史蒂薇．蕾，親愛的，先聲明一下，我不是要指責妳。不過妳應該沒在燒起來後跑去喝遊民的血之類的吧？」

史蒂薇．蕾的頭搖得好用力，一頭短鬈髮跟著瘋狂甩動。「沒有，沒有。回坑道途中，我稍微繞了一點路，去市區紅十字會的血庫跟他們借了一些血。」

「**借**代表『用完會還』。」愛芙羅黛蒂說：「除非妳要當第一個得到飲食失調症的吸血鬼，暴飲人血，然後再催吐出來，否則我想妳永遠不可能還他們血。」她得意洋洋地看著史蒂薇．蕾。「所以，事實上應該說妳偷了血。說到這，就得談談妳這位好友的另一項新本領。這我可是親眼目睹，而且還不只一次。沒錯，聽來很嚇人：她能夠控制人類的心思。詭異吧。注意喔，詭異可是**怪胎**的特質。」

「妳說完沒？」史蒂薇．蕾問她。

「可能還沒，不過可以換妳先說。」愛芙羅黛蒂回答。

史蒂薇．蕾不悅地對她蹙起眉頭，然後繼續跟我解釋：「愛芙羅黛蒂說得沒錯，我好像可以侵入人類的心靈去做一些事。」

「做一些事？」我問。

史蒂薇．蕾聳聳肩。「比如讓他們接近我，或者讓他們忘記曾經看過我。我不確定還能不能叫人類做別的事。我在完成蛻變之前就多少有這種能力，只是沒到現在這種程度。這種控制心智的能力眞的讓我有點忐忑。我總覺得，我不知道啦，這好像很邪惡。」

愛芙羅黛蒂哼了一聲。

「好，還有別的嗎？妳仍然得被邀請才能進入別人家嗎？」才問完這個問題，我就逕自替她回答：「等等，一定不需要了，因爲我剛剛並沒邀請妳，妳就直接進來了。我不是說我不想邀請妳，我當然很樂意讓妳進來。」我迅速補上後面這兩句。

「這點我不清楚。那時我是直接走進紅十字會。」

「妳應該說，妳先控制了那個實驗室小技師的心智，讓她替妳開門後，妳才直接走進去。」愛芙羅黛蒂說。

史蒂薇．蕾尷尬地紅了臉。「我沒傷害她或任何人，而且她不會記得這事。」

「不過她並沒邀請妳進入？」我問。

「沒有。紅十字會是公共場所，對我來說感覺有點不同。對了，我想妳不需要邀請我進來這裡，柔，因爲我以前就住這裡，記得吧？」

我微笑看著她。「當然記得。」

「如果妳們兩個要開始手牽手，唱起『我們都是好朋友』，我就要告退了，因爲我快吐啦。」愛芙羅黛蒂說。

「妳可以控制愛芙羅黛蒂的心智，一勞永逸地解決她這種討人厭的個性嗎？」我問。

「沒辦法，我試過了。她的腦袋有點特別，我進不去。」

「那是因爲我的智慧高人一等。」愛芙羅黛蒂說。

「應該是妳惹毛別人的功夫高人一等吧。」我說：「繼續吧，史蒂薇．蕾。」

「我想一想，還有什麼……」她思忖了幾秒鐘，然後說：「我比以前更強壯了。」

「一般的成鬼都很強壯。」我說。接著，我想起之前她經常急著喝血的樣子。「那，妳現在還是非喝血不可嗎？」

「對，但就算沒及時喝到，也不會像以前那樣抓狂。我還是想喝，但應該不是非喝不可的嗜血怪物。」

「但她可沒百分之百確定哦。」愛芙羅黛蒂說。

「我很不想聽到她說對一些事情，不過她說得沒錯。」史蒂薇．蕾說：「我還不清楚自己到底蛻變成什麼樣的吸血鬼，想到這點我就發毛。」

「別擔心，我們有很多時間可以搞懂的。」

史蒂薇．蕾笑笑，然後聳聳肩說：「嗯，那妳們兩位就自己去搞懂吧，因爲我要閃人了。」她突然出其不意地往窗戶移動。

「等等，我們還有好多事沒說。校方已宣布寒假結束，這裡馬上會擠滿雛鬼和成鬼，更別說還有冥界之子進駐以及對人類開戰的事，我恐怕不容易離開校園。所以我不知道何時才能再見到妳。」一想到這麼多事，我開始喘不過氣來。

「別擔心，柔，妳給我的那支手機還在。妳可以打給我，我隨時都能溜回來。」

「妳是說沒有太陽的時候吧。」愛芙羅黛蒂說，並跟著我一起替史蒂薇．蕾打開窗戶。

「對，我就是這個意思。」史蒂薇．蕾看著愛芙羅黛蒂。「妳知道的，妳如果不想待在這裡繼續假裝，可以和我一起走。」

我訝異地眨眼盯著我這位摯友。她幾乎無法忍受愛芙羅黛蒂，但這會兒竟說要提供地方給她住，而且語氣還非常溫柔，就像我以前認識而且喜歡的史蒂薇．蕾。

「眞的，妳可以和我一起走。」史蒂薇．蕾又說了一次。看愛芙羅黛蒂不發一語，她隨即補了一句讓我更驚訝的話：「我知道那種假裝的感覺。妳在坑道裡就不必假裝了。」

我以爲愛芙羅黛蒂會對她這番話嗤之以鼻，又劈里啪啦地奚落起那些紅雛鬼和他們又髒又臭的居住環境，沒想到她的回答竟比史蒂薇．蕾的話更讓我難以置信。

「我必須留在這裡，假裝我仍是雛鬼。我不能把柔依一個人丟在這裡。我不相信那個同性戀男孩和那兩個蠢雙胞胎會挺柔依。不過還是謝謝妳，史蒂薇・蕾。」

我對愛芙羅黛蒂微笑。「看吧，妳也可以很友善。」

「我不是友善，我只是務實。有戰爭的世界實在不怎麼美。妳知道的，大家汗流浹背奔逃，相互鬥毆殺戮。這樣的世界非常不適合維持美麗髮型和漂亮指甲。」

「愛芙羅黛蒂，」我不耐煩地對她說：「友善不是壞事。」

「這話可是『不正常』之后說的。」愛芙羅黛蒂譏諷地說。

「這代表她是妳的皇后，靈視小姐。」史蒂薇・蕾說完後迅速給我一個擁抱。「掰掰，柔，我們很快會再見面的，我保證。」

我回抱她，好愛她聽起來、聞起來、抱起來又像以前的她的那種感覺。「好，不過我眞的好希望妳不用走。」

「沒事，妳會發現一切都會沒事的。」說完她爬出窗戶。我看著她像噁心的昆蟲沿著垂直的宿舍牆面往下爬，直到身體彷彿化爲依稀蕩漾著的透明漣漪，幾乎徹底消失。若非我知道她人就在牆上，很可能完全看不見她。

「她就像那種會隨著四周環境改變顏色的蜥蜴。」愛芙羅黛蒂說。

「那叫變色龍。」我說。

「妳確定嗎？我覺得變色壁虎可能比較適合史蒂薇．蕾。」

我皺眉對她說：「我確定。拜託別再自作聰明。來幫我關窗啦。」關上窗戶，拉上窗簾後，我嘆了一口氣，搖搖頭。這次主要是對我自己搖頭而非衝著愛芙羅黛蒂。「那，接下來要做什麼？」

愛芙羅黛蒂開始在她老是掛在肩膀上的名牌Coach小包包裡翻找。「我是不知道妳要幹麼啦，不過我現在要用這支可笑的眼線筆將我的記印畫回來。妳相信嗎，我竟然在Target大賣場發現這種眼線筆？」她故意全身顫抖，表示噁心，然後說：「難不成時尚白癡會畫眼線啊？總之，我現在要把記印畫好，然後去參加奈菲瑞特召開的蠢會議。」

「我要問的是，**現在我們該怎麼處理這些攸關生死的事？**」

「我怎麼知道！我很不想這樣欸。」她指指額頭上的假記印。「這些事情我都不想要。我只想回到妳出現之前的時候。我想要受歡迎，威風凜凜，跟學校最夯的帥哥約會。而現在，我一無所有，**還**成了具有可怕靈視的人類，**而且**我對這種狀況束手無策。」

半晌，我啞口無言，想到自己確實害愛芙羅黛蒂失去人氣、權勢，以及男朋友。等我終於開口，我萬分驚訝自己竟然把心裡的話直接說出口。「妳一定很恨我。」

她盯著我好一會兒。「我的確曾經恨妳。」她緩緩地說：「但現在我恨的是我自己。」

「別這樣。」我說。

「爲什麼我不該恨自己？所有人都恨我啊。」她狠狠地說，但雙眼盈滿淚水。

「妳還記得不久前，妳認爲我很天眞無知時，對我說的那句難聽的話嗎？」

她嘴角略揚，露出一抹微笑。「妳得提示我，畢竟我對妳說過太多難聽的話。」

「嗯，那次妳說，權力會改變一個人，害人犯錯。」

「喔，對，我想起來了，我說權力會改變人，但我指的是妳旁邊的人。」

「反正，妳說對了，他們和我都變了，這點我現在終於明白，而且也能體會妳之前怎麼會幹那麼多蠢事。」我笑笑，繼續說：「不是妳幹過的所有蠢事我都懂，不過我懂得也不少了。因爲我自己也幹了蠢事，而且我相信，我還會繼續蠢下去——這還眞令人難過。」

「是令人難過，不過確實如此。」她說：「喔，對了，既然聊到權力會改變人，那我要提醒妳，面對史蒂薇．蕾，妳也得記住這一點。」

「什麼意思？」

「就像我說的，她變了。」

「妳不能說清楚些嗎？」我說，開始反胃。

「別裝得好像妳沒注意到她很怪。」愛芙羅黛蒂說。

「那是因爲她經歷了太多事。」我替她辯解。

「這就是我的重點啊，她經歷過很多事，所以她變了。」

「妳一向不喜歡史蒂薇．蕾。我不期望妳在短時間內就跟她處得來，不過我不想聽妳這些鬼話——尤其她剛剛還說願意讓妳跟她一起回去，好讓妳不用待在這裡，假裝妳仍是雛鬼。」我愈說愈生氣，但我不知道自己是氣愛芙羅黛蒂說史蒂薇．蕾的壞話，還是氣她說出了我不想面對的可怕眞相。

「妳有沒有想過，或許她要我跟她一起離開，是因爲她不希望我跟妳在一起？」

「別傻了。她幹麼在意妳跟我在一起？她是我最要好的朋友，又不是我男友。」

「因爲她知道我已經看破她的小動作，怕我會把眞相告訴妳。這眞相就是她已經不再是原來的她。我並不清楚她現在是什麼，我想她自己也不知道，不過我很肯定她不再是以前那個善良、無趣的史蒂薇．蕾。」

「我知道她不再是原來的她！」我氣急敗壞地說。「她怎麼可能不改變？她死過欸，愛芙羅黛蒂！就死在我懷裡，記得嗎？我是她的好朋友，絕不會因爲她經歷生死大事後有所改變就背棄她。」

愛芙羅黛蒂站在原地，不發一語，凝視我好久——久到我的胃又開始痛。終於，她聳起一肩，說：「好，妳就相信妳願意相信的吧。我希望妳是對的。」

「我說得絕對沒錯，而且我不想再談這事了。」我說，但心裡有一種詭異的忐忑不安。

「好，」她說：「我不會再談這事了。」

「很好。妳快把記印畫完，我們去參加會議吧。」

「一起去？」

「對。」

「妳不在乎別人知道我們不再是死對頭？」她說。

「嗯，我想，人們——尤其是我那幾個朋友——見到我和妳突然變成朋友，心裡一定會犯嘀咕，想一堆有的沒的。」

愛芙羅黛蒂眼睛一亮。「這樣一來，他們的小腦袋就不會想到史蒂薇．蕾的事。」

「他們的腦袋不小。」

「隨便啦。」

「不過，妳說得沒錯。孿生的和戴米恩的腦袋就會忙著不爽妳，省得奈菲瑞特碰巧讀出他們的什麼心思。」

「看來妳心裡有計畫了。」她說。

「可惜我的計畫只到這裡。」

「嗯，至少妳很誠實，妳真的不曉得接下來要做什麼。」

「妳人真好，連這樣妳也能往好的地方看。」

「我能幫的一定幫。」愛芙羅黛蒂說。

她把假記印畫完後，我們走向門口。打開門之前，我側頭瞥了她一眼，說：「喔，還有，我也不恨妳。」我說：「事實上，我現在有點喜歡妳了。」

愛芙羅黛蒂露出她擅長的冷笑，說：「瞧，這就是我說的，妳不知道自己在幹麼。」

我大笑，打開門，一頭撞上戴米恩、傑克和孿生的。

7

「柔，我們要跟妳談談。」戴米恩說。

「不過她最好先離開。」簫妮說，狠狠地瞪著愛芙羅黛蒂。

「是啊，出去時臭屁股可別撞到門啊。」依琳說。

我看見愛芙羅黛蒂臉龐閃過一絲受傷的神情。「好，我這就走。」她說。

「愛芙羅黛蒂，妳別走。」我得等孿生的不敢置信地嘀咕完，才能繼續說話。「愛芙羅黛蒂對妮克絲很重要。你們相信妮克絲的判斷嗎？」我問，逐一看著他們。

孿生的、傑克和戴米恩面面相覷，沉默良久。最後戴米恩說：「我想，我們不得不承認愛芙羅黛蒂對妮克絲來說很特別，但老實說，我們沒人信任她。」

「我信任她。」我說。好吧，或許不是百分之百信任，不過我知道妮克絲正透過她在作工。

「真諷刺啊，我們對妳剛好有信任危機。」簫妮說。

「蠢蛋幫，你們在胡言亂語什麼啊。」愛芙羅黛蒂說：「這一秒你們說『喔，對，我們相信妮克絲！』下一秒又說你們對柔依有信任危機。柔依是獨一無二的雛鬼欸，妮克絲從沒賜給人──不管雛鬼或成鬼──這麼多天賦。搞清楚了嗎，各位？」愛芙羅黛蒂翻翻白眼。

「愛芙羅黛蒂或許說到重點了。」戴米恩說，在一片驚愕的沉默中。

「我沒聽錯吧？」愛芙羅黛蒂譏諷地說。「好吧，現在提供個消息給你們這群蠢蛋幫──根據我最近的靈視，柔依將被殺害，全世界因此陷入混亂。你們知道誰該為你們這位好朋友的死負責嗎？」她將話語打住，揚起眉毛看著戴米恩和孿生的，然後說：「就是你們。柔依會死，全是因為你們這些傢伙棄她於不顧。」

「她預見妳死去？」戴米恩問我，臉色瞬間蒼白。

「對，事實上是死兩次。不過她預見的景象很混亂。她是從我的角度看到整個過程的，有點可怕。總之，我必須遠離水和──」我趕緊打住話語，差點說出**奈菲瑞特**這幾個字。幸好，愛芙羅黛蒂及時插話。

「──她必須遠離水，而且不能被孤立。」她說：「也就是說，你們必須親吻和好。不過等我沒看見時再行動，否則我一定會吐。」

「妳真的讓我們很生氣，柔。」簫妮說，臉色跟戴米恩一樣蒼白。

「不過，即使如此，我們也不想見到妳死掉。」依琳接著說，同樣一臉難過。

「妳若死了，我也會死。」傑克啜泣著說，伸手握住戴米恩的手。

「好，那你們就得拋棄成見，繼續當相親相愛的蠢蛋幫。」愛芙羅黛蒂說。

「妳什麼時候關心起柔依的死活啊？」戴米恩問。

「自從我爲妮克絲效命，而不是只爲自己。既然妮克絲很鳥柔依，我理所當然也要鳥柔依。我這是在做好事。我還以爲你們是她的好朋友，竟因爲一兩個祕密和一些愚蠢的誤會就孤立她。」愛芙羅黛蒂看我一眼，哼了一聲說：「要命唷，柔依，妳有這樣的朋友。還好現在我們不是死對頭。」

戴米恩的視線從愛芙羅黛蒂身上移開，搖了搖頭，看來此刻的心情是難過勝於憤怒。

「我眞正不解的是，妳寧可把一些事情告訴**她**，卻不告訴我們。」

「喔，拜託，同性戀小子，毋須爲了我取代你在柔依身邊的蠢位置而大驚小怪，好嗎？她之所以告訴我，原因很簡單，成鬼無法讀我的心思。」

戴米恩驚訝地眨了眨眼，然後恍然大悟，雙眼圓睜看著我。「他們也不能讀出妳的心思，是嗎？」

「對，他們不能。」我說。

「喔，可惡！」簫妮說：「妳是說，妳認爲告訴我們就等於告訴所有人？」

「成鬼不會那麼容易讀出雛鬼的心思的，柔。」依琳說：「要是那樣，一天到晚都會有一大堆孩子遭殃。」

「等等，他們不會在乎雛鬼溜出校園或摟摟抱抱。」戴米恩緩緩地說，一邊說一邊推想。「成鬼不在乎一些典型的青少年違規行徑，所以他們不會一直『監聽』我們。」

「不過，萬一他們認爲某些事情不只是一兩件小違規，而且他們認爲有一群雛鬼知道了些什麼事呢？」我說。

「那麼，他們就會集中精神監聽那群雛鬼。」戴米恩替我做出結論。「所以，妳眞的必須隱瞞我們一些事！」

「該死。」簫妮說。

「可惡。」依琳說。

「到現在才搞懂，你們這些傢伙反應還眞遲鈍。」愛芙羅黛蒂說。

戴米恩不理她，逕自問我：「這些事與史蒂薇．蕾有關，對吧？」

我點點頭。

「對了，既然說到她，」簫妮說。

「她現在怎樣了？」依琳把話問完。

「沒怎樣。」愛芙羅黛蒂說：「她找到我。我發現我額頭上的記印又出現後，就沒再抓狂，然後我就回來這裡。」

「那她去哪裡？」戴米恩問。

「我看起來像她的保姆嗎？我怎麼知道你們那個鄉巴佬朋友跑去哪裡？她只說她必須離開，因為有要事得處理，說得好像那事情有多大條。」

「如果妳要說史蒂薇．蕾的壞話，就等著吃我的拳頭。」簫妮說。

「我會幫妳抓住她那瘦不拉嘰的扁屁股，孿生的。」依琳接腔。

「妳們兩人的腦袋是共用的啊？」愛芙羅黛蒂說。

「喔，天哪，夠了！」我大吼。「我可能會死欸，死兩次欸。今天有陰森森的鬼東西攻擊我，到現在我仍然怕得拉不出屎。我不清楚史蒂薇．蕾到底是天殺的怎麼一回事。而奈菲瑞特要召開委員會會議，搞不好是要談他媽的開戰計畫——但我認為這場戰爭根本就不對。現在，又有你們這些傢伙不停鬥嘴！你們讓我頭好痛，而且快把我惹毛了。」

「你們最好乖乖聽她的。我數過了，在剛剛那一小段訓話中，她罵了兩次髒話和一句類似髒話的話。她這次是來真的。」愛芙羅黛蒂說。

我看到孿生的想笑又不敢笑。拜託，我不喜歡罵髒話有這麼值得大驚小怪嗎？

「好，我們會好好相處。」戴米恩說。

「為了柔依。」傑克說，對我露出甜美的笑容。

「為了柔依。」孿生的異口同聲附和。

我看著他們，心頭揪緊。他們又挺我了——不管發生什麼事，他們會站在我身邊。

「謝謝你們。」我說，眨眨眼睛，將眼淚擠回去。

「大家一起抱一下吧！」傑克說。

「啊，不會吧。」愛芙羅黛蒂說。

「這一點我們很同意愛芙羅黛蒂。」依琳說。

「是啊，該閃了。」簫妮接腔。

「啊，對，戴米恩，我們也該走了。你跟史塔克講過，會議開始之前我們會去看他是否安頓妥當了。」傑克說。

「喔，對。」戴米恩說：「掰，柔，待會兒見。」

他和傑克跟著孿生的邁出我房間，一行人在走廊上邊對我大喊「再見」邊離開，隨即又聊起史塔克有多帥，留下我和愛芙羅黛蒂。

「我這些朋友還不賴吧？」我說。

愛芙羅黛蒂將她冷冷的湛藍眼睛轉向我。「都是蠢蛋。」

我笑了出來，斜著肩撞了撞她。「那麼，妳也是蠢蛋嘍。」

「我就是怕這個。」她說：「對了，既然我這麼慘——妳來我房間一下。委員會會議開始之前有些事情妳得幫我弄清楚。」

我聳聳肩。「沒問題。」事實上，我現在感覺好得不得了。我的朋友又跟我說話了，而且他們和愛芙羅黛蒂似乎有可能和睦相處。「喂，」沿著走廊前往愛芙羅黛蒂房間時，我說：「注意到了嗎，剛剛孿生的離開前說了妳的好話？」

「她們兩個簡直像連體嬰，眞希望有人把她們帶去實驗室檢查一番。」

「妳這種態度對事情眞的一點幫助都沒有。」我說。

「我們專心處理眞正重要的事，好嗎？」

「比如什麼？」

「當然是我，以及我需要妳幫我弄清楚的事呀。」愛芙羅黛蒂打開房門，我們走進她的私人宮殿。

「愛芙羅黛蒂，有沒有人說過妳可能有性格偏差的問題？」

「是有幾個漫天要價的心理醫生說過。不過誰鳥他們啊？」愛芙羅黛蒂穿過房間，打開手工塗繪雕花衣櫃（搞不好是價格不菲的古董）。這座衣櫃旁邊就是她手工雕刻的四柱天篷床（肯定是古董，貴到嚇死人）。她一邊翻找衣櫃一邊說：「喔，對了，妳得設法讓委員會同意妳和我——老天，有夠倒楣——以及妳那群蠢蛋幫離開校園。」

「什麼？」

愛芙羅黛蒂嘆一口氣，轉身看著我。「妳可不可以專心聽我說話啊？我們必須離開學校，才能弄清楚史蒂薇．蕾和她那群噁心的朋友在搞什麼鬼啊。」

「我已經告訴過妳，不准再說史蒂薇．蕾的壞話。她沒在搞什麼鬼。」

「這點還有得討論呢。不過既然妳拒絕在這時候理智地討論，那我就修正一下吧。我指的是跟她在一起的那些怪胎。萬一被妳說對了，奈菲瑞特要利用他們來對付人類呢？不是我喜歡人類，而是我真的不喜歡戰爭。所以我在想，妳得去好好了解一下狀況。」

「我？為什麼是我？還有，為什麼我必須設法讓我們大家能進出校園？」

「因為妳是超級雛鬼英雄啊。我不過是妳美麗迷人的跟班。至於那群蠢蛋幫，則是妳的笨蛋小嘍囉。」

「還眞讚哨。」我說。

「嗨，別有壓力嘛，妳會想出辦法的。妳一直都很行啊。」

我驚訝地眨眼看著她。「眞沒想到妳對我這麼有信心。」我這話不是開玩笑。我的意思是，從她那樣子看來，她眞以爲我有辦法解決這些亂七八糟的事。

「妳應該不至於太驚訝吧。」她轉身回去翻找凌亂的衣櫃。「畢竟我比其他人更清楚妮克絲賜給妳多少天賦啊。總之，妳很厲害，能力超強，啪啦啪啦之類的。所以妳一定會想出辦法的。終於找到了！天哪，眞希望他們同意我們找女傭來學校。每次我弄亂了房間，不得不整理時，就老是找不到我要的東西。」愛芙羅黛蒂轉過身，手裡拿著一個漂亮的打火機和一只漂亮的水晶玻璃杯，杯裡插著一根綠色蠟燭。

「妳要我幫妳弄清楚的事情與蠟燭有關？」

「喔，妳眞天才！有時我**眞**懷疑妮克絲怎麼會選中妳。」她將金色小打火機遞給我。

「我要妳幫我確定我對土是否仍有感應力。」

8

我的視線從綠蠟燭移到愛芙羅黛蒂。她臉色蒼白，雙唇緊緊抿成一條毫無血色的細縫。

「自從妳的記印消失後，妳還不曾召喚過土元素？」我輕聲問。

她搖搖頭，繼續露出胃痛的表情。

「好，妳說得沒錯，我確實可以幫妳弄清楚這事。看來我應該設立守護圈。」

「我就是這麼想的。」愛芙羅黛蒂顫抖著深吸一口氣。「該面對的還是要面對。來吧。」她走向房間另一頭，床鋪那側的牆邊，站定後舉起蠟燭。「這裡是北方。」

「好。」我毅然決然地走到愛芙羅黛蒂面前，接著轉身面向東方，閉上眼睛，集中念力。「它充盈我們的肺，賜給我們生命。我召喚風來到守護圈。」雖然沒有代表風元素的黃蠟燭——也沒有戴米恩和他對風的感應力——我還是立刻感覺到風元素回應我，一股輕柔微風拂過我的身體。

我睜眼轉向右邊，依聖圈方向，也就是順時針方向，繞圈走到南邊站定。「它暖和我們，給我們安全和溫暖。我召喚火來到守護圈。」隨著第二個元素降臨，我感覺到四周空氣溫暖起來，忍不住漾起微笑。

我再次右轉前進，走到西方站定。「它洗滌、滋潤我們。我召喚水來到守護圈。」語畢，我立刻感覺到無形的沁涼海浪沖刷我的腳。接著，我微笑走到愛芙羅黛蒂面前。

「準備好了嗎？」我問她。

她點點頭，閉上眼，舉起代表土元素的綠蠟燭。

「它供養我們，擁抱我們。我召喚土來到守護圈。」我彈開打火機，將小小火焰舉向蠟燭。

「啊，可惡！」愛芙羅黛蒂大叫，丟開蠟燭，好似被它螫到。蠟燭掉落在她腳邊的木頭地板上，摔得粉碎。她盯著破碎的玻璃杯和蠟燭一會兒，才抬起頭。我看見那雙眼睛已盈滿淚水。「我失去感應力了。」她的聲音是那麼微弱，淚水奪眶而出，滾落臉龐。「妮克絲收回去了，我就知道她會這麼做。我知道我不夠好，不配得到像土元素感應力這麼棒的禮物。」

「我不相信。」我說。

「可是妳親眼看見了。我不再是土，妮克絲不讓我代表土元素了。」她哽咽地說。

「我不是說妳仍能感應土。我是說，我不認爲妮克絲收回這項天賦是因爲妳不配。」

「我是不配。」她抽抽噎噎地說。

「我就是不相信。來，我讓妳瞧瞧。」

我退後一小步，再召喚一次：「它供養我們，擁抱我們。我召喚土來到守護圈。」霎時，四周湧現春天草原的氣味和聲息。我努力不理會愛芙羅黛蒂因我這舉動而哭得更厲害，逕自走到守護圈中央，召喚五元素的最後一個。「我們誕生之前是它，最終歸宿也是它。我召喚靈來到守護圈。」最後一個元素充滿我，我的靈魂唱起歌來。

我緊抓著召喚元素時感受到的力量，雙手高舉過頭。我仰起頭，但不是看天花板，而是透過想像看向天花板之外那無垠穹蒼的黑絲絨夜空。我祈禱——不是我媽和她丈夫（亦即我那垃圾繼父）那種祈禱。他們的禱告盡是虛情假意的謙卑姿態，充斥著一堆裝飾性的「阿門」。我不一樣。我禱告時不會變成另一個人。我跟我的女神說話時，就像在跟阿嬤或最好的朋友交談。

我相信妮克絲會欣賞我這種誠實的態度。

「妮克絲，站在妳恩賜的這個能量充盈的位置，我懇求妳聆聽我禱告。愛芙羅黛蒂失去了很多東西，我不認爲這是因爲妳已經不在乎她。我相信現在有別的狀況發生了。無論那是什麼狀況，我眞的希望妳能讓她知道妳仍與她同在。」

什麼動靜都沒有。我深吸一口氣，再次集中念力。我聽過妮克絲的聲音。我的意思是，有時她眞的會跟我說話。但有時我只是有特別的感覺。**現在，任何一種回應都行**，我默默地在禱告中補上這一句話，更集中念力，專心傾聽，甚至緊閉雙眼，屏住呼吸。事實上，我專心到幾乎沒聽見愛芙羅黛蒂發出驚愕的喘息聲。

一睜開眼，我驚訝得目瞪口呆。

在愛芙羅黛蒂和我之間，飄浮著一位美麗女子的銀亮影像。事後愛芙羅黛蒂和我試圖描述她的模樣，才發現我們記不得細節，只能說她像是神靈乍然現身，實非言語所能形容。

「妮克絲！」我驚呼。

女神對我微笑，我一顆心快樂到快要蹦出胸腔了。「妳好，我的**嗚威記阿給亞**。」她說，以切羅基族語「女兒」稱呼我。「妳呼求我是對的。柔依，妳應該更常聽從妳的直覺，因爲它絕不會把妳帶往錯誤的方向。」

然後女神轉身看著跪在她面前啜泣的愛芙羅黛蒂。

「別哭，我的寶貝孩子。」宛如美夢成眞，妮克絲伸出她如幻似眞的手，撫摸愛芙羅黛蒂的臉龐。

「原諒我，妮克絲！」愛芙羅黛蒂哭著說：「我做過好多蠢事，犯過好多錯誤，對不起，眞的對不起。我不怪妳拿走我的記印以及土元素感應力。我知道自己不配擁有。」

「女兒啊，妳誤解我了。我沒有消除妳的記印，是妳的人性強烈到讓它不見，而也就是這人性的力量拯救了史蒂薇．蕾。不管妳喜不喜歡，妳永遠都具有強烈的人性，而這就是我如此愛妳的原因。然而，孩子，千萬別以爲妳現在**只是**人類。事實上妳遠不只這樣。但這到底是什麼意思，只能留待妳自己去發現，去抉擇。」女神拉著愛芙羅黛蒂的手，扶她起身。

「我希望妳了解，土元素的感應力從來就不屬於妳，妳只是暫時替史蒂薇．蕾保管。要知道，除非她重拾人性，否則土元素就無法眞正住在她裡面。所以我委託妳保守這份珍貴的天賦，同時讓妳成爲史蒂薇．蕾重拾人性的憑藉。」

「所以，妳不是在懲罰我？」愛芙羅黛蒂說。

「不是，女兒。妳對自己的懲罰已經夠多了，毋須我再添一筆。」妮克絲輕聲說。

「而且妳也不討厭我？」愛芙羅黛蒂喃喃地說。

妮克絲流露既歡喜又難過的笑容。「如我之前所說，我愛妳，愛芙羅黛蒂，而且會永遠愛妳。」

這次我知道愛芙羅黛蒂臉上撲簌而下的是歡喜的眼淚。

「前方還有漫長的路等著妳們兩個。很多時候妳們必須一起走過。要相互扶持，傾聽妳們的直覺，相信妳們心裡安靜、細微的聲音。」

女神轉向我。「嗚威記阿給亞，前方有莫大的危險。」

「我知道。妳應該也不想見到這場戰爭吧。」

「我確實不想，女兒。不過我所說的危險不是指戰爭。」

「若妳不想有戰爭，何不直接阻止？奈菲瑞特必須聽妳的話！她必須遵從妳的命令！」

我不知道自己爲什麼突然激動起來，特別是在女神如此沉靜地凝視著我的時候。

妮克絲沒回答我，反而提出問題。「妳知道在我給我兒女的禮物當中，最大的恩賜是什麼？」

我努力想，但頭腦一團混亂，交錯著如字謎遊戲般的思緒和零碎的眞相。

愛芙羅黛蒂的聲音是如此清晰有力：「自由意志。」

妮克絲微笑著說：「正確，女兒。而且，一旦我賜予禮物，就絕不收回。因爲禮物已成爲那人，若我插手，強求服從，尤其是透過收回感應力的方式，我就會摧毀那人。」

「但是，就像妳現在跟我們談話一樣，若妳跟奈菲瑞特談談，或許她會聽妳的話。她是妳的女祭司長呀。」我說：「她理所當然應該聽妳的。」

「說到這，我就難過，不過奈菲瑞特已經決定不再聽我的話。我要警告妳的危險就是這個。奈菲瑞特的心已轉向另一個聲音，那聲音對她低語已經很長一段時間。我曾希望她對我的愛能戰勝那聲音，但沒有。柔依，愛芙羅黛蒂在很多方面都很聰明，當她說權力會改變一個人，她說得對極了。權力經常會改變掌權者，以及掌權者身邊最親近的人。不過，即便人們相信權力使人腐化，大家也想得太過簡單了。」

聆聽她說話的同時，我注意到妮克絲身體的光芒開始蕩漾，彷彿原野升起一片月光朦朧的薄霧，她的影像逐漸模糊。

「等等，先別走！」我大喊：「我還有好多問題要問。」

「生命將會向妳揭示妳必須做的抉擇，問題的答案就在其中。」

「但是，妳說奈菲瑞特一直在傾聽另一個聲音，這代表她已經不再是妳的女祭司長了嗎？」

「奈菲瑞特已經離開我的道路，選擇了混亂。」女神的影像開始波動。「記住，我賜予的，我絕不收回。所以千萬別低估奈菲瑞特的力量。她企圖喚醒的怨恨，是非常危險的力量。」

「妳嚇到我了，妮克絲。我—我老是搞砸事情啊，」我囁囁嚅嚅地說：「尤其最近。」

女神又笑了。「妳的不完美正是妳所擁有的力量的一部分。向土元素尋求力量，向妳阿嬤族人的故事尋求答案吧。」

「妳把我該知道、該做的事直接告訴我，這樣會比較保險吧。」我說。

「我的每位兒女都必須找到自己的路。透過這追尋的過程，妳將會做出每個大地子女最終必須做出的抉擇，無論她選擇的是混亂還是愛。」

「可是，有時混亂和愛好像是同一件事呀。」愛芙羅黛蒂說。我聽得出她試圖維持恭敬的語調，但口氣裡顯然帶著憤怒。

妮克絲似乎不在意愛芙羅黛蒂這番話，只是點點頭，說：「沒錯，但妳們如果更深入去看，就會發現混亂和愛雖然同樣很有力量，很誘人，但它們很不一樣，一如月光與日光不一樣。記住……我永遠不會遠離妳們的心，我的寶貝女兒……」

最後一道閃爍的銀光一閃，女神消失無蹤。

9

「喔，太讚了。混亂和愛是同樣的東西，但又不一樣。奈菲瑞特仍有法力，卻不再聽妮克絲的話。還有，她想喚醒什麼危險的東西。這到底是什麼意思啊？是抽象的喚醒，譬如喚起吸血鬼與人類之間的仇殺，還是她眞的要喚醒某種可能吃掉我們所有人的鬼東東？那鬼東東會不會就像之前在黑暗中抓傷我的那種恐怖東西？唉，我本來要問妮克絲，到底抓傷我的東西是什麼，可是沒機會問。總之，太讚了。」我邊和愛芙羅黛蒂匆忙離開女生宿舍，邊叨念。糟糕，看來我們趕不及準時參加委員會會議了。

「別看我，我自己的謎團已經夠多了。我是人類，但又不是？這到底是什麼意思？還有，我的人性怎麼可能那麼強，那麼糟——我根本不喜歡人類呀？」愛芙羅黛蒂嘆一口氣，摸弄頭髮。「可惡，我的頭髮都亂了。」她轉過臉，對我說：「看得出我剛哭過嗎？」

「我說過幾億次了，妳看起來很好。」

「可惡，我就知道，我看起來很糟。」

「愛芙羅黛蒂，我是說妳看起來很好！」

「沒錯，但對多數人來說，**好**代表好，對我來說代表不好。」

「行行好，我們的女神，永恆不朽的妮克絲才剛現身跟我們說話，而這會兒妳只關心妳看起來好不好？」我搖搖頭。這未免太膚淺了吧，就連對愛芙羅黛蒂這麼膚淺的人來說，都顯得過於膚淺。

「對，這很不可思議，妮克絲很不可思議。我又沒說不是。好啦，妳的重點是什麼？」

「我的重點是，見過女神現身以後，妳應該，我不知道啦，或許應該在乎其他更重要的事吧，不要只在乎妳已經夠完美的頭髮。」我氣到快沒力了。我真的得跟這種人一起迎戰驚天動地的邪惡勢力？唉，妮克絲的旨意還眞不是普通的神祕。

「妮克絲很清楚我是怎樣的人，但她還是愛我。總之，我就是**這個德性**。」她舉起一隻手搖晃翻動著，繼續問我：「妳眞的認爲我的頭髮很完美嗎？」

「就跟妳那討人厭的膚淺態度一樣完美。」我說。

「喔，那就好。好，我覺得好多了。」

我對她皺眉，但沒再說什麼，跟她一起快速跑上樓梯。委員會會議室就在樓上圖書館的對面。我以前從未進去過那房間，不過倒經常從外頭往裡面窺。會議室沒人時門幾乎都開著，只要進出圖書館，我都忍不住瞥一眼，也總是不自禁地盯著那張搶眼的漂亮大圓桌。說眞的，我甚至問過戴米恩，這張圓桌會不會就是古代亞瑟王召集武士開會的那張「圓桌」。他說，他覺得應該不是，但不敢百分之百確定。

今天，不再是空蕩蕩的引人好奇的房間，委員會會議室擠滿了吸血鬼和冥界之子——當然，還有幾位領袖生委員會的雛鬼。幸好，我們及時在房門關上前溜了進來。達瑞司關上門後，便雄壯威武地守在門邊。愛芙羅黛蒂對他露出挑逗的微笑。我見到他的眼睛閃閃發亮地凝望著她，頓時眞想大嘆一口氣，不過終究忍了下來。她想晃回去跟他聊天，但我抓住她的手臂，硬拖往戴米恩旁邊那兩個空位。

「謝謝你替我們留位置。」我壓低聲音對他說。

「不客氣。」他悄聲回答，給我一個熟悉的笑容。這笑容溫暖了我，也幫助我減輕些許緊張情緒。

我環顧圓桌四周。愛芙羅黛蒂和我坐在戴米恩右手邊，愛芙羅黛蒂旁邊是馬術老師蕾諾比亞，跟她身邊的龍老師和龍師母安娜塔西亞正在說話。孿生的坐在戴米恩左邊，一見到我，就不約而同地對我點頭。她們裝得一派輕鬆，但我看得出來她們跟我一樣忐忑不安。在座有幾位老師，看起來眼熟，但我沒上過他們的課，其實不熟。我知道委員會是由學校裡最夠力的教員所組成，此刻卻有大批威風凜凜的冥界之子在場。其中一位真是高頭大馬，拿了張椅子坐在門邊。不管在人類或吸血鬼當中，我從沒見過個頭這麼大的人。我努力不讓目光飄向他，只在心裡暗暗想著，待會兒要來問問我們的「規矩之王」戴米恩，戰士是否真的可以參加委員會會議。就在這時，愛芙羅黛蒂傾身過來附在我耳邊說：「那是埃特，冥界之子的領導人。達瑞司告訴過我，他今天會到。真的是猛男一個，對吧？」

我正想回答她，他更像是許多猛男集合起來的超級大猛男，但還沒來得及開口，就聽到後門打開的聲音，奈菲瑞特走了進來。

我還沒瞥見跟在她後面進來的那個女人，就感覺到事情不對勁。奈菲瑞特出現在公開場合時永遠都完美無瑕，無比沉著，但此刻她顯然心神不寧。她的美麗五官看起來有點緊繃，彷彿正極力控制自己，而且這種緊繃情緒已經到極限了。她才踏入會議室兩步，便往旁邊站，好讓我們看見跟在她身後進來的吸血鬼。

全場成鬼一見到她，旋即一陣騷動，顯然都很震驚。冥界之子率先站起來，委員會成員也立刻起立。戴米恩、孿生的、愛芙羅黛蒂和我跟著站起來，自然而然地跟著所有成鬼握拳放在心臟位置，對她鞠躬致意。

好吧，我承認，我低下頭的同時偷偷瞥了一眼這位新來的成鬼。她身材高瘦，肌膚像擦拭油亮的深色紅木，平滑無瑕，唯一的不同顏色是她臉上細緻的寶藍色記印。出奇的是，那刺青是女神的婀娜身形，也就是所有老師衣服胸前口袋上所繡的女神圖案。這位成鬼臉龐兩側的女神形象一模一樣，身軀沿著她的高聳顴骨向下延伸至兩頰，都舉起靠內側的手，彷彿要托住她前額正中央的弦月。她黑絲般閃亮的豐潤長髮長過腰際，一雙杏桃大眼黝黑發亮，鼻梁挺直，朱唇豐滿。她以女王之姿，抬起下巴，目光堅定地掃視全場。就在她的視線短暫停留在我身上之際，我感受到她令人震懾的力量，也注意到她跟我見過的所有成鬼不同——她年長很多。我不是說她樣子像老人。事實上她看起來好像四十幾歲的人類，臉上沒有皺紋，肌膚也不鬆弛。讓她呈現長者之姿的是她散發出的成熟感和尊貴感，彷彿那是她佩帶在身上的一件價值不菲的珠寶。

「歡喜相聚。」她那口腔調我實在辨認不出來，聽起來像中東口音，但也不是；說是英國腔，又不盡然。基本上這腔調讓她的聲音顯得跟膚色一樣醇厚，盈滿整間會議室。

我們全都不自覺地回應：「歡喜相聚。」

她露出微笑。就在這一瞬間，我驚覺她和片刻前才現身跟我微笑的女神妮克絲竟如此相似，錯愕得雙膝發軟，所以當她示意我們坐下時，我鬆了一口氣。

「她讓我想到妮克絲欸。」愛芙羅黛蒂對我耳語。

幸好這不是我自己幻想出來的。我對愛芙羅黛蒂點點頭，但沒時間多說些什麼，因爲奈菲瑞特已經恢復鎮定，開始說話。

「我跟大家一樣，非常驚訝，也甚感榮幸，見到雪姬娜難得地臨時造訪我們夜之屋。」

聽見戴米恩倒抽一口氣，我臉上帶著大問號轉頭看他。身爲勤學先生的他，一如往常，隨身攜帶紙張和一支削好的2B鉛筆，以便隨時做筆記。這會兒他快速在紙上寫下幾個字，然後不露聲色地將紙張斜放，好讓我可以看到：「雪姬娜＝**所有**吸血鬼的女祭司長」。

喔我的天哪。難怪奈菲瑞特這麼緊張。

雪姬娜繼續保持端莊笑容，示意奈菲瑞特也坐下。奈菲瑞特低頭鞠躬的姿態顯然是爲了表達敬意，但在我看來，她動作僵硬，毫不眞誠。她坐下後仍是那種奇怪的僵硬神情，而雪姬娜則繼續站著，開始說話。

「若這是普通的造訪，我當然會事先通知，讓大家有時間準備。然而，這不是平常的造訪，因爲諸位這場委員會會議並不平常。這場會議特殊到連冥界之子都獲邀參加。我明白在當前這種混亂危險的時刻，確實需要他們在場。不過，更特別的是，連雛鬼也出席了。」

「他們出席是因爲——」

雪姬娜一舉手，奈菲瑞特立刻閉嘴，沒繼續解釋。

我不勝驚愕，但我不知道這主要是因爲雪姬娜女神般的威嚴，還是因爲她竟能輕易讓奈菲瑞特閉嘴。

雪姬娜的深黝眼眸掠過孿生的、戴米恩、愛芙羅黛蒂，最後停留在我身上。「妳就是柔依．紅鳥。」

我清清嗓子，努力不因她直直盯著我而坐立不安。「是的，夫人。」

「那麼，這四位一定就是被賜予風、火、水、土感應力的雛鬼。」

「是的，夫人，就是他們。」我說。

她點點頭。「我現在明白爲什麼你們也在這裡了。」雪姬娜頭一偏，雙眼斜睨著奈菲瑞特。「妳想利用他們的力量。」

我跟奈菲瑞特幾乎同時楞住，但原因顯然不同。我才剛開始起疑的事——奈菲瑞特濫用權力，企圖引發人類與吸血鬼之間的戰爭——難道雪姬娜已經知道了？

奈菲瑞特彷彿卸下僞裝的敬意，突然大聲說：「我確實是希望借助女神賜給我們的每個優勢條件來保護吸血鬼的安全。」在場其他成鬼察覺她如此失禮，全都有些坐立不安。

「我這趟來就是爲了這個。」雪姬娜完全不受奈菲瑞特的態度影響，一派鎮定地將目光轉移到其他委員會成員身上。「很巧，就在我臨時私下造訪芝加哥夜之屋時，聽到了你們這裡的悲劇。若我人在威尼斯，聽到消息時或許已經太慢，來不及阻止死亡發生。」

「阻止，女祭司？」蕾諾比亞說。我朝馬術老師瞥一眼，發現她的神情比奈菲瑞特輕鬆許多，而且語氣溫暖，但不可否認仍帶著敬意。

「蕾諾比亞，親愛的，很高興又見到妳。」雪姬娜親切地說。

「女祭司，見到妳是我莫大的喜悅。」蕾諾比亞頷首鞠躬，那頭罕見的銀亮金髮拂過臉龐，宛如美麗薄紗。「不過，我想我可以代表所有委員會成員表達我們的疑惑。派翠西亞·諾蘭和羅倫·布雷克已經死了。若妳說的是阻止他們被殺，顯然已經來不及了。」

「確實是來不及了。」雪姬娜說：「他們的死讓我心情很沉重。不過，現在仍來得及阻止更多死亡發生。」她停頓了一會兒，然後慢慢地，清楚地說出這句話：「人類和吸血鬼之間不該發生戰爭。」

奈菲瑞特倏地站起來，差點撞翻椅子。「不要有戰爭？所以我們容許凶手對我們犯下如此凶殘的罪行而不受懲罰？」

我可以清楚感受到冥界之子跟奈菲瑞特同樣震驚，強烈的情緒在他們之間擴散開來。

「妳打電話報警了嗎，奈菲瑞特？」雪姬娜問道，口氣輕柔，彷彿單純聊天。但她話語裡有一股強烈力量拂過我的肌膚，攪動我的內心。

「打電話給人類警察，要他們去抓人類凶手，將他們帶到人類的法庭上審判？沒有，我沒去找他們。」

「妳這麼確定人類警察不會幫妳伸張正義，所以妳寧可發動戰爭？」

奈菲瑞特瞇起眼睛，怒視雪姬娜，但沒說話。在可怕的沉默氣氛中，我想起馬克思警探，就是西斯被活死人小鬼劫走時，趕來幫我的那名警察。他人很棒，知道那套遊民綁架西斯、殺害另兩位人類少年的說詞是我掰出來的，但他信任我，還幫我掩飾。馬克思警探告訴過我，他的孿生妹妹蛻變成了吸血鬼，但他仍跟她很親，所以他絕不討厭吸血鬼。他是專辦凶殺案的資深警探，我知道他會竭盡所能揪出殺害我們吸血鬼的凶手，而且我相信全陶沙市不會只有一名正直的好警察。

「柔依．紅鳥，妳對這事了解多少？」

雪姬娜突然這麼一問，嚇了我一大跳。她彷彿扯動我內心一根奇怪的弦，讓我不由自主地衝口而出：「我認識一個正直的人類警察。」

雪姬娜又露出她那與妮克絲相似的笑容，稍微平緩了我的緊張情緒。「我想，我們都認識這樣的警察，至少我認為我們本來都知道有這種警察。但是，我竟聽到了宣戰的消息，不容人類有機會緝捕他們的凶手。」

「妳看不出來這是不可能的嗎？」奈菲瑞特苔蘚綠的眼眸閃爍著。「難不成他們眞會緝**捕他們的凶手！」**

「他們會。幾十年來，人類已經多次證明他們辦得到。妳知道的，奈菲瑞特。」雪姬娜的冷靜與奈菲瑞特的焦躁憤怒形成鮮明對比。

「他們殺了她，然後又殺了羅倫。」奈菲瑞特咬牙切齒地說。

雪姬娜輕輕撫拍奈菲瑞特的手臂。「這事對妳來說太切身，使得妳無法理性思考。」

奈菲瑞特猛然躲開雪姬娜的碰觸。「我是我們當中唯一理性思考的人。」她厲聲說道：「人類已經有很長一段時間沒爲他們的卑鄙行徑付出代價了。」

「奈菲瑞特，謀殺案才剛發生不久，妳還沒給人類機會去懲罰凶手，就立刻論斷他們所有人都不正直。妳個人有過不愉快的經驗，不表示所有人類都不正直。」

雪姬娜這麼一說，我想起奈菲瑞特告訴過我，被標記爲雛鬼這事拯救了她，因爲她曾被父親虐待多年。她大約是一百年前被標記的，而羅倫和諾蘭老師被殺是兩、三天前的事。我覺得奈菲瑞特所說的「卑鄙行徑」顯然不只指這兩樁凶案，看來雪姬娜也這麼覺得。

「奈菲瑞特女祭司長，我認爲妳在這件事上有失偏頗。妳太愛我們驟逝的姊妹和兄弟，太想替他們報仇，情緒淹沒了理性。妮克絲的委員會已經駁回妳對人類的宣戰。」

「就這麼駁回！」奈菲瑞特的憤怒由激動轉爲冰冷的忿恨，表情可怕。我很高興她憤怒的對象是雪姬娜，而不是我。

「如果妳腦筋夠清楚，就會知道妮克絲的委員會絕不會草率決定。妳宣戰的事情本應告知委員會的，而委員會雖然沒能直接從妳口中得知消息，仍謹慎評估過整個狀況。」她特別強調：「我的姊妹，妳該知道，這麼重大的事情應該提交妮克絲的委員會裁決。」

「沒時間了。」奈菲瑞特氣急敗壞地辯白。

「只要能做出智慧的決定，永遠有時間！」雪姬娜露出嚴厲目光，我得克制自己才沒嚇得縮起來。我本來以爲奈菲瑞特夠可怕了，但這會兒，相形之下，她彷彿不過是一個討人厭的壞小孩。雪姬娜短暫閉上眼睛，深吸一口氣，才以充滿體諒的口吻安撫奈菲瑞特說：「妮克絲的委員會和我都同意，這兩樁凶案天地不容，但若爲此宣戰，簡直不可思議。我們已經和人類和平共處兩百多年，不會因爲少數幾個宗教狂熱分子的卑鄙行徑而破壞和平。」

「若我們對發生在陶沙市這裡的事情不採取行動，世界一定會重演古代焚燒女巫的事。記得嗎，十七世紀麻州薩林城的女巫大審，一開始不也是由少數幾個妳所說的宗教狂熱分子引起的？」

「我記得很清楚。我是在那段黑暗歲月過後不到一百年出生的。奈菲瑞特，我們現在比十七世紀時強大，而且世界也已改變。迷信被科學取代，現在人類已經理性許多。」

「到底要怎樣妳和至高無上的妮克絲委員會才相信我們別無選擇，只能反擊？」

「除非全世界的想法改變了。我向妮克絲祈禱，永遠不會發生這種事。」雪姬娜正色說道。

奈菲瑞特環視整個會議室，直到找到冥界之子的領導人。「你和所有冥界之子會坐視人類將我們一個個殺害而不管嗎？」她的語氣帶著冷冷的質疑。

「我誓言保護同胞，而且沒有哪一個冥界之子會允許自己瀆職。我們絕對會保護妳和這所學校。然而，奈菲瑞特，我們不會違逆委員會的決策。」埃特以低沉有力的聲音說道。

「女祭司，難道妳希望埃特遵行妳的期待，而非委員會的決策？如果妳有這種念頭，就不對了。」雪姬娜的語氣不再充滿體諒。她瞇起雙眼，直盯著奈菲瑞特。

奈菲瑞特大半晌沒說話，然後全身開始發抖。她肩膀垮了下來，整個人在我面前瞬間老了好幾歲。

「原諒我。」她輕聲說：「雪姬娜，妳說得對，這事對我來說太切身。我太愛諾蘭和羅倫，無法理性思考。我必須……我需要……容我告退。」她終於把話說完，接著一臉頹喪地衝出會議室。

10

會場沉默了好長一段時間，但或許眾人不過屏息了幾秒鐘。見到奈菲瑞特失控，感覺實在很怪。我知道她背叛了妮克絲，走上邪惡的路，但親眼見到原本威風凜凜的人徹底崩潰，我還是很震驚。

她瘋了嗎？難道實情就是這樣？妮克絲提醒我小心的「黑暗」，就是指奈菲瑞特瘋狂心靈裡的黑暗嗎？

「你們的女祭司長這幾天經歷了可怕的傷痛。」雪姬娜說：「我沒辦法原諒她做出如此錯誤的決策，不過我可以體會她的痛苦。時間和本地警方的偵辦行動將會撫平她的傷痛。」她目光移到那位超級高大的戰士身上。「埃特，我要你負責協助警察偵辦。我知道很多證據已遭到破壞，但或許現代科技仍能找到些蛛絲馬跡。」埃特嚴肅地點點頭。接著她那雙深黝的眼眸轉向我。「柔依，妳認識的那位正直的警探叫什麼名字？」

「凱文·馬克思。」我說。

「我會跟他聯絡。」埃特說。

雪姬娜微笑表示首肯，然後繼續說：「至於我們其他人……」她停頓一下，綻開天使般的笑容。「是的，我說**我們**，因爲我已經決定留下來，至少留到奈菲瑞特恢復平靜。」

我快速瞥了一眼滿桌的人，想了解在場老師對雪姬娜這突如其來的宣布有何反應。結果，有人震驚，有人略感訝異，有人則面露喜色。我確信自己一定大剌剌地面露喜色。我的意思是，有這位所有吸血鬼女祭司長的領導人留在這裡，奈菲瑞特還能壞到什麼地步？

「我認爲我們現在必須盡可能讓學校恢復正常，這點很重要，而且妮克絲的委員會也同意。也就是說，明天起所有課程恢復正常。」

幾位老師一臉不安，不過最後開口的還是蕾諾比亞。「女祭司，我們很願意恢復上課，不過我們失去了兩位重要的老師。」

「沒錯，這正是我決定至少留在這裡一段時間的另一個原因。羅倫．布雷克的詩學選修就由我來上。」

我不必轉頭看，就知道那對其實討厭詩學的孿生姊妹花正努力克制不皺起眉頭。而我則努力不因雪姬娜接下來的話而展露笑容。

「還有，我很幸運，在機場攔下艾瑞克．奈特。我知道，由剛蛻變完成的吸血鬼來教書很不尋常，不過這只是暫時的，況且我們也是情有可原。此外，雛鬼們都認識艾瑞克，所以，他應該是過渡時期接替諾蘭老師的最佳人選。」

喔我的天哪，艾瑞克回來了，而我就要去上他的課。我不知道該雀躍或嘔吐，只好默不作聲，任憑內心波濤洶湧。

「至於奈菲瑞特對校園施咒設下的保護網，將不再啟動。我贊同她之前迅速設立保護網——畢竟當時在校園裡的冥界之子不多，而且凶殺案剛發生。不過，現在這種緊急處置已不適用。封鎖校園形同宣布戒嚴，而這正是我們要極力避免的。況且，冥界之子會全力保護我們。」她對埃特點點頭，而他鞠躬回覆。「總之，我要大家盡可能正常過日子。你們之中和人類有來往的，就好好運用這種關係。要牢記我們先祖付出寶貴鮮血所學到的教訓：隔離和無知會導致恐懼和偏執。」

好吧，我不知道哪根筋不對，突然想起我曾經有個點子。接著我的手就像有自由意志般，愚蠢地自己舉到頭上，彷彿這是在課堂上，而我們（我是說我的手和嘴巴，但不包括我的腦子）剛巧想出絕頂聰明的答案。

「柔依，妳想說什麼？」雪姬娜問。

喔，要死，沒有！這才是我該說的，但我的嘴巴反而說：「女祭司，我曾有一個讓黑暗女兒參與本地人類慈善活動的想法。我在想，或許現在正是將它付諸實施的時機。」

「往下說，小姐，我想聽聽看。」

我深吸一口氣。「嗯，我想，黑暗女兒可以跟流浪貓之家聯絡。這是一個，呃，慈善團體，他們照顧無家可歸的貓，替它們找新家。我，呃，我是在想，或許這是一個跟人類社區交流的好機會。」我說得還眞沒說服力。

雪姬娜綻放燦爛笑容，說：「流浪貓慈善活動──太完美了！好，柔依，我認爲這是個很棒的主意。明天前幾堂課毋須上，妳直接去跟流浪貓之家聯絡。」

「女祭司，我必須堅持雛鬼不得獨自進入人類社區。」埃特立刻發表意見：「除非我們找出殘害同胞的凶手。」

「可是人類不會知道我們是雛鬼。」愛芙羅黛蒂說。

所有人的目光轉向她。我看見她挺直背脊，抬起下巴。

「妳是哪位？」雪姬娜問。

「女祭司，我叫愛芙羅黛蒂。」她說。

我緊緊地盯著雪姬娜看，擔心她聽過奈菲瑞特散播的謠言，相信妮克絲已經放棄愛芙羅黛蒂，這會兒不知會有什麼反應。但雪姬娜仍只是好奇地看著她，並說：「妳的感應力是什麼，愛芙羅黛蒂？」

我楞住。完蛋了！她已經不再有感應力！

「妮克絲之前賜給我對土的感應力。」愛芙羅黛蒂說：「不過，女神賜給我的最大天賦，是我預見未來危險的靈視。」

雪姬娜點點頭。「沒錯。我聽說過妳有靈視的事。繼續說吧，妳想說什麼？」

我大大鬆了一口氣。愛芙羅黛蒂巧妙地回答了關於感應力的問題，而且多虧她懂得用過去式表達，所以應該不算說謊。

「我只是在想，人類不會發現我們出現在校外，因爲我們會把記印蓋住。唯一會知道我們身分的是流浪貓之家的人，而他們應該不太可能與凶殺案有關。」她停頓一下，然後聳聳肩說：「所以，我們應該很安全。」

「埃特，她說得很有道理。」雪姬娜說。

「但我仍覺得必須有戰士貼身保護。」埃特固執地說。

「這樣會太引人注目。」愛芙羅黛蒂說。

「如果戰士也遮蓋記印，人類就不會發現。」達瑞司說。

這次，所有的視線落在達瑞司身上。他仍佇立在門邊，像座肌肉結實的迷人山峰。

「你叫什麼名字，戰士？」

「我叫達瑞司，女祭司。」他握拳放在心臟位置，對她低頭鞠躬。

「所以，達瑞司，你是說，你願意遮蓋記印？」雪姬娜問。我驚訝的程度，跟她語氣裡透露的驚愕應該不相上下。雛鬼離校時必須遮蓋記印——這是夜之屋的規矩之一，而且非常有道理，可以避免和人類發生衝突。不過，雛鬼一旦完成蛻變，記印變實心並擴張後，事關尊嚴和認同，絕不願意再將象徵成熟的記印遮蓋起來。沒想到達瑞司年紀輕輕，顯然完成蛻變沒多久，竟然自願去做多數成鬼（尤其是男性成鬼）通常會說**打死不可能**的事。

達瑞司再次握拳放在心臟位置，對雪姬娜致意。「女祭司，我願意遮蓋記印，陪伴雛鬼外出，確保他們安全。我是冥界之子，保護我的同胞比不切實際地堅持尊嚴更爲重要。」

雪姬娜嘴角微微上揚，轉頭問埃特：「對於你的戰士提出的這點請求，你怎麼說？」

埃特毫不遲疑地說：「我會說，有時從年輕後輩身上眞的可以學到很多。」

「那就這麼辦。柔依，明天妳就去拜訪流浪貓之家，不過我要妳挑個雛鬼跟妳去。現在這種時候，兩人一起行動會比較好。達瑞司，你就遮蓋記印，陪她們去吧。」

雪姬娜說完後，大家對她微微鞠躬。

「現在，若沒有其他問題」——她停頓一下，視線依序掠過蕾諾比亞、愛芙羅黛蒂、達瑞司，最後落在我身上——「或意見的話，我就宣布今天的委員會會議結束。接下來這兩天，我會舉行全校淨化儀式。今晚一走進校園，我就感覺到這裡瀰漫著悲傷與恐懼。只有妮克絲的祝福才能化解如此沉痛的氣氛。」委員會幾位成員點頭表示贊同。「柔依，明天出發前，妳來跟我報告妳要找誰跟妳一起去。」

「是。」我說。

「願大家祝福滿滿。」她說。

「祝福滿滿。」大家齊聲回應。

雪姬娜又露出笑容，手微微一揮，示意蕾諾比亞和埃特跟著她走，於是三人先行離開會議室。

「哇，」戴米恩的表情比遇到巨星偶像還興奮。「是雪姬娜欸！真是出人意料，而且她比我想像的還莊嚴光燦。我的意思是，我很想說些什麼，但我剛才全然惶惶無措了。」

我們還在走廊上慢慢晃時，委員會成員和戰士正逐一走出會議室，所以戴米恩只能努力克制雀躍之情，壓低聲音說話。

「戴米恩，這次我們不會因爲你賣弄詞藻而給你難堪了。」簫妮說。

「是啊，因爲要形容雪姬娜的確得用上艱深的辭彙。」依琳接腔。

「待會兒，」愛芙羅黛蒂對孿生的翻了翻白眼，然後對我說：「我要看看我能否和達瑞司稍微惶惶無措一下。」

「什麼？」我說。

「這個詞兒不能這樣用。」戴米恩對愛芙羅黛蒂說。

「就是說嘛，我看妳心裡想的應該是另一個詞兒吧。」依琳說。

「**荒唐無度**發音差不多，難怪妳會搞混了。」簫妮說。

「妳們這兩個共用一個腦袋的女人，還有你這個只會咬文嚼字的傢伙——我要大聲告訴你們，**隨便啦**。」說完，她開始沿著走廊走往達瑞司前進的方向。「喔，還有另一件事。等一下柔依告訴你們，明天她要找我一起出去時，你們可別嫉妒不爽唷。」愛芙羅黛蒂給我使了個**眼色**，清楚地告訴我她自有道理。然後，她甩甩頭髮，轉身扭腰擺臀離去。

「眞討厭。」依琳說。

「深有同感，孿生的。」簫妮說。

我嘆一口氣。阿嬤大概會說，再怎麼努力讓這群朋友喜歡愛芙羅黛蒂，我仍然只是進一步退兩步。而我大概只能說，他們實在讓我很頭痛。

「她眞是討厭鬼，不過我猜，妳是眞的打算帶她去流浪貓之家。」戴米恩說。

「是啊，你猜得沒錯。」我實在不想這麼說。我非常不願意再惹惱這群朋友，不過，即使還不清楚愛芙羅黛蒂要跟我去的理由，我想這應該是最好的選擇。說不定她心裡已經有盤算，有辦法甩開達瑞司，找到史蒂薇・蕾。

我們一行人走出主校舍，開始朝宿舍走去時，戴米恩說：「心靈感應能力的事，妳應該早點說的。」

「是啊，或許你說得對。不過我在想，我說得愈少，你們就想得愈少，更不會想著我不多說的背後原因。」

「現在聽來很有道理。」簫妮說。

「是啊，我們現在懂了。」依琳接腔。

「很高興妳是有苦衷，而不是故意隱瞞我們。」傑克說。

「不過，羅倫的事妳還是應該告訴我們的。」依琳說。

「是啊，等妳度過悲傷期，我們眞的好想聽聽妳和羅倫之間的細節。」簫妮說。

我揚起眉毛瞪著她們兩人一模一樣的好奇臉色。「想都別想。」我說。

她們皺起眉頭。

「給柔一點隱私空間吧，」戴米恩說：「羅倫的事情對她造成很大的創傷，畢竟她跟羅倫烙印了，還因此失去童貞和**艾瑞克**！」

戴米恩講到**艾瑞克**時，聲音突然變調，又尖又細。我張嘴正想問他哪裡有毛病，卻見他雙眼圓睜，直盯著我的左肩後方。我聽見那個方向傳來主校舍旁一個側門關上的聲音。我的胃一沉，跟著孿生的和傑克一起轉身，看見艾瑞克正從我們剛剛經過的校舍側翼建築走出來。當然，戲劇課的教室就在那棟建築裡。

「嗨，戴米恩、傑克。」他給前室友傑克一個溫暖的笑容。我看得出來這孩子興奮得不知所措，激動地大聲回說嗨。

我的內心很自然地開始波濤洶湧，想起這就是我之所以那麼喜歡艾瑞克的原因之一。他人氣高，帥得要命，但人好得不得了。

「簫妮、依琳。」艾瑞克繼續打招呼，對她們點頭。孿生的漾起笑臉，睫毛眨呀眨，異口同聲說嗨。終於，他的視線移到我身上。「嗨，柔依。」這次的語氣不像他對其他人打招呼時那般自在友善，但聽起來也沒有恨意，只有冷淡和禮貌。我想這也算有進步吧，不過我隨即想起他本來就演技一流。

「嗨。」我無法多說什麼。我**不是**個好演員，而且我怕我的聲音會跟我的心一樣顫抖起來。

「我們剛剛聽說你要來教戲劇課。」戴米恩說。

「是啊，我有點忐忑呢。不過雪姬娜開口要求了，我實在沒辦法拒絕。」他說。

「我想，諾蘭老師一定會很高興你接她的課。」我來不及摀住嘴巴，話就衝口而出。

艾瑞克看著我。他的湛藍眼眸毫無表情，感覺好不對勁。這雙眼睛以前曾對我流露出幸福、熱情、溫暖，甚至愛情萌芽的神色；後來它們讓我看見了傷害與憤怒。而現在，它們看著我，卻沒有任何表情。這怎麼可能？

「怎麼，妳得到新的感應力了？」他的口氣沒有明顯的恨意，但話語冷淡簡短。「妳現在能跟死者溝通啊？」

我感覺臉一陣發燙。「不──不是。」我結結巴巴：「我只是……嗯，我只是認爲諾蘭老師會很高興你在這裡教她的學生。」

他張口想說些什麼。我看見他眼裡閃著冷峻的神情，但他沒吭聲，只是將視線撇開，向黑暗處凝望。他的下巴繃緊，一雙手撫過濃黑的頭髮。我記得，他每次感到困惑時就會不自覺地做出這樣的動作。

「希望她真的喜歡我在這裡教她的課。她一直是我最喜歡的老師。」他終於說話，但沒看著我。

「艾瑞克，我們還會是室友嗎？」傑克打破愈來愈尷尬的沉默，怯怯地問。

艾瑞克吐出長長一口氣，然後迅速給傑克一個輕鬆的微笑。「不會欸，抱歉。他們要我去住老師宿舍。」

「喔，對。我老是忘記你已經完成蛻變。」傑克緊張地輕聲呵呵笑了一聲。

「是啊，有時我自己也差點忘記。」艾瑞克說：「我得趕緊回寢室——有好幾箱東西得拆開整理，還得準備授課大綱。再見嘍。」他停頓一下，雙眼瞥向我。「掰，柔依。」

掰。我的雙唇顫動，但沒發出半點聲音。

「掰，艾瑞克！」大家對著他的背影道別，他迅速走往老師宿舍。

11

走回宿舍途中，大家隨意閒聊，故意不提剛剛巧遇我前男友的事，更不提那是一個多麼尷尬、難堪的場面——起碼對我來說，那的確尷尬、難堪。

我眞討厭這種感覺。艾瑞克會和我分手是我自己造成的，但我想念他，想念得不得了。我也仍然喜歡他，喜歡得不得了。沒錯，他現在這種態度像混蛋，不過我確實被他當場抓到跟另一個男人上床——嗯，其實是另一個吸血鬼。但這有差別嗎？總之，重點是，我把我們的關係搞砸了，而想到我根本無法修補這關係我就很難過，畢竟我還是很在乎艾瑞克。

「妳認爲他怎麼樣，柔？」

「他？」艾瑞克？要命，我認爲他很棒，但讓我很難過，而且……忽然，我明白戴米恩指的不是艾瑞克，因爲他皺起眉頭，給我一個**拜託，該回神了**的眼神。「什麼？」我的回覆夠聰明吧？

戴米恩嘆了一口氣。「那個新來的男孩，史塔克，妳認爲他怎麼樣？」

我聳聳肩。「好像很友善。」

「很友善而且很帥。」蕭妮說。

「就是我們很哈的那種男孩類型。」依琳接腔。

「你跟他相處的時間比我們多，你覺得他怎麼樣？」我問戴米恩，不理會孿生的。

「他還不錯，不過似乎有點冷漠。我想，帶著女公爵，他不可能有室友，這讓他更難交到朋友。妳知道的，那隻狗眞的很大隻。」戴米恩說。

「他才剛來到這裡，我們都知道那種初來乍到的感覺。或許他處理這種感覺的方式就是表現得很冷漠。」我說。

「眞奇怪，他有那麼了不起的才華卻不想好好發揮。」戴米恩說。

「或許事情不只是我們看到的那樣。」我說，想起他不甩成鬼，堅持留下狗的酷模樣。不過，隨後他以爲奈菲瑞特要他善用才華參加比賽時，他卻褪去滿不在乎的神態。那時，他變得很怪，甚至變得害怕起來。「有時候，擁有不尋常的能力是很恐怖的。」我這話比較像自言自語，而非說給戴米恩聽，不過他還是對我笑笑，斜著肩撞了一下我的肩膀。

「我看，妳應該很懂那種不尋常的感覺吧。」他說。

「我看，我的確很懂。」我對他笑笑，想轉換一下見到艾瑞克後的沮喪心情。

簫妮的手機發出一小聲嗶，是簡訊進來的聲音。她掏出iPhone。

「喔~~，孿生的！是克爾．科里夫頓大**帥哥**。他和堤杰問我們要不要去男生宿舍，一口氣看完《神鬼認證》系列電影。」簫妮說。

「孿生的，我一出生就準備一口氣把《神鬼認證》看完。」依琳說。然後兩人笑得花枝亂顫，還扭腰撞臀，惹得我們其他人翻白眼。

「喔，你們也在受邀之列。」簫妮對戴米恩、傑克和我說。

「太好啦，」傑克說：「最後一集我還沒看呢。那集叫什麼？」

「《神鬼認證：最後通牒》。」戴米恩立刻說出片名。

「對。」傑克握住他的手。「你對電影眞行！我看所有電影你都知道吧。」

戴米恩不好意思地臉紅了。「嗯，不是**所有**電影啦。我比較喜歡的是經典老電影。那時的電影有眞正的明星，譬如《日正當中》的賈利．古柏、《後窗》的吉米．史都華，以及《養子不教誰之過》的詹姆士．狄恩。今天有很多演員都——」他的話語戛然而止。

「怎麼了？」傑克問。

「詹姆士．史塔克。」他說。

「他怎樣？」我問。

「詹姆士．史塔克正是詹姆士．狄恩在《養子不教誰之過》裡的角色名字。我老覺得他的名字很耳熟，不過我原本以爲這只是因爲他是名聲響亮的雛鬼。」

「孿生的，妳看過那部電影嗎？」依琳問簫妮。

「沒有，孿生的，應該沒看過。」

「哈。」我說。我看過——當然是跟戴米恩一起看的。我在想，不知道史塔克在被標記之前是否就是這個名字。或者他跟許多孩子一樣，成爲雛鬼之後就給自己取了新名字。若眞是如此，那多少可以說明他的個性。

「那，妳要不要一起去，柔？」戴米恩的聲音打斷我的思緒。

我抬頭，見到四雙眼睛探詢地對我眨呀眨。「一起去哪裡？」

「回神了，柔依！妳要不要跟我們一起去男生宿舍看《神鬼認證》呀？」依琳說。

我想都沒想就說：「喔，那個啊，不去。」我很高興他們沒再對我生氣，但這會兒我眞的沒有心情跟他們廝混。事實上我心裡覺得好受傷，整個人心神不寧。畢竟這幾天發生了太多事情。而現在，艾瑞克將成爲我的戲劇課老師——難道他回到夜之屋還不夠戲劇化嗎？

「不去。」我堅定地再次拒絕。「我想去看看普西芬妮。」我知道不久前我才到過她的馬廄，不過我還是需要再次享受她靜謐溫暖的陪伴。

「妳確定嗎？」戴米恩問。「我們眞的很希望妳一起去。」

其他人跟著點頭微笑，融化了自從他們對我發火後我心頭的最後一個疙瘩。

「謝謝你們，不過我今晚眞的不想去玩。」我說。

「好吧。」依琳說。

「沒問題。」簫妮說。

「那待會兒見。」傑克說。

我以爲戴米恩要給我一個典型的道別擁抱，不料他告訴傑克：「你們先去吧，我待會兒跟上。我先陪柔依走去馬廄。」

「好主意。」傑克說：「我會幫你準備好爆米花。」

戴米恩微笑，說：「也要留位置給我哦。」

傑克對他笑笑，快速給他一個甜蜜的擁抱。「當然。」

然後孿生的和傑克往前走，而戴米恩和我往反方向走。但願這不是預示著日後我們的人生將分道揚鑣。

「你眞的不必陪我走到馬廄，」我說：「又不遠。」

「妳先前不是說從馬廄到餐廳途中，妳曾被什麼東西攻擊，手背還被抓傷嗎？」

我揚眉看著他。「我以爲你不相信我的話。」

「嗯，這麼說吧，愛芙羅黛蒂的靈視改變了我的想法。等一下妳和馬聊完後，若需要的話，打手機給我，我和傑克會裝得比眞實的我們更有男子氣概，來這裡護送妳回去。」

「喔，拜託，你們根本不娘啊。」

「嗯，我是沒那麼娘，不過傑克就很娘。」

我們兩人哈哈大笑。我正打算跟他堅持「柔依不需要護衛」，卻聽到烏鴉嘎嘎叫。事實上，現在專注聆聽，我才發現那聲音更像詭異的蛙鳴，但依然惱人。

不，**惱人**不足以形容那聲音。應該是令人**毛骨悚然**。

「你也聽到了，對吧？」我問。

「渡鴉？是啊，聽到了。」

「渡鴉？我還以爲是烏鴉。」

「不是，我不這麼認爲。如果我記得沒錯，烏鴉會叩叩叫，而渡鴉的聲音比較像蟾蜍的嘎嘎叫。」戴米恩停頓一下，那隻鳥又叫了幾聲。這次聲音更近，難聽到我起雞皮疙瘩。戴米恩繼續說：「對，應該是渡鴉。」

「我眞不喜歡這聲音。怎麼這麼吵？現在是冬天——不可能這時候交配，對吧？再說，現在是晚上，牠們不是應該在睡覺嗎？」我邊說邊望向黑暗處，但見不到任何發出噪音的蠢鳥。其實想也知道。我是說，牠們全身黑漆漆，而現在又是黑夜。不過我總覺得這隻渡鴉似乎盤據在我四周，而且叫聲讓我渾身打顫。

「我不太懂牠們的習性。」戴米恩頓住，專注看著我。「爲什麼這聲音那麼困擾妳？」

「之前那不知是什麼的東西接近我時，我聽到撲翅聲。而現在渡鴉的叫聲讓我感覺很毛。你不會嗎？」

「不會。」

我嘆一口氣，心想他大概會說我或許需要好好處理心理壓力和過度的想像力。不過令我驚訝的是，他竟然說：「妳的直覺比我強。若妳說那隻鳥不對勁，我相信妳。」

「你相信我？」我們走到馬廄的階梯上，我停步轉身看著他。

他的笑容洋溢著我好熟悉的溫暖啊。「我當然相信。我相信妳，柔依。」

「現在依然相信？」我問。

「依然相信。」他堅定地說：「而且我會守護著妳。」

在這一瞬間，渡鴉不再啼叫，而那種令人不寒而慄的毛骨悚然也跟著褪去。

我感動得先清清嗓子，用力眨回淚水，才有辦法開口：「謝謝你，戴米恩。」

接著，我聽見娜拉以那像極了壞脾氣老太太的貓叫聲對我「**喵—呦—嗚**」了一聲。然後，一隻肥嘟嘟的橘色小貓從黑夜中走出來，在戴米恩腳邊繞來繞去。

「嗨，小妞，妳好。」戴米恩說，搔搔娜拉的下巴。「看來她準備接手守護妳。」

「是啊，我想你應該鬆了一口氣吧。」我說。

「如果妳回去時需要我，儘管打我手機，我真的不介意過來一趟。」他緊緊摟著我。

「謝謝。」我再次跟他道謝。

「不客氣，柔。」他再次對我微笑，然後轉身離開，嘴裡哼著歌舞劇《吉屋出租》的主題曲「愛的季節」。

我打開通往甬道的側門時臉上依然掛著笑容。甬道兩側分別是室內田徑場與馬廄。我右手邊的馬廄飄來乾草與馬匹混合的甜美氣味，我頓時輕鬆起來。壓力——唉！我真的得做做瑜伽或什麼來減壓，否則這樣下去，我可能會得胃潰瘍，或者更慘，皺紋爬滿臉。

我剛轉向右邊，手擱在馬廄的門把上，便聽見一聲奇怪的**啪**，接著又一聲悶悶的**砰**。聲音來自左手邊。我往那側望過去，看見通往田徑場的門敞開著。又一聲**啪**和**砰**，引發我的好奇心。果然，我又一如往常，失去理智，沒走進本來要去的馬廄，反而踏入田徑場。

這田徑場基本上像個室內足球場，但多了一圈跑道。學生會在裡面踢球，做些徑賽運動。（我對這些運動實在沒什麼興趣，不過多少了解這地方幹麼用。）田徑場有天花板遮蔽，所以雛鬼毋須擔心陽光照射。牆上點燃的是不會傷到我們眼睛的煤氣燈。今晚多數的燈都沒點亮，所以將我的注意力吸引到另一端的是下一聲**啪**！而不是我的視力。

史塔克就站在那裡，背對著我，手持弓，面對一個繪有一圈圈不同顏色的箭靶。紅色靶心已插著一支箭身粗得出奇的箭。我瞇起眼睛，但光線昏暗，無法看清楚，而且那箭靶真的離史塔克站立之處非常遠，換言之，離我更是非常、**非常**遠。

娜拉輕輕低嗥一聲，我才注意到史塔克腳邊那團金色毛茸茸的東西是史塔克的愛犬女公爵。牠整個身軀趴平，顯然正在睡覺。

「看門狗的本領不過如此喔。」我悄聲對娜拉說。

史塔克抬起一隻手，手背抹過額頭，好像在擦汗，然後轉動肩膀，放鬆肢體。就算離他有段距離，我仍清楚感覺到他強壯而自信。比起夜之屋其他男孩，他似乎總是繃得很緊。不，即便跟任何人類青少年相比，他都是緊繃繃的。要死，我情不自禁地覺得這一點很吸引人。我站在原地，默默打量他的帥勁。他從腳邊的箭筒抽出另一支箭，微微側身，舉弓。我還來不及眨眼，他吐出一口氣，**啪**一聲，箭矢飛出，迅疾如子彈，直指靶心——**砰**！

我不禁驚愕地微微倒抽一口氣，因爲我這時才明白過來，何以插在靶心的那支箭粗得很詭異。那不是一支箭，而是一大把箭，每一支都射穿前一支，筆直擊中同一個點。也就是說，他射出去的每支箭都正中中心點。我驚訝無比，目光移回史塔克身上。他仍維持著射箭的姿勢，文風不動。我知道他的帥勁落在哪個範疇了：壞男孩的那種帥。

喔，不，難道我還要覺得壞男孩吸引人嗎？該死，現在我不需要覺得任何類型的男孩吸引人。我已發誓戒掉男人，徹底地。我轉身，準備踮起腳尖悄悄離去，他忽然出聲阻止我。

「我知道妳在這裡。」史塔克說，但沒轉身看我。

趴在他腳邊的女公爵，彷彿知道該自己上場了，緊接著起身，打個哈欠，愉快地朝我踱來，邊搖尾巴邊低聲向我吠了一聲，算是跟我說「嗨」。娜拉拱起背，但沒怒嗥或嘶鳴，反而讓這隻拉布拉多犬在她身上嗅了嗅，直到她忍不住直接對著人家的臉打了個噴嚏。

「嗨，」我對他們打招呼，同時撫弄著女公爵的耳朵。

史塔克轉身看著我，臉上帶著他那種似笑非笑的冷傲神情。我這才了解，或許這就是他平常慣有的表情。不過我注意到他這會兒的臉色比晚餐時蒼白。剛轉入新學校難免比較辛苦，即使是很帥的壞男孩也不例外。

「我本來要去馬廄，聽見這裡有聲音。我無意打擾你。」

他聳聳肩，準備說話，但隨即打住，清清喉嚨，彷彿已經很久沒開口了。最後，他咳了一下，才說：「沒關係，事實上我很高興妳在這裡，省得我找妳。」

「喔，你需要幫女公爵張羅什麼東西嗎？」

「沒有，她很好。我來這裡時也帶了她的一大堆東西。事實上，我想跟妳談一談。」不行，我絕對**不能**因爲好奇而失去理智，或因爲他說想跟我談一談而心中竊喜。我非常鎮定，非常不在乎地說：「那你需要什麼？」

他沒回答，而是問我：「妳身上那些特殊的記印眞的代表妳對五元素都有感應力嗎？」

「對。」我回答，努力不說得咬牙切齒。我眞的很討厭新同學問我關於天賦的事。通常他們要不是把我當英雄來崇拜，就是對我避之唯恐不及，彷彿我是隨時會在他們身邊炸開的炸彈。不管哪種態度，都讓我很不舒服。

「以前我在芝加哥夜之屋時，我們有位女祭司能感應火，她眞的可以讓東西燒起來。妳也能像那樣支配五元素嗎？」

「我沒辦法讓水燒起來，或其他這一類的怪事。」我不想直接回答他的問題。

他皺眉，搖搖頭，又抬手抹過額頭。我努力不去想他流汗的樣子有多性感。「我不是問妳能不能隨意操弄五元素，我只是想知道妳是否有足夠的力量控制五元素。」

這問題眞是惱人，我終於不再注意他的性感、可愛。「好，聽著，我知道你是新同學，不過這真的不關你的事。」

「所以，妳是真的很厲害嘍。」

我瞇起眼睛看著他。「再說一次，不關你的事。如果**你**有事情需要我幫忙，譬如購買狗用品之類的，儘管問，不然，我走了。」

「等等。」他朝我跨近一步。「聽起來我好像在冷嘲熱諷，不過我問妳這個問題，真的有我的理由。」

他臉上似笑非笑的譏諷神情褪去，也沒有那種「我就是要看看詭異的柔依究竟有何能耐」的表情。他看起來就像個蒼白、可愛的新同學，認真地想了解某些事情。

「好。沒錯，我是很厲害。」

「而且妳真的可以控制所有元素。比方說，若遇到不好的事情，妳可以讓元素保護妳或妳在乎的人？」

「夠了！」我說：「你這是在威脅我和我的朋友嗎？」

「喔，當然不是！」他趕緊說，並舉起一隻手，張開手心，彷彿投降的姿勢。當然，我很難不注意到他另一隻手仍握著弓，那把他剛剛將好幾支箭射向靶心的弓。他一察覺我的雙眼瞥向弓，就慢慢地俯身將弓放到腳邊的地上。「我不是在威脅任何人。我很不會解釋事情。這樣吧，我先讓妳了解我有什麼天賦。」

他說到**天賦**這個詞時，表情很不自在，我忍不住揚起眉毛再講一次：「天賦？」

「別人都這樣稱呼這種能力，至少大家都這麼說。我就是有這種天賦，所以才擅長這種事。」他撇了一下下巴，指向腳邊的弓。

我沒說話，只是對他揚起眉毛，等他繼續說下去。

「我的天賦就是我絕不會射不中。」他終於說。

「你不會射不中？那又怎樣？爲什麼這跟我或我對元素的感應力有關？」

他再次搖頭。「妳不懂。我永遠都能射中目標，但這些目標未必都是我想射中的。」

「史塔克，你在說什麼？」

「我知道，我知道。我告訴過妳，我很不會解釋。」他舉起一隻手將頭髮往後撥，使得頭髮翹得像鴨子尾巴。「我想，最好的解釋方式就是舉個例子給妳聽。妳聽過吸血鬼威廉・齊德席嗎？」

我搖搖頭。「沒聽過，不過你也毋須太驚訝。我才被標記幾個月，對吸血鬼的政治圈不是很了解。」

「威廉不是政治人物，他是射箭高手。將近兩百年來，他無疑是所有吸血鬼當中最厲害的射箭高手。」

「這代表他也是全世界最厲害的射箭高手，因爲吸血鬼原本就是最會射箭的。」我說。

「沒錯。」他點點頭。「總之，威廉在這兩百年來打敗天下無敵手，至少直到六個月前都是如此。」

我想了一下。「六個月前是暑假。吸血鬼奧林匹克運動會就是那時候舉行的，對吧？」

「對，他們稱這運動會爲夏季競賽。」

「好，所以威廉這傢伙很會射箭，看來你也是。你跟他很熟嘍？」

「我認識他。他死了。不過，妳說得對，我跟他很熟，」史塔克停頓一下，接著說：「他是我的導師和最好的朋友。」

「喔，抱歉。」我尷尬地說。

「我也覺得很抱歉，因爲他是被我殺死的。」

12

「你剛剛說你殺死他？」我相信我一定聽錯了。

「對，我剛剛是這麼說。我的天賦讓我殺死他。」史塔克的聲音聽起來很冷淡，彷彿這事沒什麼大不了，但我在他的眼裡讀到赤裸裸的痛苦，令人不忍直視。女公爵似乎也感受到那種痛，從我身邊小跑步跑向主人，坐在他身邊，倚著他一條腿，憐惜地仰頭看著他，並輕聲嗚咽。史塔克伸手撫摸她柔軟的頭，繼續說：「事情發生在夏季競賽，就在進行決賽之前。威廉和我遙遙領先其他人，所以金牌和銀牌鐵定是我們兩個的。」他說話的時候沒看著我，而是低頭盯著他的弓，手則繼續撫摸女公爵的頭。奇怪的是，娜拉也靜靜地走近他，邊磨蹭著他的另一條腿，邊打呼嚕，發出割草機般的聲音。史塔克繼續說：「那時我們在練習場地熱身。那場地用白色亞麻布分隔成一條條細長狀的區域。威廉就站在我右手邊。我還記得我拉弓時比以前任何時候都還要專心，因爲我很想贏得那場比賽。」他再次停頓，搖搖頭，嘴巴扭曲成自嘲的形狀。「對當時的我來說，沒有什麼比贏得金牌更重要，所以我拉弓，心裡想著**不管怎樣，我一定要射中靶心，打敗威廉**。我射出箭，眼睛看著靶心，但心裡想的卻是要打敗威廉。」史塔克垂下頭，深深嘆出的氣息宛如暴風。「結果，利箭直直射向我心裡想的目標，一箭穿過威廉的心臟，他當場斃命。」

我感覺我的頭不停地前後搖晃。「怎麼可能？他站在箭靶旁邊嗎？」

「離箭靶非常遠。他站在我右手邊不到十步的地方，我們之間只隔著一道白色的亞麻布。我瞄準靶心射箭時面向正前方，但這根本不重要，因爲我的箭仍射穿他的胸膛。」他因回憶而痛苦得皺縮著臉。「事情發生得好快，我什麼都還沒看清楚，他的鮮血就噴濺在我們之間的白色亞麻布上，死了。」

「史塔克，或許這不是你造成的。也許這只是某種詭異、神奇的意外。」

「我一開始也這麼想，至少我是這麼希望，所以我決定測試我的**天賦**。」

我的胃揪緊。「你又殺了別人？」

「沒有！我用無生物測試。有輛載貨火車每天同一時間會經過學校。妳知道吧，就是那種老式火車，有很大的黑色火車頭，最後一節是紅色的車務員車廂。現在芝加哥仍經常有這種火車經過。我列印了一張紅色車廂的圖，貼在學校操場的箭靶上，我心裡想著那節車務員車廂，然後將箭射出去。」

「結果呢？」見他停頓下來，我催促他。

「箭消失了，但只是暫時消失。隔天我在鐵軌旁等火車，果然見到它插在紅色車務員車廂上。」

「天哪。」我驚呼。

「妳現在懂了吧。」他走向我。現在我們兩人站得很近。他以熾烈的眼神凝視我。「所以我必須告訴妳我的事，所以我必須知道妳是否厲害到能保護妳在乎的人。」

我已經揪緊的胃翻滾了一下。「你想做什麼？」

「沒有！」他大吼，害女公爵又呻吟起來，而娜拉也停止磨蹭和打呼嚕，抬頭盯著他。

他清清喉嚨，強自鎮定。「我**沒想**做什麼。不過，我**沒想**殺威廉，卻還是殺了他。」

「你那時不知道自己有這種力量，現在你知道了。」

「我只是這麼猜測。」他輕聲說。

「喔。」我只能這麼回應。

他緊抿雙唇，一會兒才接著說：「我知道我的天賦很詭異。我應該傾聽我的直覺，我應該更謹慎。但我沒有，而威廉死了。我希望妳知道我這些事，免得哪天我又闖禍。」

「等等！若我沒聽錯，那唯一知道目標是什麼的人是**你**，因為你的真正目標在你的腦子裡。」

他譏諷地哼了一聲。「妳眞的以爲是這樣嗎？但事實上不是這麼一回事。有一回我想做個我以爲應該百分之百安全的小練習。我走到我們那所夜之屋旁邊的公園，那裡沒人讓我分心，這點我非常確定。我看見一棵很大的老橡樹，我在我以爲的樹的中心貼上靶紙。」

他看著我，彷彿期待我有所回應，所以我點點頭。「你是指樹幹的正中央嗎？」

「沒錯！那就是我以爲自己瞄準的地方——樹的中心。妳知道樹的中心又叫什麼嗎？」

「不知道，我對樹沒研究。」我說。

「我也沒研究。事後我去查資料，才知道古代吸血鬼，對土有感應力的那些吸血鬼，將樹的中心稱爲樹的心臟。他們還相信有時候動物甚至人類可以代表某一棵樹的心臟。我將箭射出去，心裡想著要射中樹的中心或心臟。」他沒再說下去，只是低頭盯著他的弓。

「你殺了誰？」我輕聲問，然後想都沒想就舉起一隻手搭在他的肩膀上。我不知道自己爲何要碰觸他，或許是因爲他看起來很需要別人安慰，也或許是因爲我仍然被他吸引，雖然他剛剛坦承他是個危險人物。

他舉起一隻手覆蓋在我的手上，肩膀頹然垮下來。「一隻貓頭鷹。」他難過地說：「那支箭刺穿牠的胸膛。那時牠棲息在橡樹頂端內側的枝椏上，牠哀號著滾落地上。」

「那隻貓頭鷹是那棵樹的心臟。」我喃喃地說，壓抑住想將他緊擁入懷的衝動。

「對，我殺了牠。」他抬頭，凝視我的眼睛。我想我從未看過如此充滿懊悔的眼神。這時，他腳邊的貓和狗也在安慰他，至少娜拉就表現得比平常更有靈性。我突然冒出一個念頭：除了能百發百中地射到他心裡所瞄準的東西，或許史塔克還有其他天賦。但我總算還清醒，什麼都沒說。難不成他還需要更多**天賦**來操心啊？史塔克繼續說：「懂了吧？我很危險，即使我無意這樣。」

「我想，我明白了。」我說得很謹慎，手仍搭在他肩上，試圖幫助他平靜下來。「或許你該放下弓和箭，至少等到你可以眞的掌握你的天賦。」

「我確實該這麼做。我知道應該如此，但我如果遠離弓箭，試圖忘了它，就會覺得我的一部分被撕掉，彷彿內心有什麼東西逐漸死去。」他將原本覆在我手上的手放下，後退一步。現在，我們不再能碰觸到對方。「妳也應該知道我其實很懦弱，因爲我忍受不了這種痛苦。」

「想逃避痛苦不是懦弱的表現。」我趕緊告訴他，一如我內心細微的聲音所告訴我的。

「這是人性的表現。」

「雛鬼不是人類。」他說。

「關於這點，我可沒太大把握。我認為每個人身上最棒的部分就是人性，無論對雛鬼或成鬼來說都是如此。」

「妳一直都這麼樂觀嗎？」

我笑笑。「喔，才不！」

他這次的笑容少了幾諷的味道，看起來真誠多了。「我是不覺得妳是個愛潑冷水唱衰的人。不過，我其實也才認識妳沒多久。」

我咧嘴對他笑笑。「我是沒那麼悲觀啦，或者至少以前不是。」我的笑容慢慢消失。「我想，你可以說最近的我不像以往那麼樂觀了。」

「最近發生了什麼事？」

我趕緊搖搖頭。「多到一言難盡。」

他看著我的眼睛。我真驚訝他的雙眸竟流露著了解的眼神。更讓我驚訝的是，他又往我靠近一步，將散落在我臉上的一綹髮絲往後捋。「如果妳想談，我是個很好的聽眾。有時候外人的意見比較中肯。」

「你寧可當個外人嗎？」我問，努力不因為他和我如此貼近，以及他如此輕易就靠近我，並攪動我的心緒，就昏頭轉向。

他聳聳肩，笑容再度帶上譏諷的味道。「當外人確實比較輕鬆，所以我才不介意從我原來的夜之屋轉學來這裡。」

「我正想問你這個。」我停頓下來，假裝需要踱步思考而稍微拉開跟他的距離。我的思緒奔騰，一會兒想著他爲何如此吸引我，一會兒想著該怎麼問才不會讓他想太多，尤其是想到與奈菲瑞特有關的事。「那，如果我問你關於你轉學的事，你會介意嗎？」

「柔依，妳可以問我任何問題。」

我抬頭，凝視他的褐色眼眸，發現他眼睛表達的心意遠比他說的話還熱切。「好。嗯，你轉來這裡是因爲威廉的事？」

「我想是吧，但不是很確定。我以前那所學校的成鬼都說，這裡的女祭司長希望我能轉學來這裡。這很平常，有時候某個學校會需要或想要其他學校具有某種特殊天賦的學生。」他這時的笑容一點都不像在笑。「我以前那所學校就一直想從你們這裡挖走那位大名鼎鼎的演員。他叫什麼來著？艾瑞克．奈特？」

「對，他叫艾瑞克．奈特。他已經完成蛻變，不再是雛鬼。」我實在不想在對史塔克有來電感覺時想到艾瑞克。

「喔。總之，這裡的夜之屋不放他走，而他自己也不想離開。我那所夜之屋根本沒想留我，而我也沒任何理由繼續留在那裡。後來我發現陶沙市這裡的學校要我，我就先聲明，不管怎樣，我絕不再參加比賽。不過這好像不重要，因爲我說了之後他們仍堅持要我，所以我就來了。」他的嘲諷表情消失，有那麼一瞬間看起來好可愛，像是個對自己沒什麼信心的大男孩。「我眞高興陶沙市這麼想要我。」

「是啊，」我笑著說，來電感覺讓我有點失去分寸。「我也很高興陶沙市要你。」但是，接著，我想清楚他說的每句話後，突然有一股不祥之感蒙上心頭。我清清喉嚨，問他：「所有成鬼都知道威廉是怎麼死的嗎？」

他的眼睛又閃過一抹痛苦。我看了很難過，但非問不可。「或許吧。我以前那所學校的所有成鬼都知道。妳知道的——很難對他們隱瞞任何事。」

「沒錯，我知道。」我輕聲說。

「對了，我感覺妳和奈菲瑞特之間怪怪的。」

我驚訝地眨眨眼。「呃，什麼意思？」

「我總覺得妳們兩人的關係很緊張。我是不是先知道她的一些事情會比較好？」

「她很厲害。」我小心翼翼地回答。

「對，這我知道。所有的女祭司長都很厲害。」

我停頓一下才接著說：「這麼說吧，她不完全是外表看起來那樣子。你在她旁邊時要小心一點。我話就先說到這裡。喔，對了，她的直覺力很強，可以說具有心靈感應能力。」

「還好先知道這些。我會小心的。」

我決定趕快閃人。他一方面個性嚴肅，充滿自信，另一方面卻又很脆弱，很迷人，害我差點忘記我已戒絕性愛。性愛!?我是說男孩。我已戒絕男孩。還有性愛。和男孩的性愛。唉，要命。「我得走了，有一匹馬等著我去梳理呢。」我衝口這麼說。

「最好別讓動物等太久，他們很難伺候的。」他低頭對女公爵笑了笑，撫弄她的耳朵。就在我轉身準備離開時，他抓住我的手腕，然後手往下滑到我的手掌，跟我十指交握。

「嘿，」他輕聲說：「謝謝妳沒被我剛剛說的事情嚇到。」

我笑著說：「眞慘，跟這個禮拜我所經歷的事情相比，你這奇怪的天賦還算正常呢。」

「眞慘，我挺高興聽妳這麼說。」然後他抓起我的手，放到唇邊親吻。就這麼自然。彷彿他每天都會親吻女孩的手。我不知該說些什麼。被男孩吻手的時候該怎麼回應才算有禮貌？說謝謝嗎？其實我有點想把他親回來。我凝視著他的褐色眼眸，心想我眞不該有這種念頭。這時他說：「妳會把我的事告訴別人嗎？」

「你要我說嗎？」

「不要，除非妳非說不可。」

「那我就不說，除非非說不可。」我說。

「謝謝妳，柔依。」他說，捏捏我的手，露出笑容，然後放開我。

我站在原地半晌，看著他回頭拾起弓，走回皮革箭筒放置的地方。他沒再看我，逕自從箭筒抽出一支箭，瞄準，放開，再次正中紅心。說眞的，他非常神祕、性感，我看得出神。我轉身，告訴自己我得管管自己的荷爾蒙了。我走近門邊時，聽到他的第一聲咳嗽。我楞住，希望下一秒會聽到他像之前那樣清喉嚨，然後會有一支箭射中靶心的聲音傳來。

但史塔克又開始咳。這次我聽見他喉嚨深處液體咕嚕咕嚕響的可怕聲音。然後，那氣味撲鼻而來——新鮮血液的甜美、駭人氣味。我咬牙克制那噁心的欲望。

我不想轉身。我想跑出這幢建築物，叫誰來幫他，然後永遠、永遠都不再回來。我不想目睹我知道接下來會發生的一切。

「柔依！」他叫我的名字，聲音裡滾動著液體和恐懼。

我強迫自己轉身。

史塔克雙膝跪地，上半身仆在地面。我看見他吐出鮮血，染紅了田徑場的金色細沙地面。女公爵淒厲地哀鳴。史塔克雖然不斷被血嗆到，仍伸手撫拍他的大狗。我聽見他在沒咳嗽的空檔喃喃地安慰她：一切都會沒事的。

我衝向他。

就在我衝到他身邊時，他整個人仆倒。我及時抱住他，讓他躺在我的大腿上，然後扯開他的長袖運動衫，將它褪至腰際。他僅穿著T恤和牛仔褲躺著。我用運動衫抹去從他眼睛、鼻子和嘴巴汩汩湧出的血。

「不！我不想現在發生這種事。」他頓住，咳出更多血。「我才剛遇到妳——我不想這麼快離開妳。」

「我在你身邊，你不孤單。」我努力讓自己聽起來很冷靜，試圖安撫他，但其實我已經分寸大亂。**拜託別帶走他！拜託放過他！**我的心在吶喊。

「好。」他喘著氣說，又開始咳，鮮血從口鼻潺潺流出。「我好高興是妳。如果非得如此不可，我好高興最後在我身邊的人是妳。」

「噓。」我說：「我去求救。」我閉上眼睛，開始做第一件浮上心頭的事。我召喚戴米恩，用力想著風，甜美的夏日微風。瞬間，一陣陣溫暖微風拂過我臉龐，彷彿在問我問題。**去，去把戴米恩找來，要他帶些幫手來！**我命令風。風在我周圍打轉，然後離去。

「柔依！」史塔克呼喚我的名字，然後不停地咳嗽。

「別說話，省點力氣。」我一隻手緊摟著他，另一隻手將他濕淋淋的頭髮從他濕答答的臉龐抹開。

「妳在哭？」他說：「別哭。」

「我——我忍不住。」我說。

「我想親吻的不只是妳的手……我以爲我還有時間。」他在充滿液體的喘息聲中喃喃地說：「……現在太遲了。」

我凝視他的眼睛，忘了整個世界。這一刻我只知道我懷裡抱著史塔克，而我就快要失去他。非常、非常快。

「不會太遲。」我告訴他，俯身將雙唇貼在他的唇上。史塔克伸手環抱我，他的力氣仍足夠緊緊擁著我。我的淚水與他的鮮血混合。這個吻既美妙又可怕，結束得很快。

他的唇離開我，轉過頭對著地面咳血。

「噓。」我繼續安撫他，任憑淚水滑落臉頰。我將他摟得更緊，對他低喃：「我在這裡，我抱著你。」

女公爵哀鳴著，趴在主人身邊，恐懼的眼神望著主人淌滿血的臉。「柔依，在我走之前，妳要好好聽我說。」

「好，好，別擔心，我在聽你話。」

「答應我兩件事。」他虛弱地說，但又一次咳嗽，只得再次把頭撇開。我扶住他的肩膀，他躺回我懷裡時整個人不停顫抖，一臉慘白，看起來幾乎成了透明人。

「好，任何事我都答應你。」我說。

他舉起一隻沾滿血的手，撫摸我的臉頰。「答應我，妳不會忘了我。」

「我答應。」我說，將臉埋入他的手中。他顫抖的拇指想抹去我的淚水。這害我反倒哭得更凶。「我不會忘了你。」

「還有，答應我妳會照顧女公爵。」

「狗？可是我——」

「答應我！」他的聲音突然充滿力道。「別讓他們把她送給陌生人。至少她認識妳，她看得出來我在乎妳。」

「好！我答應，你別擔心。」我說。

史塔克聽到我的承諾，似乎放心地整個人垮下來。「謝謝，我只是希望我們……」他說不下去，閉上眼睛，將頭埋在我的大腿上，手環抱著我的腰。紅色淚水靜靜地滑落他的臉，整個人一動也不動。唯一有動靜的是他起伏的胸膛。他正以浸滿鮮血的肺努力呼吸。

然後，我想起一件事，感覺到一股希望襲來。就算我錯了，也必須讓史塔克知道。

「史塔克，聽我說。」他沒有反應。我趕緊搖晃他的肩膀。「史塔克！」

他的眼睛半睜。

「你聽得見我說話嗎？」

史塔克若有似無地點了個頭。他染血的嘴唇往上揚，依稀可以看到他譏諷、冷傲的笑容。「再吻我一次，柔依。」他喃喃地說。

「你得聽我說。」我低下頭，附在他耳邊說：「或許事情不會就這樣結束。在這所夜之屋，雛鬼死了會復活，經歷另一種蛻變。」

他的眼睛睜大。「我——我可能不會死？」

「不會就這樣永遠死了。之前死去的雛鬼都復活了，我最好的朋友就是。」

「幫我好好照顧女公爵。若我可以復活，我會回來找她，還有妳——」他的話語隨著從嘴巴、鼻子、眼睛和耳朵流出的血河慢慢淌出。

他無法再說話。我所能做的，就只是緊緊抱住他，看著他的生命一點一滴流逝。就在他嚥下最後一口氣時，戴米恩衝進田徑場，後面跟著龍老師、愛芙羅黛蒂和孿生的。

13

愛芙羅黛蒂最先衝到我身邊。她扶我站起來時，史塔克的屍體重重地從我腿上滑落。

「妳嘴巴上有血。」她悄聲告訴我，從包包拿出面紙遞給我。

戴米恩衝到我面前時，我剛擦過嘴唇和眼睛。

「跟我們來吧。我們送妳回宿舍換衣服。」戴米恩說。他走到我的一側，緊緊地抓住我的手肘。愛芙羅黛蒂在我另一側，她的手也像老虎鉗一樣緊緊地抓住我另一隻手肘。而孿生的雙手互摟著對方的腰，努力不讓自己哭出來。

幾位冥界之子已經帶著擔架和毯子抵達。愛芙羅黛蒂和戴米恩想把我拉出田徑場，但我不肯。我默默地流淚看著戰士輕手輕腳地抬起史塔克沾滿血的軀體，放在擔架上。然後他們替他蓋上毯子，並將毯子往上拉，覆蓋他的臉。

這時女公爵仰起頭，對著天空開始哀號。

她的聲音很可怕，將哀傷、孤寂和痛苦填滿被血液浸透的夜晚。孿生的一聽，立刻號啕大哭。我聽見愛芙羅黛蒂說：「喔，女神，好慘哪。」戴米恩低聲說：「可憐的女孩……」然後他也輕聲哭了起來。娜拉一直蹲在這隻哀慟的狗兒身邊，一雙難過的大眼睛望著她，彷彿不知該怎麼辦。

我也不知該怎麼辦。我雖然無法止住淚水，卻有一種奇怪的麻木的感覺。不過，我已準備好掙脫朋友的手，到女公爵身邊，搞定這樁不可能的任務。這時傑克衝進田徑場，但隨即停步，驚愕得目瞪口呆。他一隻手掐住自己喉嚨，另一隻手摀住嘴巴，卻仍止不住自己震驚的喘息聲。他先是瞪著擔架上覆蓋著毯子的屍體，然後視線移向浸血的沙土，再移向那隻哀慟的狗。戴米恩啜泣著，捏了捏我的手臂，然後放開我，跑向他的男友傑克，但傑克不理會任何人、任何事，逕自衝向女公爵，跪在她面前。

「喔，寶貝，我替妳感到心碎。」他告訴狗。

女公爵低下頭，靜靜地凝視著傑克好久。我不知道狗兒會哭，但我發誓女公爵確實在哭。淚水從她的眼角滑落她的臉龐和口鼻，留下兩道深色濡濕的淚痕。

傑克也在哭，但他對女公爵說話的聲音聽起來好溫柔，好冷靜。「如果妳跟著我，妳就不孤單了。」

這隻體型碩大的金毛拉布拉多犬慢慢地往前走，彷彿幾分鐘內蒼老了好幾十歲，然後將頭靠在傑克的肩膀上。

透過婆娑淚眼，我看見龍老師溫柔地拍拍傑克的背。「帶她回你房間吧。我會打電話給獸醫，拿點東西幫她入睡。好好陪著她——現在她很傷心，就像貓失去吸血鬼主人時那樣。她是個忠心的好女孩！」龍老師悲傷地繼續說：「他死了，她很難捱。」

「我——我會陪著她。」傑克說，一手抹去臉上的淚，另一手拍拍女公爵。當戰士抬起史塔克的屍體，他雙手抱住大狗的脖子。

戰士跨出門口時，奈菲瑞特出現，似乎很激動。「喔，不！這次是誰？」

「那個新來的雛鬼，詹姆士．史塔克。」龍老師說。

奈菲瑞特走到擔架旁，掀開毯子一角。所有人都看著毯子下的史塔克，但我無法再注視他失去生命的臉，所以我的目光繼續留在奈菲瑞特身上。因此，只有我看見她臉上流露遮掩不住的勝利與喜悅之情。接著，她深吸一口氣，又變成一個充滿關愛的女祭司長，因爲雛鬼的死而悲傷不已。

我眞的快吐了。

「將他帶到停屍間，我會好好照料他。」奈菲瑞特說。然後，她看都沒看我一眼，下令說：「柔依，確保這男孩的狗受到妥善照顧。」接著她示意戰士繼續前進，並跟著他們一起離開。

有那麼半晌我說不出話。她的殘酷冷血和史塔克的猝死讓我備受打擊。或許我心中還有一個小小的角落，依然希望她仍是我剛認識時所信任的那個女人，那個無條件愛我的母親——尤其在這個難以言喻的可怕時刻。

我看著他們把史塔克的屍體抬走，伸手抹去淚水。還有人需要我，那些我許下承諾的人。是時候必須承認奈菲瑞特是個邪惡的人了，而且我該死的不能再軟弱下去了。

我轉身告訴戴米恩：「今晚陪著傑克吧，他比我更需要你。」

「妳沒事吧？」戴米恩問我。

「我會照顧她的。」愛芙羅黛蒂說。

「我們也會。」孿生的異口同聲說。

戴米恩點點頭，緊緊抱了我一下，然後走向傑克。他蹲在男友和狗身邊，一開始遲疑了一下，然後鼓起勇氣，關愛地撫拍著女公爵。

「妳滿身是血，妳知道嗎？」愛芙羅黛蒂說，將我的注意力從戴米恩和傑克安慰史塔克愛犬的心碎場景拉回來。

我低頭瞥了一眼自己。自從吻了史塔克後，我就沒有再聞到血的味道。我已將它拋到腦後，免得那甜美的誘人氣味讓我發狂。所以，現在我看見自己的衣服竟沾滿他的血，變得深暗黏稠，不禁嚇了一跳。

「我得換掉這身衣服。」我說，聲音竟然顫抖得非常厲害。「我得沖個澡。」

「來吧，我帶妳去洗spa。」愛芙羅黛蒂說。

「Spa？」我像個笨蛋問她，搞不清楚她到底在說什麼。史塔克剛剛死在我的懷裡，而她竟要我去做spa？

「妳不知道我重新整修了我的浴室嗎？」

「說不定柔想在自己的房間洗澡。」簫妮說。

「就是嘛，也許她希望旁邊見到的都是自己的東西。」依琳說。

「才怪。搞不好她根本不希望想起上次自己一個人在房裡沖澡，洗去身上的血，是在她最要好的朋友死在她懷裡之後。」愛芙羅黛蒂說，然後得意地補上一句：「況且，她房間裡沒有維琪浴設備。全校就只有我有。」

「維琪浴？」我問，覺得自己仍置身噩夢之中。

簫妮嘆一口氣，說：「就像淺嘗天堂的滋味。」

依琳打量著愛芙羅黛蒂。「妳房間有這種spa設備？」

「有幾個臭錢，加上被寵壞了，自然有這種額外福利。」愛芙羅黛蒂說。

「呃，柔，」依琳的目光從愛芙羅黛蒂移到我身上，慢慢地說：「或許妳應該去她的spa浴室。維琪浴能消除壓力。」

簫妮擦了擦眼睛，做完最後一次抽噎。「我們知道妳今晚承受了很大的壓力。」

「好，那我去她的房間洗。」我木然地跨出大門，走在愛芙羅黛蒂和孿生的之間。回宿舍途中，我一直感覺得到史塔克留在我唇上的吻。但在這同時，渡鴉的詭異叫聲不絕於耳。

原來愛芙羅黛蒂所說的維琪浴是指四個超級粗大的蓮蓬頭（兩個在天花板，另外兩個在大理石浴室的牆面）同時灌下幾百萬噸的熱水，澆遍我全身。我站在浴室裡，任憑熱水流過身體，沖走史塔克留下的血漬。我看著水從紅色變爲粉紅，再變爲清澈。不知何故，看到他的血液逐漸流失，我又開始哭泣。

說來實在荒謬：我們認識的時間這麼短，失去他的感覺卻像心裡空了一大塊。怎麼可能？我都還不算眞正認識他，怎麼可能如此思念他？或者，其實我早就認識他——或許有些人之間的關係超越了社會的一般認知，不是時間長短所能量度的。或許在田徑場那短短幾分鐘裡，史塔克和我的靈魂就已認出了彼此。

靈魂伴侶？有這個可能嗎？

我一直洗到因爲哭泣而頭痛，淚水流乾了，才虛弱地走出浴室。愛芙羅黛蒂在浴室門上掛了一件白色大浴袍，我穿上後走進她的豪華房間。果不其然，孿生的已經離開。

「拿著，把這個喝掉。」愛芙羅黛蒂遞給我一杯紅酒。

我搖搖頭。「謝謝，我眞的不愛喝酒。」

「喝了吧，這不只是酒。」

「喔……」我接過玻璃杯，小心翼翼地啜飲，彷彿怕杯子會爆炸。但是，那威力果然在我體內爆開。「裡頭有血。」我這話不是要指責她。她知道我已經明白她那句「不只是酒」的眞正意思。

「它會讓妳舒服一些。」愛芙羅黛蒂說：「這個也是。」她指著躺椅旁邊那張茶几上的保麗龍外帶盒，敞開的盒子露出一個油膩膩的歌蒂大起司堡，和一大包薯條，旁邊還有一瓶可樂——全咖啡因、全糖的那種。

我大口灌下最後一口攙了血的紅酒後，才驚訝地發現原來自己這麼餓，於是開始大口吃起漢堡。「妳怎麼知道我愛歌蒂漢堡？」

「大家都愛歌蒂漢堡啊。對妳來說，這太可怕了。所以我猜，妳需要吃上一個。」

「謝謝。」我說，儘管食物塞了滿嘴。

愛芙羅黛蒂對我扮了個鬼臉，優雅地從盤子上抓起一根薯條，然後重重地躺在床上。她讓我靜靜地吃了一會兒，才以罕見的遲疑口吻問：「所以，他死之前妳吻了他？」

我無法正視她，但突然覺得漢堡吃起來味道像硬紙板。「對，我吻了他。」

「那妳還好吧？」

「不好，」我輕聲說：「我們之間發生了某種……」我找不到合適的話說下去。

「妳現在打算拿他怎麼辦？」

這次我抬起頭看她。「他死了，還能怎麼──」我頓住。我怎麼會忘了呢？史塔克的死當然未必代表結束，至少最近在這所夜之屋事情都不是這樣。接著，我想起另一件事。「我告訴他了。」我說。

「告訴他什麼？」

「告訴他這可能不是結束。他死前我告訴他，最近很多雛鬼死了都又復活，經歷另一種蛻變。」

「這代表若他真的復活，他最先想到的就會是妳，以及妳告訴他死亡不代表結束。但願到時候奈菲瑞特不會讀出他的心思。」

我的胃揪緊，半是因爲心裡升起一絲希望，半是因爲恐懼。「嗯，若是妳，妳會怎麼做？難道眼睜睜看著他死在懷裡，什麼都不說嗎？」

她嘆了一口氣。「我不知道，或許眞的不會說吧。妳很在乎他，對不對？」

「對，我在乎他。我不知道爲什麼會這樣。我的意思是，沒錯，他是個，呃，我是說他以前是個很帥的男生。不過他死之前跟我講了一些事，我們之間不知怎地好像就有了感覺。」我努力回想史塔克告訴我的事情，不過腦海裡跳出來的盡是我親吻他，看著他在我懷裡流血到死的畫面。我顫抖，喝下大大一口可樂。

「那，妳現在打算拿他怎麼辦？」她還不肯放棄。

「愛芙羅黛蒂，我不知道！難不成我該大步走到停屍間，要求冥界之子讓我進去，然後坐在史塔克旁邊，等他復活過來？」我一說出口，才發現其實我還眞希望能這麼做。

「這應該不是個好主意。」她說。

「我們根本不知道會發生什麼事，多久會發生，或者到底會不會發生。」我停頓一下，想了想，然後說：「等等，妳說妳在預見我死亡的靈視中看見史塔克，對吧？」

「是啊。」

「那他的臉上有什麼？藍色弦月輪廓？紅色弦月？還是實心的紅色刺青？」

她躊躇地說：「我不知道。」

「妳怎麼可能不知道？妳說妳在靈視中見到了他。」

「我是見到了他，不過我只記得他的眼睛和那張性感得叫人受不了的嘴。」

「別這樣說他。」我厲聲說道。

她一臉愧疚。「對不起，我沒惡意。妳眞的被他吸引了，是不是？」

「對，我被他吸引了。所以，拜託妳努力回想他在妳的靈視中是什麼模樣。」

她咬著唇。「我實在想不起什麼。我只匆匆瞥了他一眼。」

我的心怦怦跳，乍起的一線希望讓我頭暈目眩。「不過這就表示他不是眞的死了，或至少不是徹底死了。妳在靈視中的未來看見他，所以他未來一定在。他會復活！」

「不盡然。」她輕聲說：「柔依，未來是流動的——永遠在改變中。我的意思是，我就看見妳死兩次啊。一次是孤單地死去，因爲妳的朋友孤立妳。可是，現在他們回來當妳的蠢蛋三劍客了呀。」她停頓一會兒後接著說：「抱歉，我知道妳今晚經歷了很多鳥事，我不是有意說話惡毒。不過，妳瞧，因爲那些蠢——我是說，因爲妳不再被朋友孤立，所以柔依孤單死去的靈視可能就不會成眞了。所以，未來是會改變的，我那次在靈視中見到史塔克時，他或許是活的，但現在也可能變了。」

「但不必然會改變吧？」

「是不必然。」她勉強同意我的話。「不過妳也別抱太大希望。我只是靈視小姐，可不是雛鬼復活專家。」

「那我們就需要找一個懂死亡與復活的專家。」我努力不讓自己的語氣聽起來像是抱著很大的希望，但愛芙羅黛蒂難過地看著我，我知道自己太喜形於色了。

「對，我真不想這麼說，不過我得承認妳說對了。妳需要跟史蒂薇·蕾談一談。」

「那我回房間打電話給她，跟她約明天在流浪貓之家見面。我在跟她談話時，妳有辦法絆住達瑞司，讓他忙得沒時間注意到我們嗎？」

「喔，拜託，我絕對會讓他很忙，**忙得不可開交**。」她興沖沖地說。

「嗯，隨便啦，反正只要不要給我聽到或看到就行了。」突然覺得人生又充滿希望，我一把抓起可樂。

「沒問題，我會偷偷摸摸的。」

「再說一次，**噁**。」我走向門口。「嘿，妳怎麼甩掉孿生的？我明天得收拾後果嗎？」

「很簡單，我告訴她們，若她們留下來，我們可以互相做腳的spa按摩，而且我要排第一個。」

「是唷，難怪她們會閃人。」

忽然，愛芙羅黛蒂變得很嚴肅，說：「柔依，我是說眞的，別對史塔克抱太大希望。妳知道，就算他復活了，也可能變得不一樣。史蒂薇．蕾說紅雛鬼現在好多了，的確是，但他們終究**不正常**，她也是。」

「這些我都知道，愛芙羅黛蒂，不過我仍覺得史蒂薇．蕾沒問題。」

「那我仍只能說我們兩人同意彼此看法不同。我只是要妳小心一點，史塔克不是——」

「別說了！」我舉起手打斷她的話。「讓我抱點希望吧。我想要相信他有機會復活。」

愛芙羅黛蒂緩緩地點點頭。「我知道妳就是這麼想，所以我才擔心。」

「我好累，沒辦法再跟妳談下去。」我說。

「好吧，我了解，反正妳好好想一想我說的話。」我打開門時她又補上一句：「要不要留在我這裡過夜？這樣妳就不會孤單一個人。」

「不用，謝謝。況且整間宿舍都是雛鬼，我不是一個人。」我的手放在門把上，回頭對愛芙羅黛蒂說：「謝謝妳照顧我，我感覺好多了，眞的好多了。」

她揮手要我別客氣，一副不好意思的模樣。然後，她以她慣常的語氣說：「別想太多，反正等妳當皇后那天，別忘了欠我一份人情。」

史蒂薇．蕾沒接電話，直接轉入她的語音信箱。我沒留言給她。我能說什麼？「嗨，史蒂薇．蕾，是我柔依。嘿，今晚有個雛鬼在我懷中吐血猝死，我想知道現在會發生什麼事。他會復活成爲嗜血的活死人怪物嗎？或者他會變得跟妳那群雛鬼一樣，如妳所說的，只是有點怪怪的？還是他會一直處於死亡狀態？我很想知道，因爲我真的很在乎他，雖然我們才認識不久。好啦，回我電話吧！」呃，不，不能這樣說。

我重重坐在床上，希望娜拉此刻能在身旁。這時，只聽得房門下方的貓咪小門打開，娜拉「**喵—呦—嗚**」地走入房間，跳上床，蜷縮在我胸口，臉貼著我的頸，拼命打呼嚕。

「我真的、真的好高興見到妳。」我摸摸她的耳朵，親吻她鼻頭的白色小斑點。「女公爵還好嗎？」她眨巴著眼睛看我，打了個噴嚏，然後頭依偎著我，又打了幾聲呼嚕。我想，這應該代表傑克和戴米恩把那隻狗照顧得很好吧。

娜拉打呼嚕的聲音有神奇的安撫作用。我感覺好多了，試圖沉浸於最近正在讀的書中——我目前最喜歡的吸血鬼作家梅麗莎．馬爾（Melissa Marr）所寫的《墨水交換》。不過，就算故事裡迷人的精靈也無法讓我不再胡思亂想。

我在想什麼？當然是史塔克。我撫摸自己的唇，仍感覺得到他的吻。我是哪裡不對勁？怎麼會讓史塔克影響我這麼深？好吧，沒錯，他是死在我懷中，而這經驗很可怕，非常可怕，但我們之間不只這樣，至少我是這麼認爲。我閉上眼，嘆了一口氣。我實在不該再去在乎另一個男孩，畢竟我還沒忘懷艾瑞克或西斯。

好吧，事實上我也還沒忘懷羅倫。不，不是我仍愛著他。我不能忘懷的，是他帶給我的痛苦。我依舊心痛，還沒準備好讓別的男孩進入心房。

我想起史塔克抓住我的手，跟我十指交扣，以及他的唇印在我肌膚上的感覺。

「該死，怎麼沒人告訴我的心，它還沒準備好接受另一個男孩。」我自言自語。

倘若史塔克眞的復活過來呢？或者，更糟，萬一他沒活過來呢？

我受夠了，不想再失去我關愛的人。一顆淚珠從我緊閉的眼瞼滑出，我將它拭掉。我側躺著蜷縮起來，臉貼住娜拉柔軟的身軀。我不過是累了，今天畢竟是難捱的一天。明天就不會那麼糟了，明天我就能跟史蒂薇．蕾說上話，她會幫我弄懂該拿史塔克怎麼辦的。

但我無法入眠。我的思緒不斷飛旋，想著我犯過的錯以及傷害過的人。史塔克的死是爲了懲罰我把艾瑞克和西斯傷得那麼深嗎？

不！我的理智告訴我。**這太荒謬了！妮克絲不會這樣的！**但我充滿愧疚的良心繼續低喃著更負面的想法。**妳不可能這樣傷害艾瑞克和西斯而沒受到懲罰。**

夠了！我告訴自己。**再說，艾瑞克今天看起來並沒有很慘，反而表現得像個王八蛋，一點都不像心碎的人。**

不，這樣也不對。艾瑞克撞見我和羅倫亂來時，我們仍是戀人，所以我還能期望艾瑞克怎麼做？難不成要他哭著求我回到他身邊？當然不可能。我傷了他，而且他眞的不是王八蛋——他只是想保護自己，免得被我傷到。

至於西斯，我不必看到他，也知道我害他心碎了。我太了解他，知道他被我傷得有多深。自從小學以來，他就一直是我生命的一部分。他始終在我身邊——從情竇初開的青澀愛情，到進入「我烙印了他，而且想吸他的血」的鬼階段。這眞是鬼階段，因爲從人類身上直接吸血會觸發雙方腦中的性愉悅區，我想的可不只是吸他的血。沒錯，聽起來很噁，但至少我還能誠實面對自己。可是，後來我居然跟羅倫烙印，而在做**那檔子事**時（想到我已經不再是處女，感覺仍然很詭異——那種令人不安和害怕的詭異），我和西斯之間的烙印被打破了。若羅倫說得沒錯，西斯當時一定極爲痛苦。從那時起，我就沒再跟西斯說過話。

史塔克認爲他想逃避痛苦是懦弱的表現。但跟我相比，他可一點都不懦弱。一旦他知道我過去那些事，我懷疑他和我之間來電的感覺能否維持下去。我的意思是，他對我相當坦白，而我卻沒告訴他我的那些鳥事。

啊，可以說的鳥事還眞不少呢，更別提一堆還沒了結的後續問題。

我一直沒和西斯聯絡，因爲我知道我傷了他。但只要我誠實面對自己，我得承認，我也害怕見到他對我的反應。

若非我確知西斯是可以倚賴的，或許對我來說他根本不算什麼。我確知他爲我癡迷，我確知他始終都會在。

突然，我發現自己需要西斯。今晚我覺得好受傷，好難過，好困惑，我需要知道自己並沒有失去他們每一個人……我需要知道其中有人眞的愛我——即便我不配。

我打開放在床邊桌上充電的手機，在自己膽怯退縮之前，迅速傳了簡訊給西斯。

你好嗎？

就先從這麼短、這麼簡單的簡訊開始吧。等他回覆，**如果**他回覆的話，我再看怎麼往下走吧。

我蜷縮回娜拉身邊，試著入睡。

彷彿過了很久很久以後，我查看時間。將近早上八點半。好吧，西斯應該還在睡。他現在放寒假，而若不需要早起上學，他通常會睡到中午。真的。**所以，這會兒他還在睡覺。**我堅持這麼告訴自己。

但以前不會這樣的。我的理智立刻訓斥我，**以前他會立刻回我簡訊，求我到某處跟他碰面。西斯絕不會因為睡覺而錯過我的簡訊。**

或許我應該直接打電話給他。

然後聽他親口告訴我，他永遠不要再見到我嗎？我咬著唇，感覺好難過。不，不，我不能。在今晚發生這些事後，我不能。我不能承受親耳聽到他對我說出這麼惡毒的話。這種話光是讀簡訊就夠教人難受了。

如果他回簡訊的話。

我依偎著娜拉，努力專心聽她打呼嚕，讓她的聲音蓋過手機的沉默。

明天，我在進入輾轉不安的夢鄉前告訴自己，**明天如果他還是沒回覆，我就打電話給他。**

就在我完全睡著前，我發誓，我真的聽見窗外一隻渡鴉令人毛骨悚然的聲音。

14

不需要等鬧鐘在傍晚五點嗶嗶作響，我早已醒著，睜大眼睛躺在床上，撫拍著娜拉。

我昏昏沉沉地在房間裡蹣跚走動，穿上牛仔褲和黑色毛衣。我凝視著鏡中的自己。好吧，確實很糟。我今晚得好好睡一覺——免得眼袋愈來愈大。

娜拉才拱起背，對著門嘶嗚，我就聽到有人敲門。

「柔依！妳可不可以快一點？」

我打開門，看見愛芙羅黛蒂臭著臉。她穿著很短（但很可愛）的黑色毛裙、深紫色的套頭毛衣，還有一雙讓人垂涎的黑皮靴，一臉不耐煩地用腳猛點地。

「幹麼啦？」我說。

「我知道我已經這麼說過妳，不過妳眞的慢得像個胖小孩拄拐杖。」

「愛芙羅黛蒂，妳說話很毒欸。我知道我以前也這麼說過妳。」我說，眨眨眼睛想把眼睛裡的疲憊給眨掉，並設法用腦袋思考。「還有，我沒慢吞吞，我已經準備好了。」

「對，妳沒慢吞吞，妳只是連記印都還沒遮。」

「啊，我忘了——」我的眼睛不自覺地瞄向她的額頭，絲毫不見雛鬼記印的痕跡。

「對啦，假裝仍是雛鬼的少數好處之一，就是不用老記得走出校園時要遮蓋記印。」愛芙羅黛蒂一副輕佻的口氣，但我看得見她眼裡的受傷神情。

「嘿，記得妮克絲說的嗎？妳對她來說很特別。」

愛芙羅黛蒂翻翻白眼。「對，很**特別**。隨便啦。妳可不可以快一點？達瑞司在等我們，而且妳還得跟雪姬娜報告，我要跟妳一起去。」

「還得吃一碗穀物脆片。」我邊說邊在我線條繁複的記印上塗抹厚厚一層遮瑕膏。

「沒時間吃了。」我們衝下樓梯時愛芙羅黛蒂說：「我們得趕在蠢人類關上店門，迫不及待地返回他們可笑的中產階級家庭之前，去到流浪貓之家。」

「**妳**就是蠢人類。」我低聲嘟囔。

「我是**特殊**人類。」她糾正我，以同樣壓低的聲音說：「史蒂薇．蕾什麼時候會去跟我們碰頭？她不會因爲我們稍微遲到一下就抓狂吧？」

「啊，糟了！」我壓低聲音說：「我昨晚沒找到她人。」

「我不驚訝。在那些坑道裡，收訊很差。我會找個藉口先告訴達瑞司妳爲什麼遲到。妳趕緊再打給她，希望這次聯絡得到。」

「我知道，我知道。」我說。

「嗨，柔！」我和愛芙羅黛蒂經過廚房時被簫妮叫住。

「今早感覺如何？好多了嗎？」依琳問。

「我很好，謝謝妳們。」我對她們笑笑。孿生的總是能很快從打擊中復原。我看，即便再多經歷一次死亡的衝擊，她們也不會驚嚇太久。

「太好了。我們已經幫妳把『巧古拉伯爵』穀物脆片拿過來了。」依琳說。

「嘿，孿生蠢蛋，妳們要不要接受我的邀請，今晚來跟我一起修腳趾甲？我們可以一起處理我右腳拇指外翻的問題，藉此增進一下我們蠢蛋幫的感情。」愛芙羅黛蒂抬起右腳高跟長統靴，假裝要拉開靴子拉鍊。

「愛芙羅黛蒂，我們也幫妳準備好早餐了。」依琳說。

「是啊，我們幫妳盛好一大碗『蕩女古拉伯爵』穀物脆片了。」簫妮說。

「妳們兩個眞的一點都不有趣欸。柔依，我先去找達瑞司，我們在停車場跟妳碰面。動作快一點。」她甩甩頭髮，扭腰擺臀離去。

「我們討厭她。」依琳和簫妮異口同聲說。

「我知道。」我嘆了一口氣。「不過她昨晚眞的對我很好。」

「這可能是因爲她有嚴重的人格問題。」依琳說。

「是啊，搞不好是人格分裂。」簫妮說：「嘿，說不定她很快會進精神病院！」

「說得好呀，孿生的，我喜歡妳凡事總往光明面想。」依琳說。

「來，柔，吃點穀物脆片吧。」簫妮說。

我對著那碗我最愛的誘人穀物脆片嘆一口氣。「我沒時間吃，我必須趕去流浪貓之家，搞定我們的社區慈善工作。」

「妳應該說服他們舉辦很酷的跳蚤市場拍賣。」依琳說。

「是啊，我們得好好把衣櫃清一清，準備換季。或許乾脆把舊衣服賣掉，騰出空間買新的。」簫妮說。

「這主意不賴哦。流浪貓之家或許可以舉辦室內拍賣會，免得我們曬太陽。」我說。

「孿生的，那我們把鞋子整理整理吧。」簫妮說。

「好啊，孿生的，」依琳說：「聽說下一季流行金屬製的鞋子呢。」

我在孿生的興致勃勃聊著新鞋採購計畫的當頭走出宿舍。

守在宿舍外的冥界之子不是達瑞司，不過這人一樣高大威武。他迅速對我恭敬行禮。我回禮後衝向通往主校舍的人行道，一路上對著來來往往的雛鬼點頭打招呼。我打開手機，按下我幾天前給史蒂薇．蕾的那個可拋式手機的號碼。幸好，這次她在第一響就接起電話。

「嗨，妳好，柔依！」

「啊，太好了。」我沒說出她的名字，不過還是把聲音壓低。「我之前打電話給妳，但聯絡不上。」

「對不起，柔，坑道裡收訊不良。」

我嘆了一口氣。這個問題得好好解決，不過這會兒沒時間想這事。「算了，沒關係。妳可以馬上到流浪貓之家跟我碰面嗎？有件事很重要。」

「流浪貓之家？在哪裡？」

「第六十街和雪里頓路交叉口，那棟可愛小磚樓裡。就在查理炸雞的後面。妳可以來吧？」

「我想應該可以。不過我得搭巴士，所以要花點時間。等等，妳不能來載我嗎？」

我正想開口解釋爲什麼不能去載她，並告訴她爲什麼我今天非得跟她談一談不可，電話那頭傳來尖叫聲，隨後出現可怕的笑聲。

「呃，柔依，我得走了。」史蒂薇．蕾說。

「史蒂薇·蕾，發生什麼事？」

「沒什麼。」她回答得未免太快了。

「史蒂薇·蕾——」我還想說話，但被她打斷。

「他們不會吃人的，眞的。不過我得確定那送披薩的傢伙不會記得這趟外送的過程。那，流浪貓之家見，掰！」

就這樣她掛了電話。我闔上手機（好希望也能闔上眼睛，縮成胎兒姿勢回去睡大覺），穿過主校舍主要入口像極了城堡大門的木門。我們這裡沒有所謂的校長室，不過有個地方給那位迷人的年輕成鬼泰樂小姐辦公。她實際上不是祕書，而是妮克絲的侍祭。戴米恩跟我解釋過，女祭司的培訓過程之一就是擔任侍祭，到一所夜之屋服務。因此我們經常可以看到她忙著接電話、影印、替老師跑腿，要不就是忙著布置禮拜堂，爲儀式做準備。

「嗨，柔依，妳好。」她帶著甜美笑容跟我打招呼。

「嗨，泰樂小姐。我想跟雪姬娜報告去流浪貓之家的事，不知道她人在哪裡。」

「喔，目前委員會會議室就權充她的辦公室。她如果沒在上課，就在那裡。既然第一堂課還沒開始，她現在人應該在那裡。」

「謝謝。」我一邊大聲道謝一邊跑向左側的走廊，然後爬上通往圖書館和委員會會議室的螺旋狀樓梯。我不知道可不可以直接進去，所以舉起手準備敲門。這時，雪姬娜清晰的聲音傳來：「進來吧，柔依。」

嘖，成鬼太可怕了，他們那種永遠知道誰將來訪的詭異能力實在很嚇人。我挺起肩膀，走了進去。

雪姬娜穿著一件看起來像絲絨質料的黑色洋裝，胸口繡著妮克絲的徽章。她對我微笑，我再次震懾於她那異國風情的美，以及她散發出來的成熟與智慧。

「歡喜相聚，柔依。」她說。

「歡喜相聚。」我很自然地回應。

「妳今天還好嗎？我聽說昨晚有個雛鬼死了，而妳目睹他猝死。」

我用力嚥嚥口水。「是的，史塔克死的時候我就在他身邊。不過我今天好多了。」

「妳今天仍想去拜訪流浪貓之家嗎？妳應該知道第一次登門造訪不是容易的事。」

「我知道，不過我仍然想去。讓自己忙一點可能會比較好。」

「很好。最了解自己的人是妳。」

「我想帶愛芙羅黛蒂跟我一起去，如果妳同意的話。」

「就是那個對土有感應力的雛鬼，是嗎？」

我緊張地迅速點點頭，說：「妮克絲確實曾賜給她土的感應力。」很好，嚴格說來，我這樣回答不算說謊。

「土具有安定力量，對土有感應力的人多半務實、可靠。妳今天選擇這樣的人陪妳去，是非常好的決定，小女祭司。」

我努力別露出愧疚神色。愛芙羅黛蒂務實、可靠？孿生的一定會說：拜託，行行好。

「嗯，她和達瑞司正等著我，我最好趕快過去。」

「等等。」雪姬娜低頭瞥了一眼她拿在手上的紙張，然後將它遞給我。「這是妳的新課表。在我同意之下，奈菲瑞特已經將妳從初階吸血鬼社會學轉到六年級的課。」她盯著我抹上了遮瑕膏的臉瞧。她應該只看過我臉部的記印，但她的眼神似乎表示，她非常清楚我的記印已經延伸到脖子、肩膀、背和腰。「妳的進展太不尋常了，不適合繼續上那麼簡單的社會學。有很多與吸血鬼有關的細節三年級雛鬼不需要懂，但我覺得妳必須知道，而妳的女祭司長也這麼認爲。」

「是的，夫人。」我只能這麼回應。

「將妳放到進階班多少會更動妳的課表。我已經批准妳今天可以離校，直到午餐時間。記得要在午餐之前回來，還有，別走錯教室。」

「好，我會的。喔，妳可以也准愛芙羅黛蒂的假嗎？」

「我已經准她假了。」她說。

我用力嚥嚥口水。「喔，多謝了。我是說，謝謝妳。」如同往常，我又被成鬼的無所不知搞得萬分緊張。「嗯，我在想，我應該會建議流浪貓之家舉辦跳蚤市場之類的拍賣會，由黑暗女兒贊助拍賣品，所得就捐給他們。妳認為這主意可行嗎？」

「這主意很棒。我相信黑暗女兒和黑暗男兒一定可以拿出很有趣的東西來拍賣。」

想到孿生的那一大堆設計款的鞋子、艾瑞克收藏的《星際大戰》公仔（誰知道呢——搞不好已經是「成年」吸血鬼的他沒興趣再玩這種小孩玩意兒了），還有戴米恩著迷的麻繩頸圈，我不得不同意她的話。「是啊，用『有趣』來形容他們那些東西眞的很貼切。」

「我讓妳自己全權決定慈善活動的方式。我同意妳說的，應該要跟本地民眾多多互動。隔閡會導致陌生，而陌生又會造成恐懼。我已經開始跟本地警方合作，調查謀殺案。我同意他們說的，這應該是一小撮不正常的人類所為。此刻讓妳和人類互動，我確實有點疑慮，不過我相信妳這個點子所帶來的好處會勝過可能的風險。」

「我也這麼認為。」

「何況有達瑞司保護妳們。」

「是呀，他壯得像一座山。」我不假思索，衝口而出，隨即因爲自己幼稚的比喻而羞紅了臉。

不過雪姬娜笑笑，說：「的確，他就像一座山。」

「喔，我會跟妳回報我們和流浪貓之家交涉的結果。」

「記得明天跟我回報。說到明天，我已經決定召開一項特別的新年儀式，將重點放在祛除學校裡的負面能量。先是兩名教師被殺，現在又有一個雛鬼猝死，校園裡確實需要徹底淨化一番。我聽說妳在成長過程中接觸到北美原住民傳統，所以很懂淨化儀式。」

「對！」我難掩驚訝地說：「我阿嬤到現在都遵循著切羅基族的傳統。」

「很好。那我就要請妳和妳那群稟賦不凡的夥伴來進行淨化儀式。明天是除夕，所以午夜舉行吧，地點就選在東牆邊，我們在那裡以全校性的淨化儀式來迎接新的一年到來。」

「東牆？可是那裡……」我支支吾吾，想到那地方就很不舒服。

「沒錯，那裡是諾蘭老師屍體被棄置的地方，但那裡也是具有莫大能量的地方，所以，淨化要以那裡爲核心。」

「之前奈菲瑞特不是已經在那裡舉行過儀式了嗎？」奈菲瑞特曾在諾蘭屍體被發現的地方替她舉行類似葬禮的儀式，並在那裡施咒設下保護網。

「柔依，淨化儀式與保護儀式截然不同。那時奈菲瑞特的焦點是放在保護。在發生那種悲劇的狀況下，這是完全正確的措施。現在，大家應該已有充分的時間澄清思慮，該是展望未來的時候了。爲此，我們必須洗滌過去的陰霾。這樣說妳懂嗎？」

「大概懂吧。」我說。

「我期待看到妳設立守護圈。」她說。

「我也是。」我撒謊。

「柔依，今天務必小心、謹慎。」

「我會盡力的。」我說，恭敬地對她行禮後離開。

所以，我明天得帶領全校舉行淨化儀式——在沒有人代表土元素的狀況下——而所有人仍以爲愛芙羅黛蒂對土具有感應力。嗯，所有人也仍以爲愛芙羅黛蒂還是個雛鬼。唉，完蛋了，我這下又有大麻煩了。

15

我努力壓下惴惴不安的情緒，在趕往停車場途中瞄了一下新課表。嗯，雪姬娜說得沒錯，轉班到高年級的吸血鬼社會學打亂了我的課表。前四堂課幾乎全被調整過，戲劇課原本是第二堂現在變成第五堂，接著就是唯一時段維持不變的馬術課。

「還眞讚唷。」我自言自語：「所以，除了鐵定搞砸的儀式，還有艾瑞克的戲劇課等著我。」我得努力克制，空空的肚子才不至於反胃。這時，我瞧見達瑞司站在一輛很酷的黑色豐田凌志轎車旁，而愛芙羅黛蒂站在他的影子下，對他眨眼放電。

「對不起，讓你們等這麼久。」我說著鑽進車子後座。愛芙羅黛蒂優雅地滑入前方乘客座，對我說：「嘿，沒關係，別太有壓力。」

我翻翻白眼。現在我行動慢又沒關係啦?老天，這女人表現得太明顯了吧。

「呃，愛芙羅黛蒂，」車子駛離校園時，我故意裝出甜美的聲音說道：「記得把明天午夜空下來唷。」

「什麼啦？」從她轉頭向我射來的眼神，我看得出來，她恨不得我消失在皮革座椅底下，好讓她跟達瑞司獨處。

「明天午夜—妳—我—戴米恩—孿生的—要在全校面前設立守護圈，舉行淨化儀式。」她雙眼圓睜，一臉驚嚇，開口講話時，呼吸急促，聲音緊張。「這肯定會很——」

「很有趣！」我搶先接話，免得她冒出**會很慘**之類的話。

「我很期待。」達瑞司說，對愛芙羅黛蒂露出溫暖的笑容。「妳們的守護圈很獨特。」

我看得出愛芙羅黛蒂努力鎮定下來，然後才微笑地看著達瑞司，並以她慣有的賣弄風騷的口吻說道：「嗯，確實**獨特**。你說得眞好。」

「我不曾認識那麼多天賦異稟的雛鬼。」達瑞司說。

「親愛的，你還不知道我有多**天賦異稟**呢。」她嬌喘著說，還往他身上靠過去，笑得花枝亂顫。

是喔，我狠狠地咬著內頰肉，兀自擔心著。**除了愛芙羅黛蒂、史蒂薇·蕾和我，達瑞司及所有其他人都不知道我們發生了什麼事**。喔，要死，其實**我們**三個自己也不知道到底發生了什麼事，更不知道少了一個元素，設立守護圈時我們要怎麼辦。我想起愛芙羅黛蒂在房間裡嘗試召喚土的情況。屆時眾人一看就知道她不再具有土的感應力。到時我們要怎麼解釋啊？

戴米恩和孿生的或許還會因爲我跟他們隱瞞這事而再次對我發火。太好了。

看來在設立守護圈時我得想辦法轉移大家的注意力，掩飾「怎麼少了土元素」這個細節。好吧，其實我需要的不是這個。我需要的是休假，或者來顆加強錠的止痛藥。

我在包包裡翻找，但連半顆止痛藥都沒找到——當然，藥物對雛鬼來說作用不大，即便找到，恐怕也無法幫我減輕頭痛。看來我也找不到轉移眾人注意力的辦法。而且，看來我最後的下場還是老樣子——惹出更多麻煩，招來更多壓力，或許還會拉肚子拉得嘩啦淅瀝。

達瑞司毫無困難就找到流浪貓之家。這是一幢格局方正，看起來很溫馨的磚造建築，正面幾個偌大櫥窗裡擺滿貓咪的各種玩意兒。我在心中暗自叮嚀自己，回去時要在他們的禮品店挑個小禮物送娜拉。娜拉已經夠愛發牢騷了，萬一以爲我背叛她（我怕這趟外出，身上會沾染幾百萬隻其他貓咪的味道），回去時卻連個禮物也沒帶，眞不知道會發生什麼事。

達瑞司替愛芙羅黛蒂和我開門，我們走進這幢建築裡明亮的商店區。沒錯，我們三個都戴上了太陽眼鏡，但燈光仍扎得我們眼睛很不舒服。我瞥了一眼新近變回人類的愛芙羅黛蒂。這樣說吧，這燈光至少讓我們三雙眼睛的其中兩雙很不舒服。

「歡迎來到流浪貓之家。這是你們第一次來嗎？」

我的目光從愛芙羅黛蒂身上移到——

修女？

我驚訝得直眨眼，有一種想揉眼睛的衝動。這位修女從櫃台後方的座位上抬頭對我微笑，一雙深褐色的眼睛炯炯有神。那張蒼白的臉一看就知道上了年紀，但肌膚出奇地平滑。整張臉包在那種像是修女專用帽的，有白色滾邊的黑布裡。

「小姐？」她喚醒我，臉上仍帶著微笑。

「喔，呃，對。我是說，沒錯，這是我們第一次來到流浪貓之家。」我回答得不怎麼高明，因爲我的心思忙著想別的事情。這個修女在這裡幹麼？接著，我眼角瞥見另一位穿著黑袍的身影閃過，這才察覺禮品店後方的走廊上有更多修女。修女？這裡有一大票修女？她們若發現有雛鬼要來替流浪貓之家做慈善義賣，豈不嚇壞了？

「很好，我們一向很歡迎初次光臨的訪客。流浪貓之家有什麼可以爲你們效勞的嗎？」

「我怎麼不知道本篤會的修女和流浪貓之家有關？」愛芙羅黛蒂忽然開口，嚇我一跳。

「喔，沒錯，我們負責流浪貓之家已經兩年了。貓是很有靈性的動物，妳不覺得嗎？」

愛芙羅黛蒂冷笑一聲。「有靈性？他們曾被當作女巫的爪牙、魔鬼的同夥，而慘遭殺戮。若有黑貓橫過某人要走的路，那人就覺得自己會走霉運。這就是妳所謂的有靈性？」

見她這麼無禮，我眞想甩她一巴掌，不過那修女似乎完全不受影響。「妳不覺得那是因爲貓總是跟女性很親近嗎？尤其是跟社會大眾眼中很有智慧的女性？所以，很自然地，在男性主宰的社會裡，有某些人認爲貓是不祥的動物。」

我察覺愛芙羅黛蒂有點吃驚。「對，我是這麼認爲。但我很驚訝妳也有同樣看法。」她誠實說道。我注意到達瑞司不再假裝逛禮品店，而是興味盎然地在聽她們對話。

「小姐，可別因爲我包著修女頭巾就認爲我沒思考能力，或者沒有自己的看法喔。而且我可以跟妳保證，我對抗男性宰制的經驗比妳多得多。」她的笑容讓這番原本非常尖銳的話顯得沒那麼刺耳。

「頭巾！對喔，那塊布就叫頭巾！」我聽見自己這張笨嘴如此衝口而出，隨即感覺到臉頰紅燙。

「對，就叫頭巾。」

「對不起，我——我以前從未見過修女。」我說，覺得自己臉更紅了。

「這不足爲奇，我們的人數確實不多。我是瑪麗・安潔拉修女，我們那個小修道院的院長，也是流浪貓之家的主任。」她的微笑轉向愛芙羅黛蒂。「孩子，妳知道我們所屬的修會，所以，妳是天主教徒嘍？」

愛芙羅黛蒂輕笑一聲。「我當然不是天主教徒。不過，我是查爾斯・拉芳特的女兒。」

瑪麗・安潔拉修女恍然大悟地點點頭。「啊，是市長啊。想來妳熟悉我們修會從事的一些慈善工作。」接著，她意會到愛芙羅黛蒂是陶沙市市長的獨生女代表了什麼意思，而她顯然知道這個女孩的事。她揚起眉毛說：「所以，妳是雛鬼嘍。」

她的口氣聽來似乎不害怕。我心想，不如現在就讓修女知道這屋裡出現撒旦吧。我深吸一口氣，伸出手準備跟她握手，同時一口氣說出這些話：「對，愛芙羅黛蒂是雛鬼。我叫柔依・紅鳥，也是雛鬼，黑暗女兒的領導人。」

然後，我等待她爆炸性的反應。結果沒等到。

瑪麗・安潔拉修女從容不迫地做出回應。她以溫暖的手跟我緊緊一握，說：「歡迎，柔依・紅鳥。」然後，她依序打量我、愛芙羅黛蒂，最後是達瑞司。接著，她揚起一道銀灰色的眉毛對達瑞司說：「你看起來比雛鬼年長。」

他恭敬地微微鞠躬。「女祭司，妳的觀察很敏銳。我是成鬼，冥界之子。」

喔，太棒了，他竟然稱她女祭司。我再次等著看有人抓狂。依然沒等到。

「啊，我懂了，你是這兩個雛鬼的隨扈。」她將注意力轉向我。「也就是說，妳們兩位小姐很重要，需要受到特別關照。」

「嗯，我剛剛說了，我是黑暗女兒的領導人，而——」

「沒錯，我們是重要人物，」愛芙羅黛蒂打斷我的話。「不過這不是達瑞司陪我們來的唯一理由。最近我們學校有兩位成鬼被殺，我們的女祭司長不准我們在沒人保護的情況下離開校園。」

我對愛芙羅黛蒂擺出**妳在搞什麼呀**的臉色。這麼口無遮攔眞不像她的作風。

「兩名吸血鬼被殺死？我只聽說發生一樁凶案。」

「三天前我們的桂冠詩人也慘遭殺害。」我無法直接說出他的名字。

瑪麗·安潔拉修女看起來很難過。「眞可怕。我會把他列入我們的祈禱名單。」

「妳會爲吸血鬼祈禱？」這問題也不事先通知我一聲，就自己衝口而出，害我臉頰又開始發燙。

「當然啊，我和我的姊妹們都會。」

「不好意思，我不是故意無禮，不過，由於我們崇拜的是女神而非上帝，妳們修女不是都覺得吸血鬼全該下地獄嗎？」我問。

「孩子，我相信妳們的妮克絲是我們聖母馬利亞的另一個化身。我也誠心相信馬太福音

第七章第一節所說的：『你們不要論斷人，免得你們被論斷。』」

「眞可惜，信仰子民教會不像妳們相信這道理。」我說。

「還是有些人相信的，孩子。試著別一竿子打翻一船人。記住，聖經說**不要論斷人**，這道理兩邊都適用。好，那麼，流浪貓之家有什麼可以爲夜之屋效勞的？」

我一時還不能理解這位修女怎麼會完全接受吸血鬼，不過我決定先甩開疑惑。於是，我說：「身爲黑暗女兒的領導人，我認爲我們參與社區慈善活動應該是一件好事。」

瑪麗．安潔拉修女給我一個溫暖的笑容。「所以，妳很自然地想到了要拯救流浪貓。」

我回她一個笑容。「對！事實上，我才被標記沒多久，不過，我認爲，我們學校位於陶沙市，卻跟這個城市這麼隔閡，實在很不對勁。」安潔拉修女眞的很容易親近，我發現自己對她敞開了心胸。「所以，我來這裡——」我從眼角瞥見愛芙羅黛蒂皺起眉頭，趕緊自我更正：「**我們**——所以**我們**決定來這裡。我們認爲，如果能來這裡當義工，幫助貓咪，同時替流浪貓之家籌募經費，一定很酷。比方說，也許我們可以贊助舉辦跳蚤市場，將所得捐給妳們。」

「我們永遠都需要資助，也需要有經驗的義工。妳有貓嗎，柔依？」

我綻開笑臉。「其實是娜拉有我。她如果在這裡，也會這樣告訴妳。」

「那麼，妳果然有貓。」她說：「那你呢，戰士？」

「有。六年前，娜芙蒂蒂選擇了我。她是全世界最美麗的玳瑁貓。」達瑞司說。

「那妳呢？」

愛芙羅黛蒂顯得侷促不安，我恍然想起，我從沒見過她身邊有貓咪。

「沒有，我沒貓。」愛芙羅黛蒂說。發現我們三人盯著她，她尷尬地聳聳肩，說：「我不知道爲什麼，反正沒貓選擇我。」

「妳不喜歡貓嗎？」修女問。

「我想，我還算喜歡他們啦，只是他們似乎不喜歡我。」愛芙羅黛蒂承認。

「哈。」我差點忍不住想調侃她，她不爽地瞪著我。

「沒關係。」安潔拉修女不著痕跡地插話。「只要有意願來當義工，都有事做。」

天哪，安潔拉修女眞的不是在開玩笑。我告訴她，我們大概有兩個鐘頭的時間可以留下來幫忙，然後就必須回學校。她果眞揮起鞭子，嚴厲督工。愛芙羅黛蒂不用說是跟達瑞司同組工作，而且顯然非常樂於執行「負責讓戰士忙到沒空注意柔依和史蒂薇．蕾在此地密會」的任務。安潔拉修女要他們兩人到後面貓房幫忙清理貓沙箱子，梳理貓咪。陪他們一起工作的是另兩位值班的修女，畢昂卡修女和法蒂瑪修女。安潔拉修女介紹她們給我們三個認識時，表現得極爲自然，彷彿雛鬼和成鬼（當然遮蓋住記印）來這裡當義工是稀鬆平常的事。我的學習能力還算不遲鈍，所以這次我可沒等著看她們誰抓狂。我已經知道，這些信仰虔誠的女性完全不同於我那沒藥救的垃圾繼父及他在信仰子民教會的那群諂諛之徒。（是的，得感謝戴米恩幫我增加辭彙。）

可怕的是，安潔拉修女竟分派我做盤點的工作。這些修女顯然剛收到一批貓玩具——滿滿一**大**箱，裡頭搞不好有兩百多個老鼠或貓咪造型的絨毛玩具。安潔拉修女要我將每一個有的沒的貓玩具輸入她們的電腦系統。喔，她還很快地教會我使用她們「最先進」（她眞的這麼說喔）的電腦收銀機系統，並丟下一句：「我們今天會開到很晚，店裡就由妳負責。」然後她人躲進禮品店旁的辦公室裡。

好吧，其實她不是眞的把店丟給我「負責」。透過辦公室那整面大玻璃窗，我可以清楚看見安潔拉修女。這表示，她也看得見我。沒錯，她在裡面忙得很，一下子接電話，一下子處理一些好像很重要的事，但我也感覺得到她時不時就抬頭看我。

儘管如此，我得承認，照說已許身奉獻上帝的修女，竟能這樣接納我們，實在讓我覺得很酷。我不禁懷疑，對於有宗教信仰的人（妮克絲的虔誠子民除外），或許我之前眞的一竿子打翻了一船人。我不是特別喜歡認錯啦——尤其最近我好像老是得認錯——不過這些包頭巾的女人確實讓我有所省思。

正當我思索著宗教問題（我平常可不會這麼認真思考這類事情），並且忙得不可開交地清點貓玩具，門口的鈴鐺響起悅耳的聲音，史蒂薇．蕾走了進來。

我們相視而笑。我無法告訴你，再次見到已經不是死人，甚至不是活死人的好朋友，我有多高興。她看起來又是**我的**史蒂薇．蕾了：一頭金色短鬈髮，臉上有小酒渦，穿著那件熟悉的Roper牛仔褲，以及鈕釦扣到頂的老式襯衫（可悲的是，襯衫下襬還整整齊齊地塞進褲腰）。沒錯，她的時尚品味讓人搖頭。但，對，我就是愛這女孩。而且，**不**，我不會被愛芙羅黛蒂那討厭的性格所影響，而懷疑我最要好的朋友。

「柔！天哪，我好想妳！嘿，妳聽到消息了嗎？」她用可愛的奧克腔劈里啪啦地說。

「消息？」

「是啊，就是——」

旁邊辦公室的玻璃窗傳來急促拍打聲，打斷她的話。安潔拉修女揚起銀灰色眉毛，表示詢問。我指著史蒂薇．蕾，以嘴型告訴她，**我的朋友**。她用手指在自己額頭中央畫一道新月，然後指指史蒂薇．蕾（這位小姐醜陋地張著嘴盯著安潔拉修女）。我用力點頭。這位修道院院長也隨即點頭，露出笑容，並揮手歡迎史蒂薇．蕾，接著她就回頭講電話去了。

「柔依！」史蒂薇．蕾壓低聲音說：「那是修女欸。」

「是啊，」我以稀鬆平常的口吻說：「我知道。安潔拉修女負責這地方。後頭貓房裡還有兩位修女。愛芙羅黛蒂和一位冥界之子也在那裡，不過她應該正忙著對他賣弄風情吧。」

「噁！愛芙羅黛蒂和她招惹男性的樣子實在噁心。不過，更重要的是，修女？」史蒂薇．蕾不解地眨眨眼睛。「而且她們知道我們是雛鬼之類的？」

我猜她所謂的**之類的**是指她自己，所以我點點頭。（我當然不打算跟修女解釋紅色吸血鬼的事。）「是啊，她們顯然接受我們，因爲她們認爲妮克絲是聖母馬利亞的另一個化身。而且，這裡的修女好像不愛批評、論斷別人。」

「喔，我喜歡不批評、論斷那部分。不過，妮克絲是聖母馬利亞？喔我的天哪，這是好久以來我聽過最怪的事。」

「那一定眞的很怪嘍，因爲我以爲，妳死過又沒死，照理說應該已經見怪不怪了才對。」我說。

史蒂薇．蕾嚴肅地點點頭，說：「是眞的怪，就像我爹地說的，怪得害人胡說八道。」

我不禁搖頭，微笑，張開雙臂擁抱她。「史蒂薇．蕾，妳這個瘋ㄚ頭，我好想妳啊。」

16

愛芙羅黛蒂串鈴般的咯咯笑聲，從後面貓房沿著走廊傳來，打斷我們的大擁抱。史蒂薇．蕾和我不約而同地翻白眼。

「妳剛剛說她跟誰在後面幹什麼？」

我嘆了一口氣。「要有冥界之子陪伴，我們才能離開校園。這位戰士叫達瑞司——」

「他一定很帥，愛芙羅黛蒂才會這樣笑得花枝亂顫。」

「是啊，他確實很帥。總之，達瑞司說他要陪我和愛芙羅黛蒂來這裡，而她則說她會負責讓他忙得不可開交，好讓我們兩個能見面說話。」

「可真難爲她啊。」史蒂薇．蕾譏諷地說。

「拜託，我們都知道她有一點花癡。」我說。

「有一點？」

「我說話不想太毒嘛。」我說。

「喔，好吧。那我也友善一點好了。所以，她讓帥哥戰士忙碌，好讓妳我聊天。」

「是啊，而且——」

玻璃窗又傳來兩記拍打聲。史蒂薇．蕾和我抬頭望見安潔拉修女喊道：「少聊天，多幹活！」她的聲音大到我們隔著玻璃都能聽見。

史蒂薇．蕾和我急忙點點頭，好像我們很怕她。（唉，誰**不怕**修女啊？）

「妳負責從紙箱裡挑出那些灰色與粉紅斑點相間的老鼠，就是裡頭塡充貓草的老鼠，把它們遞給我。我來將它們刷入庫存系統。」我說，舉起那支修女教我操作的槍形玩意兒。

「我們一邊聊一邊清點。」

「好，沒問題。」史蒂薇．蕾開始在偌大的快遞紙箱裡翻找。

「那，妳剛剛說什麼消息？」我問，以那支像槍的玩意兒對著她遞過來的一隻老鼠射一下，感覺好像在以前的電子遊樂場玩射擊遊戲。

「喔，對了！妳一定**不**相信！肯尼．薛士尼要到新落成的『奧銀中心』（BOK）開演唱會！」

我看她一眼，再看一眼，又多看一眼，半聲不吭。

「幹麼啦？妳知道人家超愛肯尼．薛士尼呀。」

「史蒂薇．蕾，」我終於開口：「現在發生那麼多鳥事，我真不知道妳哪來的美國時間去迷那個唱鄉村歌曲的笨蛋。」

「柔，把話收回去。他不是笨蛋。」

「好，我收回。妳才是笨蛋。」

「好。」她說：「不過，等我弄清楚怎樣在坑道裡上網後，我就會在網路上買票，到時候別叫我替妳買啊。」

我對著她搖頭。「電腦？在坑道裡？」

「修女？在流浪貓之家？」她反擊。

我深深吸一口氣。「好吧，算妳有理。現在狀況很詭異，我們重新開始——妳還好嗎？我好想妳。」

史蒂薇．蕾皺眉的表情立刻被酒渦蕩漾的笑容給取代。「我很好啊，那妳呢？喔，我也想死妳了。」

「我很困惑，覺得壓力好大。」我說：「把那些紫色羽毛玩具遞給我吧。我想，那些灰色粉紅色的老鼠應該都點完了。」

「紫色的羽毛玩具好多喔，看來得清點好一會兒。」她開始將那些樣子很怪異的長條狀玩具遞給我。（我絕對不會買這種東西給娜拉——搞不好她看到這東西，會氣到整個身體脹得像河豚。）「那，什麼樣的困惑和壓力？是一般的壓力，還是更厲害的新壓力？」

「當然是更厲害的新壓力。」我凝視著史蒂薇．蕾的眼睛，把聲音壓得很低，說：「昨晚有個叫史塔克的雛鬼死在我懷裡。」看到史蒂薇．蕾畏縮一下，彷彿這句話真的傷到她的身體，我打住。但我得把話繼續說下去。「妳有辦法知道他會不會復活嗎？」

史蒂薇．蕾半晌不發一語。我給她時間邊整理思緒，邊遞玩具給我。終於，她抬頭凝視我的眼睛。「我很想告訴妳，他會活過來，他會沒事。不過，我眞的不知道。」

「要多久才會知道？」

她搖頭，一臉沮喪。「我不知道！我不記得了。那時，時間對我來說根本沒意義。」

「那妳記得些什麼？」我溫柔地問。

「我只記得醒來時很餓，非常餓。柔依，那種感覺好可怕。我必須吸血，而她就在那裡，她給了我血。」史蒂薇．蕾回憶著往事，痛苦地皺著臉。「那血來自她身上。我醒來後第一件事就是吸她的血。」

「奈菲瑞特？」我低聲說出她的名字。

史蒂薇．蕾點點頭。

「那時妳人在哪裡？」

「在那個恐怖的停屍間。妳知道的，學校南牆松樹旁的那間。那裡面有個火化爐。」我不寒而慄。我知道那個火化爐，所有學生都知道。而且我們原本以爲史蒂薇．蕾的屍體最後就是送進裡面。

「然後發生什麼事？我是說，妳吸血之後？」

「她把我帶到坑道，跟其他孩子在一起。她以前經常去看我們，有時候甚至會帶遊民來給我們吃。」史蒂薇．蕾別過頭，但我還是看到了她充滿痛苦與歉疚的眼神。她心地這麼善良，要她回憶那段失去人性的日子，對她來說一定很痛苦。「柔依，我無法回想那段日子，要我開口去談更困難。」

「我知道，對不起，但這眞的很重要。我必須知道史塔克如果復活，會發生什麼事。」史蒂薇．蕾直視著我的眼睛，忽然，她的聲音變得很陌生。「我不知道會發生什麼事，有時我連自己會發生什麼事都不知道。」

「可是妳現在不一樣了，妳已經蛻變了。」

她的表情驟變，我看見她眼裡的憤怒。「對，我蛻變了，但這可不像一般吸血鬼的蛻變那麼簡單。我仍然必須選擇是否要擁有人性，而這種選擇有時不是妳以爲的，非黑即白那麼簡單。」她露出銳利的目光。「妳說那個死去的男生叫史塔克？我不記得有這個人。」

「他是新來的學生，剛從芝加哥夜之屋轉來。」

「他死前是個怎樣的人？」

「史塔克是個好男孩。」我不假思索地說，但隨即頓住，想起我其實不了解他。我開始懷疑或許他對我的吸引力影響了我對他的看法。他承認殺了自己的導師，我怎麼這麼容易就忽略這個可怕的事實？

「柔依？怎麼了？」

「我開始喜歡上他了，**真的**喜歡，但我根本和他不熟。」我終於說出口，但忽然又不想把史塔克的所有事情都告訴史蒂薇．蕾。

她的表情軟化，看起來又像我最要好的朋友了。「如果妳那麼在乎他，妳就到停屍間把他弄出來，找個地方安置，放個幾天，看他會不會復活。若眞的復活，他一定會很餓，或許還會有點抓狂。柔依，妳得餵他血。」

我顫抖著手撫過額頭，將散落在臉上的頭髮撥開。「好……好……我來想想看，我得想個辦法。」

「如果他眞的醒了，帶他來找我。他可以跟我們在一起。」史蒂薇．蕾說。

「好。」我說，覺得自己快支撐不住了。「最近夜之屋發生太多事情，那裡跟以前不一樣了。」

「怎麼不一樣？告訴我，或許我可以幫妳想辦法。」

「嗯，首先，雪姬娜出現在夜之屋。」

「這名字聽起來好熟，好像是什麼大人物。」

「她的確大有來頭，是所有吸血鬼女祭司長的領導者，而且她還當著委員會的面命令奈菲瑞特。」

「哇塞，眞希望能親眼看到。」

「是啊，很棒吧，不過也很嚇人。我的意思是，如果雪姬娜有那麼大的力量挫奈菲瑞特的銳氣——天哪，光這一點就很可怕了。」

史蒂薇·蕾點點頭。「到底雪姬娜說了些什麼？」

「妳知道，奈菲瑞特取消寒假，把大家召回之後，仍決定封閉學校。」

「我知道。」史蒂薇·蕾再次點點頭。

「雪姬娜重新開放學校。」我傾身靠近她，將聲音壓得更低。「而且她取消宣戰。」

「哇！這一定讓奈菲瑞特氣得跳腳。」史蒂薇·蕾也壓低聲音。

「當然。雪姬娜似乎還不錯，至少就我所知。不過，知道我爲什麼說她很嚇人了吧？」

「是啊，不過，看來有一個比奈菲瑞特更厲害的人站在妳這邊了。她阻止了戰爭，這不是好事嗎？」

「的確。不過，雪姬娜決定爲學校舉行一次大規模的淨化儀式，要我和我們這批超有天賦的雛鬼來負責進行。妳知道的，這表示愛芙羅黛蒂得參加，代表土。」

「呃，喔。」史蒂薇．蕾說：「唔，柔，愛芙羅黛蒂仍能感應土嗎？」

「完全不能。」我說。

「她裝得出來嗎？」

「絕對不行。」

「她試過了？」

「試過了。結果綠蠟燭傷了她的手，從她手中飛走。她徹底失去土的感應力了。」

「這是個問題。」史蒂薇．蕾同意。

「是啊。我相信奈菲瑞特一定會拿這個問題大作文章，說這是因爲我有問題，或者更糟，把愛芙羅黛蒂、戴米恩和孿生的一起拖下水，說他們也有問題。」

「該死，這樣就糟了。眞希望我能幫上忙。」然後，她忽然雀躍起來。「嘿，說不定我眞的可以幫忙！我可以偷溜進去，躲在愛芙羅黛蒂背後，如何？我敢打賭，若妳召喚土時專心想著我，我也同時專注在土元素上，蠟燭一定會燃亮，一切看起來就很正常。」

我張嘴想說「多謝，但不用了」——她一定會被逮到，接著所有人都會知道她的事。然而，我馬上閉上嘴巴。就算史蒂薇．蕾被發現，這有什麼不對？我不是指她躲躲藏藏，偷偷參加儀式而被逮到，而是指大家**發現**她還活著。我內心那股熟悉的溫暖感覺告訴我，我好像摸對方向了。（也該是我做對事情的時候了吧？）

「或許可以這麼辦唷。」

「眞的？所以我要藏起來？好呀，沒問題，告訴我時間和地點吧。」

「如果我們不把妳藏起來呢？如果直接讓妳站出來呢？」

「柔依，我愛戴米恩，但我眞的不是同志，所以不需要站出來。沒錯，我是很久沒有正式男友了，但一想到可愛的德魯．帕頓，我還是有溫暖酥麻的感覺。還記得我猝死變瘋前他有多喜歡我吧？」

「好，第一，對，我記得德魯很喜歡妳。第二，妳沒死也沒瘋，所以他很可能依然喜歡妳——如果他知道妳還活著的話。而這就是我要說的第三點：當我說要妳站出來，我不是要妳出櫃，而是要大家知道**這個**妳。」我的手輕輕比劃一下，指向她此刻仔細遮蓋起來的實心鮮紅色刺青。

史蒂薇·蕾目瞪口呆地望著我片刻，似乎真的受到驚嚇。她終於開口講話時，幾乎發不出聲音。「但他們不可以知道我。」

「爲什麼？」我平靜地問。

「因爲他們若發現我，就會發現其他人。」

「那又怎樣？」

「那會很慘。」她說。

「爲什麼？」

「柔依，就像我之前說過的，他們不是正常的雛鬼。」

「史蒂薇·蕾，這有什麼關係？」

她眨著眼睛看我。「妳不懂。他們不正常，我也不正常。」

我凝視著她好一會兒，思索我已經知道的事。是的，史蒂薇·蕾已經重新拾回人性。我有些懷疑，但不願意承認的是——即使她拾回了人性，她內在仍有我不了解的黑暗面。

我知道我必須做決定：要不，信任她；要不，不相信她。想到這裡，我做出了抉擇。

「我知道妳不完全是原來的妳了，但我相信妳，我相信妳的人性，而且永遠相信。」

史蒂薇．蕾看起來快哭了。「妳確定？」

「非常確定。」

她深吸一口氣。「好，那妳打算怎麼做？」

「我還沒想清楚，但我認爲所有成鬼和雛鬼都應該知道妳和其他人的事了，尤其現在又有一個雛鬼死去。我們不了解你們所有的狀況，但我們很確定奈菲瑞特以某種方式創造出你們，或者至少打開了什麼奇怪的門，讓你們變成這樣的生物。對吧？」

「我想，應該是這樣沒錯。老實說，儘管那些雛鬼現在已經不一樣了，而且她丟下我們不管也好一陣子了，我仍擔心他們會被她控制，或至少受她影響。」

「所以，如果只有奈菲瑞特一個成鬼知道你們的事，就會很糟糕，不是嗎？尤其如果她仍能控制你們，尤其現在可能又有個紅雛鬼即將醒來——」這時，我心中一凜。「史塔克有一種特殊天賦，他射箭從未失手。我的意思是，絕對不會失手。」

「那她一定會想利用他。」史蒂薇．蕾說：「在我蛻變之前，她就利用過其他人，或至少想這麼做。」她愧疚地聳聳肩，說：「眞的很對不起，我記不得蛻變之前發生的事。其他孩子也說，他們記不得那段日子的事情。很多事情我只能用猜的。」

「我知道的很少，但顯然奈菲瑞特想幹什麼壞事。」

「柔，這沒什麼好驚訝的呀。」她說。

「我知道。不過，這更加證明我們應該讓其他成鬼也知道你們的存在。如果你們公開站出來，不難想見，奈菲瑞特將很難再利用你們來達成她企圖統治全世界的變態邪惡陰謀。」

「她眞的有這種陰謀？」

「我不知道，不過感覺上就是有。」

「眞的欸。」史蒂薇．蕾說。

「所以，妳認爲呢？」

她半晌沒回答，我閉上嘴巴給她時間思考。這可是大事。就我們兩人所知，史蒂薇．蕾和那些紅雛鬼是以前未曾存在過的生物。說不定史塔克也沒眞的死掉，說不定他也會活過來變成紅雛鬼。而已經完成另一種蛻變的史蒂薇．蕾，恐怕是這種新吸血鬼物種的第一人。身爲第一個什麼，總是負有重責大任。這點我很確定。

「我認爲妳說得沒錯。」她終於非常小聲地說：「不過我很怕。萬一那些成鬼認爲我們是怪物呢？」

「你們**不是**怪物。」我說得比我心裡感受到的還要確定。「我絕不讓妳或他們受到任何傷害。」

「妳保證？」

「我保證。再說，這是最好的時機。雪姬娜比奈菲瑞特厲害，而且現在有一大票冥界之子駐在學校。」

「這對我有什麼幫助？」

「萬一奈菲瑞特抓狂，他們可以控制她。」

「柔依，我不要妳拿這個當理由來公開對抗奈菲瑞特。」史蒂薇．蕾說，面色忽然有點蒼白。

她這話讓我吃驚。「我沒有！」我大聲了點，隨即壓低音量。「我不會這樣利用妳。」

「我不是說妳會故意利用我來設局整奈菲瑞特。我只是說，我認爲妳或我們任何人公然對抗她都不是聰明之舉。而且我不認爲冥界之子和雪姬娜在這裡有多大幫助。奈菲瑞特的瘋狂沒這麼『正常』，她比這個還要嚴重。這點我內心深處知道。雖然我想不起我知道些什麼，但她很恐怖。眞的，眞的很恐怖。她的某種基本東西變了，這種改變絕非好事。」

「眞希望妳想得起發生在你們身上的所有事情。」

史蒂薇．蕾皺起臉，說：「有時候我也這麼希望。但有時候我又眞的很高興我記不起來。柔依，發生在我身上的不是好事。」

「我知道。」我嚴肅地說。

接著，我們靜靜地盤點貓玩具，兩人都沉浸在有關死亡與黑暗的思緒中。我忍不住想起史蒂薇・蕾死在我懷裡時，那情景有多可怕；後來她變成活死人，掙扎著努力不讓人性消失時，那過程又有多恐怖。我看著她，發現她一邊在箱子裡翻尋紫色的羽毛玩具，一邊緊張地咬著唇。她雖然擁有新的力量和責任，此刻看起來卻如此害怕、幼小，而且非常脆弱。

「嘿，」我輕聲說：「沒事的，我保證。妮克絲會一直看顧這件事的。」

「妳是說女神會站在我們這邊？」

「當然。那麼，明晚午夜，我們會在學校東牆邊舉行淨化儀式。」我不需要再指出，那裡是能量之地，也是死亡之地。「妳想，妳有辦法溜進學校，躲在附近，等我召喚土元素時再現身嗎？」

「有辦法吧。」她回答得有點勉強，顯然還沒百分之百同意我的決定。「那，如果我眞的去，妳覺得我應該帶其他孩子一起去嗎？」

「由妳決定。如果妳認爲帶他們一起去比較好，我沒問題。」

「我得想想看，得先跟他們討論。」

「好，沒問題。妳自己決定要不要去，以及要不要帶紅雛鬼們一起去。我相信妳的判斷。」

她露出笑容。「柔，聽到妳這麼說眞好。」

「我是眞心這麼認爲。」我說。她雖然咧著嘴對我微笑，卻仍一臉憂心，猶豫不決。我決定暫時改變話題。「嘿，想知道我還有什麼更厲害的新壓力嗎？」

「當然。」

「這裡的事情做完後，我得回去上課。這個學期我的課表更動很大，我今天還有一堂戲劇課得上。而這堂課現在是由人氣超旺、恨我入骨的夜之屋新老師擔任：艾瑞克．奈特。」

「哇—噢。」史蒂薇．蕾說。

「是呀。我可沒期望拿到A。」

「不過他或許仍可能給妳個A。」她說，露出頑皮的笑容。

「想都別想。我受夠性這檔子事了。結束了，受夠了。我徹底學到教訓了。再說，妳實在很下流欸，竟然說我可以用性來交換成績。」

「不是啦，柔，我不是說艾瑞克會爲了要跟妳上床而給妳打高分。我是說他可能會在妳的衣服上繡上一個大大的、鮮紅的A。」

「什麼？」我一頭霧水。

她嘆了一口氣。「就像小說《紅字》的劇情啊。女主角的衣服上被繡上紅色的字母A，因爲她跟人通姦。柔依，妳眞的該多讀點書。」

「是喔。多謝妳提供這麼窩心的比喻，讓我覺得心情好多了唷。」

「別氣嘛，」她丟了一個羽毛玩具給我，「開玩笑的啦。」

我仍橫眉怒目看著她時，她的手機響了。史蒂薇．蕾看到來電號碼，嘆一口氣。接著，她迅速瞥了一眼正盯著電腦螢幕的安潔拉修女，才接起電話。「嗨，維納斯，什麼事？」她一開始裝得很輕鬆，但邊聽，她那輕鬆的表情邊褪去。「不行！我跟你們說了，我很快就回去，**然後**我們再找東西吃。」她繼續聽，眉頭皺得更緊。然後，她稍微轉身背對我，並壓低聲音說：「不行！我說過我們要找**東西**吃，不是找**人**吃。你們乖乖的，我一會兒就到。掰掰。」

史蒂薇．蕾轉身面對我，憂慮的臉上硬裝出笑容。「好啦，我們剛剛說到哪裡？」

「史蒂薇．蕾，行行好，妳告訴我那些小鬼不會去吃人。」

17

「他們當然不會去吃人！」史蒂薇．蕾裝出震驚的表情，聲音大了一些，以致於一方頭巾從隔壁電腦前揚起，安潔拉修女蹙著眉頭朝我們看。

我們對她揮手微笑，還舉起貓玩具給她看。她盯著我們好一會兒，但表情很快軟化，露出溫暖的笑容，將注意力放回電腦螢幕上。

「史蒂薇．蕾，那些小鬼到底怎麼了？」我一邊壓低聲音問她，一邊把更多紫色的羽毛怪物刷入庫存系統裡。

她聳肩的樣子未免裝得太輕鬆了。「他們只是餓了，如此而已。妳知道孩子的嘛，總是成天喊餓。」

「那，他們要從哪裡弄晚餐吃？」

「多半是外送披薩的人。」她說。

「他們吃披薩外送員？」我驚慌失措地問。

「不是啦！我們用手機打電話，給披薩店一個靠近舊火車站和我們坑道入口的大樓地址，多半我們會說我們是在表演藝術中心加班，要不就說我們住在論壇大廈，然後就等披薩外送員來。」說到這裡，她遲疑了一下。

「然後呢？」我著急地追問。

「然後我們就在外送員進入那些大樓前攔截他，拿到披薩後，我會讓他忘記他見過我們，然後他繼續忙他的，而我們就吃披薩，不是吃他。」她一口氣把話說完。

「你們偷披薩吃？」

「嗯，對，不過總比吃掉送披薩的人好，是不是？」

「好，對。」我對著她翻白眼。「而且你們也從市中心的血庫偷血？」

「同樣地，這也好過吃掉送披薩的人。」她說。

「瞧，這也是你們應該站出來的理由。」

「因爲我們偷披薩和血？眞的非得把這些事告訴成鬼不可嗎？我的意思是，已經有夠多問題要處理了，不需要連這種年少輕狂的小事都拿出來談吧。」

「不是，不是因爲你們偷東西，而是因爲你們沒有錢，沒有辦法**合法地**照顧自己。」我說，認眞地看著她。

「那我只好祈禱愛芙羅黛蒂願意跟我回去了。她的錢多得很，而且金卡不只一張。」史蒂薇．蕾咕噥著。

「那妳就得忍受她。」我說。

史蒂薇．蕾蹙起眉頭。「眞希望我能夠攪亂一下她的腦袋，像對付披薩外送員那樣。如果可以，我會在她腦子裡灌入一大劑的『要乖喔』，然後大家從此過著幸福快樂的日子。」

「史蒂薇．蕾，妳眞的不能繼續住在坑道裡。」

「我喜歡地下坑道。」她執拗地說。

「那裡很臭，髒兮兮，濕答答。」我說。

「現在那裡比妳上次見到時好多了。如果再稍微整修一下，就會**非常**好。」

我瞪著她。

「好啦，或許會稍微好一些。」

「隨便啦。我的重點是，你們需要錢，也需要學校的力量和保護。」

史蒂薇．蕾盯著我的眼睛。突然間，她看起來老了很多，也成熟了很多。「錢、學校的力量和保護也沒幫到諾蘭老師、羅倫．布雷克，或那個史塔克啊。」

我不知道該說什麼。她說得沒錯，不過我內心深處仍覺得，大家——尤其成鬼——必須知道她和那些紅雛鬼的存在。我嘆了一口氣。「好吧，我知道這不是百分之百的好主意，不過我打從心底相信，大家應該知道你們的存在。」

「說眞的，妮克絲有給妳那種**妳應該這麼做**的直覺嗎？」

「有。」我說。

她深深嘆了一口氣。這嘆息裡的憂慮和壓力比我的心情還沉重。「好吧，我明天會到。我相信妳會讓一切很順利的，柔依。」

「我會的。」我默默向妮克絲禱告：**我相信妳，正如史蒂薇．蕾相信我……**

史蒂薇．蕾和我終於完成彷彿永無止境的清點工作。我抬頭瞥了一眼時鐘，才發現若不快馬加鞭趕回學校，我們就會遲到。當然，史蒂薇．蕾也得趕緊回去找她那群雛鬼，免得他們幹下比偷披薩更大條的事。於是我們匆匆互相道別，我還叮嚀她明天記得要站出來。她臉色有點蒼白，不過還是給我一個擁抱，並答應我。然後我將頭探進安潔拉修女的辦公室。

「不好意思啊，夫人。」我實在不知道該怎麼稱呼一個超級值得尊敬的修女，好讓正全心埋首於筆電即時通網頁的她注意到我要跟她說話。

夫人這個稱呼似乎還可以，因爲她帶著溫暖的笑容抬頭看我。「庫存登錄好了啊，柔依？」

「是的，我們得回學校了。」

安潔拉修女瞥了一眼時鐘，驚訝地睜大雙眼。「我的天哪！我都不知道這麼晚了。而且我忘記妳們的晝夜和我們顛倒。」

我點點頭。「妳一定覺得我們的作息很怪。」

「只要把你們想成夜行性動物就行啦——就跟我們可愛的貓咪一樣。妳知道，他們也比較喜歡夜晚。對了，若我們週六晚上延長營業時間，讓妳們來當義工，妳覺得如何？」

「聽起來很棒。不過我得先跟我們的女祭司長提，確定沒問題後再打電話給妳。喔，妳要我進行跳蚤市場的計畫嗎？」

「沒錯。我已經打電話給教會的董事會稍微討論過，他們同意這是個好點子。」

我注意到她的語氣變嚴肅，而原本已經挺直的背脊挺得更直。「不是所有人都能接納雛鬼，對吧？」我說。

她嚴肅的表情溫暖地融化開來。「柔依，這些妳毋須操心。反正我經常披荊斬棘，開闢自己的路，早就習慣拿開山刀對付一些雜草和其他惱人的障礙。」

我發現自己雙眼睜得老大，絲毫不懷疑這位剽悍的修女最後一句話不只是打比方。接著，我想到她話裡的另一點，忍不住發問：「妳說妳得先跟教會的董事會談過。妳說的董事是妳的教會的，還是其他單位的？」

「不是我們自己修道院的。我們修道院不算是教會，因爲我們這個修會是本篤會修女組成的。我說的董事包括本地幾個教會的領導人。」

「包括信仰子民教會？」

她皺起眉頭。「是的。信仰子民在董事會的席次相當多，因爲他們的會眾很多。」

「我想，他們會是妳要砍伐的雜草。」我喃喃地說。

「妳說什麼，柔依？我沒聽清楚。」她說，還調皮地瞇起眼睛，露出她想掩飾卻隱藏不住的笑意。

「喔，沒什麼，我只是不小心說出心裡在想的話。」

「這習慣很糟糕哦，一不小心會給自己惹上大麻煩。」她這次大刺刺地露出笑臉。

「我何嘗不知道啊。」我說：「所以，妳確定跳蚤市場沒問題？妳知道的，若是太麻煩，我們可以想別的做法——」

安潔拉修女舉起手阻止我說下去。她告訴我：「去跟妳的女祭司長報告吧，看下個月哪天貴校方便舉辦跳蚤市場，我們一定全力配合你們的時間。」

「好，太好了。」我很驕傲我發想的這個點子就要實現了。「我最好去找愛芙羅黛蒂，現在就走。今天只請了上半天的假，得回去了。」

「我相信妳朋友已經完工好一會兒了，不過他們一直相當——」她停頓一下，眼睛又一次閃閃發亮。「——不專心。」

「什麼？」我有點驚訝。太酷了，瑪麗．安潔拉修女不僅沒被雛鬼和成鬼嚇到，而且還覺得愛芙羅黛蒂和達瑞司噁心的打情罵俏有趣。她實在是太開放了——連我都這麼覺得。

她顯然從我臉上的表情猜到我在想什麼，因爲她笑了出來，抓著我的肩膀將我轉過身，輕輕把我推出她的辦公室，要我去貓房。「去啊——去了妳就會知道我是什麼意思。」。

我一頭霧水地穿過短短的走廊，踏進這個安置待領養貓咪的房間。那裡沒有半個修女，愛芙羅黛蒂和達瑞司就坐在「貓咪遊戲區」的角落，背對著我，像戀人一樣親暱地依偎著。他們似乎用手在做些什麼（噁）。事實上，他們的手好像忙得不可開交（再噁一次）。我誇張地清清喉嚨，結果他們兩人沒如我預期的那樣羞愧地立刻分開。達瑞司回頭瞥了我一眼，對我笑一笑，而愛芙羅黛蒂（這個蕩女）甚至沒轉頭看看是誰進來逮到他們。天哪，也不想進來的可能是修女或誰的老媽呢。

「呃，我眞不想打擾你們這麼溫馨的畫面，不過我們得走了。」我譏諷地說。

愛芙羅黛蒂用力地嘆一口氣，終於轉過身來，說：「好吧，我們走。不過我要帶她一起走。」這時我才看見她和達瑞司那兩雙手在撫弄的東西。

「貓！」我驚呼。

愛芙羅黛蒂翻了翻白眼。「別鬧了！想想看，流浪貓之家有貓欸。」

「好醜的貓。」我繼續說。

「別這麼說她。」愛芙羅黛蒂立刻捍衛，同時抱起那隻碩大無比的白貓，費力地起身。達瑞司抓住她的手肘，免得她往後跌個屁股開花。「她不醜，她是獨特，一定很貴。」

「她是流浪貓之家的貓，」我說：「只要付點領養手續費就能帶回家，就跟這裡所有其他貓一樣。」

愛芙羅黛蒂若有所思地撫摸著貓。這隻貓的臉扁得往內凹陷，豆粒般圓湛湛的眼睛緊閉著，開始舒服地打呼嚕，但聲音時不時就跳拍，彷彿不靈光的引擎——或許這代表她肚子裡塞滿了自己舔下肚的毛團。愛芙羅黛蒂絲毫不在意這失常的呼嚕聲，憐愛地低頭對著貓咪的扁臉微笑。「一看就知道梅蕾菲森是一隻純種波斯貓，發生了可怕的悲劇，倖存下來，所以流落到這麼惡劣的環境。」愛芙羅黛蒂皺起她完美的鼻子，傲慢的目光掃過排列整齊的一個個籠子以及裡頭的各種大小貓咪。「她當然不屬於這種平凡地方。」

「妳說她叫梅蕾菲森？這不是《睡美人》裡面那個惡毒巫婆的名字嗎？」

「是啊，比起那個甜美得很噁心、虛假僞善的愛蘿拉公主，梅蕾菲森有趣多了。況且，我喜歡這個名字，聽起來很有力。」

我遲疑地伸手要拍這團白色絨毛球。梅蕾菲森眼睛張成一條縫，惡狠狠地對我低吼。

「梅蕾菲森這個名字的英文Maleficent，和malevolence（惡毒）同一個字根。」我說，迅速將手抽離她的爪子範圍。

「沒錯，malevolence是個有力的詞兒。」愛芙羅黛蒂說，撮著嘴對這頭野獸發出親吻的聲音。

「她爪子拔掉了？」我問。

「沒有。」愛芙羅黛蒂很高興地說：「所以她爪子一揮可以挖掉一顆眼睛。」

「太好了。」我說。

「我認爲她很獨特，很美，就跟她的新主人一樣。」達瑞司說。我注意到他撫拍梅蕾菲森時，這貓瞇起眼睛，但沒有低吼。

「我認爲你的判斷力有問題。不過無所謂啦。我們走吧，我餓死了。沒吃早餐，連午餐也錯過，我們得在回學校的路上買點東西吃。」我說。

「我去拿梅蕾菲森的東西。」達瑞司說，大步走向房間另一側撿起一小袋東西。袋子上以可愛的草寫字體印著「給你的新愛貓」。

「妳付領養費了嗎？」我問。

「當然付了。」安潔拉修女說，從門口進來。我注意到她小心翼翼地繞著愛芙羅黛蒂和梅蕾菲森走，保持在貓爪可及的距離外。「她們兩個能彼此找到對方，眞是太好了。」

「妳是說沒有別的人能碰這隻貓？」我問。

「一個都沒有。」安潔拉修女笑得很燦爛。「至少在可愛的愛芙羅黛蒂走進貓房之前，還沒有人能。畢昂卡修女和法蒂瑪修女說，梅蕾菲森當下就喜歡上愛芙羅黛蒂，簡直是奇蹟。」

現在，愛芙羅黛蒂的笑臉百分之百眞誠，使她顯得年紀很小，而且美麗得讓人心碎。

「她一直在等我。」她說。

「對。」修女表示贊同。「她確實在等妳，妳們兩個眞是絕配。」然後她看看我和達瑞司，將我們所有人都納入她的下一句話中。「我認爲流浪貓之家和夜之屋也是絕配。我對我們雙方未來的合作很有信心。」然後她舉起右手，懸在我們頭上，說：「願聖母祝福看顧你們。」

我們喃喃地跟安潔拉修女道謝。我有股奇怪的衝動，好想抱她。不過她那身打扮——頭巾加黑袍——似乎不怎麼鼓勵擁抱。所以我只好在離開時激動地對她猛笑、猛揮手。

「妳這樣揮手猛笑，像個傻瓜。」愛芙羅黛蒂說，等著達瑞司開車門，幫她和那隻甩著尾巴的扁臉貓坐進這輛凌志的前座。

「我這是禮貌，況且我喜歡她。」我說，自己打開車門。我坐進後座，繫好安全帶後，一抬頭正好與梅蕾菲森四目相望。她趴在愛芙羅黛蒂的胸脯上，上半身攀過她的肩膀，恰好可以瞪著我。「喂，愛芙羅黛蒂，妳不把她放在貓籠或什麼裡面嗎？」

「喔我的天哪！妳是惡毒、可惡或怎麼了？當然不能把她裝進貓籠裡啊。」愛芙羅黛蒂撫摸這隻野獸，弄得她的白毛在四周飄落，好像下著噁心的貓毛雨。

「老天，算了，我只是顧慮到她的安全。」我說謊。事實上我想到的是自己的安全。梅蕾菲森看起來很想把柔依當晚餐大口咬下去。這提醒了我。「嘿，我餓了。」達瑞司發動車子時我告訴他。「我們得趕快找個地方停一下，讓我吃點東西。」

「沒問題。妳想吃什麼？」他說。

我瞥了一眼儀表板上的時鐘。眞不敢相信，已經晚上十一點了。「啊，這麼晚還在營業的大概沒幾家了。」我聽見愛芙羅黛蒂對著梅蕾菲森嘟嚷著什麼「早睡的蠢人類」，但我當作沒聽見。我轉頭四處張望，努力回想附近有哪些還不錯的速食餐廳（我說的是「好吃玉米餅」和「阿爾比」之類的，不是麥當勞或溫蒂漢堡）。忽然，一陣熟悉的香味從開了一道縫的車窗飄進來，我立刻口生津液。這時我瞥見一面黃紅色的大招牌。「啊，好香！我們就去查理炸雞吧。」

「他們的食物太油膩了。」愛芙羅黛蒂說。

「就是這樣才好吃啊。西斯和我以前經常去吃。最重要的食物他們都有：油炸雞塊、薯泥和可樂。」

「妳真噁。」愛芙羅黛蒂說。

「我請客。」我說。

「那就走吧。」她說。

18

達瑞司自願留在車裡看著梅蕾菲森，讓我和愛芙羅黛蒂去吃東西。我想這應該超出他的職責吧。

「他對妳眞是太好了。」我告訴愛芙羅黛蒂。雖然已經晚了，查理炸雞仍熱鬧滾滾，我們像兩隻愚蠢的綿羊在畜群裡奮力推擠，終於排進隊伍。排在我們前面的是有著一口爛牙的胖女人，以及一個身體臭到像腳丫子的禿頭男人。

「對我來說他的確太好了。」愛芙羅黛蒂說。

我詫異地直眨眼，說：「不好意思，我沒聽清楚妳的話。」

愛芙羅黛蒂哼了一聲。「妳以爲我不知道自己對那些前男友很壞嗎？拜託——我是自私，但可不蠢。達瑞司或許不到兩個月就會受不了我的爛德性，到時我會在他甩掉我之前先甩掉他，不過至少在那之前應該都還算好玩。」

「妳有想過可以對他好一點，讓他不必受妳折磨嗎？」

愛芙羅黛蒂看著我的眼睛。「事實上我的確想過，或許我會考慮改變跟達瑞司的相處方式吧。」她頓一下，然後說：「她選擇我。」

「誰？」

「梅蕾菲森。」

「喔，對，她選擇妳，她是妳的貓咪了。就像娜拉選擇我，而達瑞司的貓，叫……呃，叫什麼——」

「娜芙蒂蒂。」愛芙羅黛蒂說。

「對，娜芙蒂蒂，她選擇了他。所以，這有什麼大不了的？這種事司空見慣。貓會選擇他們的雛鬼，有時是成鬼。幾乎所有的吸血鬼最後都有自己的貓，而且——」

說到這裡，我才恍然想到為什麼有貓選擇愛芙羅黛蒂會對她造成這麼大的衝擊。

「這讓我有歸屬感，」她靜靜地說：「讓我覺得自己仍是——」她頓住，接下來的聲音小到我得傾身貼近才聽得到——「仍是吸血鬼世界的一分子。這代表我不完全是外人。」

「妳當然不是外人。」我壓低聲音回她：「妳是黑暗女兒的一分子，妳也是夜之屋的一分子。更重要的，妳屬於妮克絲。」

「但自從發生這事——」她抬手拂過不再需要用化妝品遮蓋記印的前額——「我從未眞

正感覺自己屬於任何群體。梅蕾菲森改變了一切。」

「啊。」聽到愛芙羅黛蒂這麼坦白，我有點嚇一跳。

然後她搖搖頭，聳聳肩——看起來又像我們大家熟知而且難以忍受的愛芙羅黛蒂——說：「不過，隨便啦。反正我過的還是鳥日子。等跟妳吃了這些廉價油膩的垃圾食物後，我搞不好會瘋掉。」

「喂，一點油脂對頭髮和指甲很好，就像維他命E。」我斜肩撞撞她的肩膀。「我甚至想幫妳叫一份呢。」

「我可以來點低脂的什麼嗎?」

「拜託，這裡沒有東西是低脂的。」

「他們有零卡的健怡可樂。」她說。

我冷冷地看著她那六號的完美身材，說：「那不是給妳喝的。」

既然是速食，很快我們就拿到我們要的餐點了。我們找了一張勉強算乾淨的桌子，開始將油膩膩的炸雞和淋滿厚厚番茄醬的薯條往嘴巴裡鏟。喂，可別誤會——由於還得趕回學校，而且讓達瑞司照顧那隻地獄之貓，我們卻悠閒地在這裡晃，實在太不禮貌，所以我是用鏟的，但每一口我都好好地品嘗。我的意思是，吃了兩個月夜之屋餐廳裡營養的優質食物後，我的味蕾迫切需要來一點絕對美味、超級不健康的食物。嗯，好吃。眞的。

「對了，」我邊嚼邊說：「史蒂薇．蕾和我談過了。」

「我想我有聽到她從另一個房間傳來的奧克腔。」愛芙羅黛蒂優雅地抓起一根雞腿。看見我在已經夠鹹的薯條上猛撒鹽巴，她皺起鼻子。「妳會水腫，像條死魚那樣膨脹起來。」

「如果那樣，我就拼命運動，直到尿出來。」我咬下一口炸雞後咧著嘴笑。

她聳聳肩。「妳很噁欸。眞不敢相信我們是朋友。這大概證明了我正處於嚴重的個人危機中。總之，史蒂薇．蕾和她那群動物現在怎樣？」

「喔，我們沒談太多他們的事。」我隨便敷衍，不想讓愛芙羅黛蒂知道史蒂薇．蕾承認她不是原來的她。

「那我猜妳們主要在談史塔克。」

「對。而且情況不太妙。」

「當然不妙。他死了，或者可能變成活死人。不管怎樣都不妙。關於他復活的時間，史蒂薇．蕾怎麼說？還是我們只有等到他發臭，才能確定他不會醒來？」

「別這樣說他！」

「對不起，我忘了妳跟他曾經看對眼。史蒂薇．蕾到底怎麼說啦？」

「可惜，她無法提供太多細節，因爲她幾乎記不得蛻變之前的事情。她所能給的最好建議就是把他的屍體偷出來，看他會不會醒來。如果他眞的活過來，會立刻需要有人餵食。」

「餵食？拿漢堡和薯條餵他，還是割開血管餵他？」

「正確答案是後者。」

「喔，嗯。我雖然知道妳玩過那種互相吸血的遊戲，我想到還是會起雞皮疙瘩。」

「我也會，不過我無法否認它的力量。」我不安地承認。

她若有所思地望了我半晌。「社會學教科書說，那跟性愛很像，說不定更美妙。」

我聳聳肩。

「妳得好好說清楚，我要聽細節。」

「好吧，對，很像性愛。」

她睜大眼睛。「所以很美妙嘍？」

「對，不過後果可不全都很美妙。」我想起西斯，心想該是轉換話題的時候了。「總之，我好像得想辦法將史塔克『可能暫時死掉』的軀體給偷出來，藏在某個我們可以觀察他的地方，再等著看他會不會醒來。然後，我們就要給他餵食——」

「喂，應該是**妳**給他餵食吧？我**絕對不要**被扯上，讓那傢伙咬我。」

「對，我是說我必須餵他。」其實這很吸引我，不過我當然不會跟愛芙羅黛蒂討論這件事。「問題是我根本不知道怎麼偷他或藏他。」

「嗯，要偷走他可不簡單，尤其奈菲瑞特那雙邪惡的眼睛一定緊緊盯著他。」

「妳說得沒錯——至少史蒂薇．蕾也這麼說。」我大大喝了一口可樂。

「聽起來妳需要一台保姆攝影機。」她說。

「什麼？」

「妳知道，就是有錢媽咪早上十一點在鄉村俱樂部喝雞尾酒時，用來監看心肝寶貝狀況的隱藏式攝影機。」

「愛芙羅黛蒂，妳眞的來自另一個世界。」

「多謝。」她說：「說眞的，保姆攝影機應該行得通。我可以到『電器屋』連鎖店買一台。那個傑克不是很懂電子器材嗎？」

「對。」我說。

「他可以將它裝在停屍間裡，妳可以把監視器放在妳房間。咦，搞不好我應該買那種配備可攜式監視器的保姆攝影機，這樣妳就能隨時帶在身邊。」

「眞的？」

「百分之百眞的。」

「太棒了！萬一得把史塔克藏在我的衣櫥裡，那我可要嚇死了。」

「呃，吐！」我們快樂地吃了一會兒，然後愛芙羅黛蒂說：「土包子還說了什麼？」

「老實說，我們談到妳。」我得意地說。

「我？」愛芙羅黛蒂瞇起眼睛。

「好吧，其實只談一點點。我們多半在談明天舉行淨化儀式時，她要站在土元素位置上的事。」

「妳是說，她躲在我後面，由我假裝召喚土，但眞正召喚的人是她？」

「呃，不是。不完全是。我的意思是，妳移到旁邊，讓史蒂薇・蕾站在她原本在守護圈的位置。」

「在眾人面前？」

「對。」

「妳在開玩笑，對吧？」

「不對。」

「她願意？」

「願意。」我說得比我真正的感覺有信心。

愛芙羅黛蒂靜靜地嚼了一會兒，然後緩緩地點點頭。「好，我懂了。妳相信雪姬娜會救妳的小命。」

「**我們的**小命。包括妳、我、史蒂薇．蕾、紅雛鬼，以及史塔克——如果他變成活死人的話。我在想，若大家知道他們的存在，奈菲瑞特就很難利用他們遂行她的邪惡目的。」

「聽起來眞像二流電影的情節。」

「或許聽起來很俗爛，其實不然。我是認眞的，我們最好都認眞看待這事。奈菲瑞特很可怕，她想對人類發動戰爭，而且我想她還沒放棄這念頭。再說，」我猶豫著說了出來：「我有不好的感覺。」

「靠，什麼樣的不好的感覺？」

「老實說，我一直想置之不理。自從妮克絲向我們現身後，我對奈菲瑞特就一直有很不好的感覺。」

「柔依，說眞的，妳對奈菲瑞特有不好的感覺已經很久了。」

我搖搖頭。「不一樣，這次的感覺跟以前不同，更糟糕。史蒂薇．蕾也感覺到了。」我又遲疑片刻後才說：「而且，自從昨夜我被什麼東西攻擊，我就變得很怕黑夜。」

「黑夜？」

「黑夜。」我又說一次。

「柔依，我們是夜間動物欸，黑夜怎麼可能讓妳害怕？」

「我不知道。我只知道那裡好像有東西盯著我。妳覺得呢？」

愛芙羅黛蒂嘆了一口氣。「關於什麼？」

「關於黑夜、奈菲瑞特，或任何事！告訴我妳是否感覺到新的負面能量。」

「我不知道。我最近沒去想什麼能量之類的，我一直在忙我自己的事。」

我讓雙手忙著抓炸雞和薯條，免得它們克制不住伸出去掐死她。「妳何不花點時間想一想？我的意思是，這事滿重要的。」我壓低音量，雖然所有客人都忙著吸收油脂，沒空注意我們。「妳的靈視確實預見我被殺，而且是兩次，其中至少有一次牽涉到奈菲瑞特。」

「對，這或許可以解釋爲什麼妳對她有新的『不好的感覺』。」她說到**不好的感覺**時還用手指在半空比劃出引號。「但我告訴妳，我預視妳死亡無助於解決妳毛骨悚然的感覺。」

「不只是毛骨悚然。過去兩個月我身上發生很多事，但直到最近我才眞正覺得害怕。說眞的，那種讓我怕到想哭的害怕。我——」我停住，因爲一陣熟悉的笑聲傳入我耳裡。我抬頭望向用餐區的入口。瞬間，我似乎不會呼吸了，彷彿有人狠狠在我肚子打了一拳。

他端著盤子，上面是他最愛的超值餐（特大薯條的三號餐），另外還有一份迷你兒童餐。你知道的，就是女孩約會時點的餐，好讓自己看起來食量不大（但等回到家，四下無人，她們就挖光冰箱，狼吞虎嚥）。在他身邊的女孩什麼都沒拿，但她的手插進他褲子前面的口袋（前面！口袋！），調皮地想將一團鈔票塞入。他很怕癢，難怪他雖然臉色蒼白，還有像是瘀青的黑眼圈，仍笑得像個白癡，而她則仰頭對他露出賣弄風情的微笑。

「怎麼啦？」愛芙羅黛蒂問。

我只是坐著，盯著他們，說不出話。她轉身循著我的視線見到了我楞楞望著的人。

「嘿，那不是……他叫什麼來著？是妳的人類前男友吧？」

「他叫西斯。」我幾乎連小聲說出他的名字都辦不到。

接下來的事情應該是不可能發生的。我們分別在房間的兩頭，他絕不可能聽見我說話，但就在我的嘴吐出他的名字那一剎那，他猛一抬頭，雙眼立刻找到我。我看見他臉上的笑容驟然消失，身體開始顫抖——眞的發抖——彷彿一見到我，全身就非常痛苦。在他身旁的女孩從他的口袋抽出手，循著他的視線也看見了我，雙眼睜得老大。西斯的目光迅速從我身上移回到她，我看見（而非聽見）他說：「我得跟她談談。」女孩一臉嚴肅地點點頭，接過餐盤，走到盡可能遠離我的桌位。然後西斯慢慢地走向我。

「嗨，柔依。」他的聲音繃得好緊，聽起來像陌生人。

「嗨。」我說，覺得雙唇好像凍僵了，臉龐則同時又冷又熱。

「妳還好嗎？妳沒受傷之類的吧？」他問，表情冷漠嚴肅，讓他看起來遠比十八歲老。

「我很好。」我終於說出話來。

他吁出長長一口氣，好似已憋了幾天。他用力將目光撇開，凝視遠方，彷彿不能忍受見到我。但他很快就恢復鎮定，轉回來看我。「幾天前那個晚上發生了——」他才開口，隨即止住，目光移到愛芙羅黛蒂身上，似乎想說什麼。

「呃，西斯，這位是我的，呃，我的朋友，呃，愛芙羅黛蒂，也是，呃，夜之屋的學生。」我結結巴巴，幾乎不知道怎麼講話。

西斯的目光從愛芙羅黛蒂移回我身上，眼神似在詢問。

見我不發一語，愛芙羅黛蒂嘆了一口氣，以她那種已經忍耐很久的譏諷語氣說：「柔依的意思是，對，可以在我面前談烙印之類的事。」她停住，揚起眉毛看我。見我還是不吭聲，她開始提示我：「他**可以**在我面前談，對不對，柔依？」我還是無法說話。她聳聳肩，繼續說：「要是妳想跟他單獨談，我也無所謂，我可以在車裡等——」

「不！妳留下來。西斯，你要說什麼都可以在愛芙羅黛蒂面前說。」我終於讓話語衝破哽在喉底的痛苦。

西斯點點頭，目光從我身上迅速撇開，但我還是看到了他溫柔的棕色眼睛蒙著失望的陰影，閃過受傷的神情。

好吧，我知道他想跟我單獨談。

但我不能。我不能跟他獨處，單獨面對他受創的心靈，現在還不能。我才剛失去羅倫、艾瑞克和史塔克，還無法承受他告訴我他有多恨我，多遺憾我們曾在一起。這些話他絕不會在愛芙羅黛蒂的面前說。我了解西斯。對，他是跟我分手了，但和艾瑞克不同，他絕不會公開謾罵我，把場面搞得很難堪。西斯的父母很會教孩子，把他教成一個紳士，徹底的紳士，而且他永遠都會這麼有風度。

他再度轉頭看我時，已收拾好情緒，面無表情。「好。我剛剛是要說，那個晚上發生了一件事。我想，我們之間的烙印被打破了。」

我很努力才終於勉強點頭。

「所以，真的消失了？」

「對，真的消失了。」

「怎麼會？」他問。

我深吸一口氣，說：「因爲我跟別人烙印了。」

他本來稍微低著頭看我，聽我這麼一說，臉倏地仰起，彷彿被我摑了一掌。「妳和另一個人類在一起？」

「沒有！」

他再次開口之前，下巴一會兒繃緊，一會兒放鬆。「那麼，是那個妳跟我說過的雛鬼？那個叫艾瑞克的傢伙？」

「不是。」我低聲說。

這次，他沒撇開頭——不再試圖隱藏他眼神和聲音裡的痛苦。「還有別人？除了妳告訴過我的那個傢伙，還有另一個人？」

我張口想告訴他：**之前**確實有別人，不過現在沒有了，總之那是一個大錯。但他沒等我說話。

「妳跟他**做了那件事**。」

西斯這話不像問句，但我還是點了點頭。他已經知道——不可能不知道。我們的烙印太強，就算他沒感應到我和羅倫的事，也應該猜得到必定發生了什麼大事，才會導致我們之間的連結被打破。

「妳怎麼可以這樣，小柔？妳怎麼可以對我做出這種事？對我們的感情做這種事？」

「對不起，西斯，我從來都沒想傷害你，我只是——」

「不！」他舉起手，彷彿這樣就能阻止我說下去。「什麼沒想傷害我，這些都是狗屎。我從小學三年級就愛著妳，妳卻跟別人在一起來**傷害我**。我怎麼可能不被妳傷害？」

「你今晚還不是跟別人在一起。」愛芙羅黛蒂冷冷的話語似乎劃破了我們三人之間凝結的空氣。

西斯怒目看著她，狠狠地說：「這麼多天來我第一次讓一個**朋友**說服我走出家門。**朋友**。」他重複這兩個字，然後看著我。我再次注意到他有多蒼白，多難過。「那是凱西．楊，記得她嗎？她以前也是妳的朋友。」

我瞥向凱西獨自坐的那張桌子，看見她侷促不安。他們走進來時，我壓根兒沒注意到那是她。現在我認出她那頭濃密的赭紅色頭髮、蜜色的美麗眼睛和布滿雀斑的可愛臉龐了。西斯說得沒錯——她曾是我的朋友。我和她沒像跟凱拉那麼要好，但我們確實會玩在一起。西斯總把她當成小妹妹看。雖然她喜歡他，我卻從未在她身上感受到**我要把妳男友偷走**的訊息，不像理當是我好友的凱拉無數次給我這種感覺。凱西發現我在看她，遲疑了一下，舉起手，神情難過地對我揮了揮。我也勉強自己跟她揮了一下手。

「妳知道烙印被打破時人類會怎樣嗎?」西斯的話喚回我的注意力。他的語氣不再顯得冷酷或悲傷,但口氣尖銳,彷彿一字一句都是從靈魂剮下來。

「會——會很痛苦。」我回答。

「痛苦?太輕描淡寫了吧?柔依,一開始我以為妳死了。一想到妳不在,我眞希望我也死掉。我想,有一部分的我那時已經死了。」

「西斯——」我低聲喚他的名字,因自己對他造成的傷害而感到震驚。「我很——」

他還沒說完。「但我知道妳沒死,因為我多少可以感覺到發生在妳身上的事。」他痛苦地皺縮著臉。「就是**他**帶給妳的一些感覺。接著,我什麼都不知道,只知道我的靈魂出現一個空洞,而那裡正是妳以前占據的地方。現在我仍覺得有一部分的我不見了,很大一部分。那裡無時無刻不在痛,每天每天。」他緊閉雙眼抵擋那種痛,然後搖搖頭,說:「而妳連一通電話也沒打給我。」

「我想過要打。」我難過地說。

「喔,等等,妳今早傳了簡訊給我。眞多謝啊。」他譏諷地說。

「西斯,我很想跟你說,但就是辦不到。我……」我打住話語,努力思忖怎麼用短短幾句話,在這種公眾場合,向他解釋羅倫的事。不可能解釋的,在這種狀況下,在這種地方。

所以我只是說：「我錯了，對不起。」

他再次搖搖頭。「小柔，對不起還不夠。這一次，這種事，是無法靠一句對不起來彌補的。妳曾經說，我愛妳，想要妳，全是因爲我們產生烙印了，記得嗎？」

「記得。」我已經準備好等著他告訴我眞相——說他從未眞的愛過我，從未眞的想要我，他很高興能擺脫我和我那愚蠢、痛苦的烙印。

「妳以前這麼說時，我就告訴過妳，妳錯了。妳現在仍是錯的。我從三年級就愛上妳，那時候愛妳，現在仍然愛，仍然想要妳。或許我一輩子都會一直這樣下去。」西斯噙著淚水的眼睛閃閃發亮。「但我不想再見到妳。柔依，愛妳好痛苦。」

西斯回頭慢慢走向凱西。他到達那張桌位時，她對他說了些什麼，聲音輕柔到我完全聽不到。他點點頭，然後凱西連看都沒看我一眼就勾著他的手，兩人丟下桌上還沒吃的食物逕自離去。西斯就這樣走出了我的生命。

19

我默默地任憑愛芙羅黛蒂抓住我的手臂，拉我起身，帶我走出查理炸雞。達瑞司一見到我們，瞬間便移形到車外。

「何處危險！」他吼道。

愛芙羅黛蒂搖搖頭。「沒有危險——是上演了一齣遇見前男友的戲碼。我們走吧。」

達瑞司嘀咕一聲，返回車裡。愛芙羅黛蒂將我塞進後座。等她一邊手忙腳亂地抱好發牢騷的梅蕾菲森，一邊從前座遞給我一疊面紙，我才知道自己在哭。

「妳哭得一把鼻涕一把眼淚，妝都糊了。」她說。

「謝謝。」我喃喃道謝，然後擤鼻涕。

「她還好嗎？」達瑞司問，從後照鏡瞥了我一眼。

「她會沒事的。平常這種戲碼已經夠爛了，剛剛裡面那齣絕對不平常，所以加倍爛。」

「別當我不在似地那樣談論我。」我抽噎著，擦拭眼睛。

「那，妳會沒事吧？」達瑞司又問，這次是對我說話。

「如果她說有事，難不成你要回去殺了那蠢小子？」愛芙羅黛蒂問。

我吃驚得張開嘴巴，笑聲竟像小水泡不自禁地從我嘴巴冒出。「我不要他死，而且我會沒事的。」

愛芙羅黛蒂聳聳肩。「隨便妳，不過我認爲那小子很該死。」然後她拉拉達瑞司的手臂，指著我們正逐漸接近的那排路邊商店。「親愛的，你可以在『電器屋』停一下嗎？我那混帳iPod Touch壞了，我要買一台新的。」

「可以嗎？」達瑞司問我。

「沒問題。回學校之前我也需要時間平復情緒。不過，呃，你可以留在車裡陪我嗎？」

「當然，女祭司。」他出現在後照鏡裡的親切笑容讓我覺得好愧疚。

「我一會兒就回來。替我抱好梅蕾菲森。」愛芙羅黛蒂將大貓扔給達瑞司，然後幾乎是用衝的跑進電器屋。

安頓好那隻不斷嘶嗚的野獸後，達瑞司轉頭看著我。「如果妳要的話，我可以幫妳去跟那男孩談一談。」

「不用，謝謝。」我再次擤鼻涕擦臉。「他有權生氣。是我自己把事情搞砸的。」

「跟吸血鬼有牽扯的人類通常會過度敏感。」達瑞司說，顯然很小心自己的遣詞用字。「人類要當吸血鬼的伴侶，尤其是當法力高強的女祭司長的伴侶，肯定不容易。」

「我還不是吸血鬼，也不是女祭司長。」我說，覺得壓力好大。「我只是個雛鬼。」

達瑞司躊躇半晌，顯然在考慮該跟我談到什麼程度。直到愛芙羅黛蒂手裡抓著假冒的iPod Touch包裝盒返回車裡，他才終於開口。

「柔依，妳要牢記，女祭司長不是一夜之間誕生的，而是在雛鬼時期就已開始養成。她們的力量發展得很早。女祭司，現在妳正在發展妳的力量。妳絕非一般雛鬼，而且永遠都不會是。所以，妳的一舉一動都會對別人造成深刻影響。」

「你知道，我才剛開始學著面對『哇，我這麼與眾不同』，而現在就覺得快溺斃了。」

愛芙羅黛蒂將梅蕾菲森抱回大腿上安頓好，然後從前座轉過身，看著我的眼睛，說：「對吧，超級特殊的感覺沒像妳以前以為的那麼棒吧？」

我以為她會露出那種「早跟妳說過嘛」的訕笑表情，沒想到她眼裡流露出體諒的眼神。

「妳人真好。」我說。

「還不是因為妳把我帶壞了。」她說：「不過我試著去看光明面。」

「光明面？」

「光明面就是幾乎所有人仍認爲我是惡劣至極的母夜叉啊。」她說，笑得好開心，還用鼻子去磨蹭她的貓咪。

「我認爲妳很棒。」達瑞司說，伸手去撫拍梅蕾菲森，這隻貓開始滿足地打呼嚕。

「你說對了。」她傾過身，大聲地親吻他的臉頰，將兩人中間不停抱怨的貓咪夾扁。

我發出作嘔的聲音，假裝吐在手中那團面紙上，不過愛芙羅黛蒂對我眨眼時，我還是對她微笑，而且整個人感覺好多了。**至少結束了。**我告訴自己。**艾瑞克恨我。史塔克死了；就算他活過來，我要做的也不過是幫他適應活死人的世界。就只是這樣。所以，在和西斯這場難堪的偶遇後，很長一段時間裡我都不會被感情問題困擾了。**

果不其然，我戲劇課遲到了。課表調整後，我被調去上高年級的戲劇課。這沒關係啦，反正我被標記之前在「南區中學」就上過高級戲劇課，而且我喜歡戲劇（舞台上的戲劇，而非舞台下的戲劇人生）。沒錯，這不代表我是個出色的演員，但我很用功。不過，當然，這下子我就得跟一批新同學一起上課了。我站在教室門口，思忖著該坐在哪裡。我眞的、眞的很不想打斷正在講述莎士比亞劇作的艾瑞克。（該稱他奈特老師嗎？）

「隨便找位置坐吧，柔依。」艾瑞克說，背對著我，語氣冷淡、專業，甚至有點無趣。

換言之，他聽起來就像個老師。不懂——我靜悄悄地站在門口，真搞不懂他怎麼會知道。

我匆匆走進教室，坐在第一眼見到的空位上。不幸的是這位子就在第一排。我跟坐在我後面的蓓卡．亞當斯點點頭。她點頭回應，但顯然正忙於凝視艾瑞克而無暇搭理我。她一頭金髮，長得很美，這在夜之屋算很正常（在這裡，金髮美女與「正常」小孩的比率大概是五比一）。她最近剛加入黑暗女兒，但我跟她不怎麼熟。我記得曾見過她跟愛芙羅黛蒂以前的兩三個死黨混在一起，不過我對她沒有什麼特別的評價，不管正面或負面。只是，她伸長脖子，不理睬我，只顧著對艾瑞克流口水的模樣，當然讓我不怎麼有好感。

不！艾瑞克不再是我男友。就算有別的女孩想把他，我也不該生氣。我必須視而不見。我甚至應該跟她交朋友，好讓大家知道我已經忘了他。對，我乾脆就——

「嗨，柔！」

非常金髮，非常可愛，非常高帥，正在跟簫妮交往（這證明他很勇敢）的克爾．科里夫頓輕快地低聲跟我打招呼，打斷我的思緒。「嗨。」我給他一個大笑臉。

「喔，太好了，謝謝妳自願，柔依。」

「什麼？」我不解地眨巴著眼睛看艾瑞克。

他的笑容好冷，雙眼藍得好冰。「我聽到妳說話，以為妳是要自願上台嘗試莎士比亞劇的即興演出，跟我演對手戲。」

我倒抽一口氣。「喔，嗯，我——」我開始思索怎麼求饒，好逃掉什麼鬼即興演出。然而，當我發現他冰冷的眼神變成嘲弄，彷彿等著看我像個大白癡臨陣怯場，我立刻改變心意。我不會讓艾瑞克．奈特整個學期羞辱、威脅我。於是，我清清喉嚨，在椅子上坐得更挺。「我樂意上台一試。」

看到艾瑞克那雙湛藍的眼睛閃過一絲訝異，睜得老大，我不禁得意起來。但他開口說：「很好，請拿著這場戲的腳本，上台來吧。」我的得意立刻蒸發。

啊，毀了，毀了，毀了！

「好。」艾瑞克和我站在舞台上，面對全班同學。「柔依遲到，打斷我上課之前，我正在跟各位說明，即興演出莎士比亞劇是很好的角色練習。沒錯，莎翁的劇很少被拿來即興演出，演員總緊守劇本，不敢更動一個字。但也因爲如此，即興改變他的著名情節會非常有趣。」他指著我手裡那份腳本。「這是奧塞羅和德絲蒙娜的一幕對手戲，描述——」

「我們要演《奧塞羅》？」我尖著嗓子說，感覺胃揪緊，想嘔吐。之前艾瑞克深情款款地在全校面前對著我朗誦的獨白，就是出自《奧塞羅》。

「對，」他的眼睛盯著我。「有問題嗎？」

有！「沒有。」我口是心非。「我只是想確認一下。」喔，天啊，他要我即興表演奧塞羅的求愛場景嗎？我不知道此刻我的胃愈來愈難受是因爲我想演，還是因爲我不想演。

「很好。妳知道這齣劇的劇情，對吧？」

我點點頭。我當然知道。奧塞羅，那個摩爾人（換言之，黑人），娶了德絲蒙娜（女性純種白人）。他們兩人非常相愛，直到奧塞羅的屬下依亞戈因嫉妒奧塞羅，設局讓人以爲德絲蒙娜背著奧塞羅亂來。最後奧塞羅勒死德絲蒙娜。

唉，完蛋了。

「很好。」他又說一次。「我們要演出的是這齣劇的結尾，奧塞羅質問德絲蒙娜。一開始我們先照原本的台詞念。台詞我已經印在我們手上的腳本裡。然後，等我問妳已經祈禱了沒，妳就開始即興演出。劇情要盡量忠於原著，但以現代的語言演出。這樣懂嗎？」

不幸得很，我竟然懂。「懂。」

「好，我們開始吧。」

接著，正如我之前多次看到的，艾瑞克·奈特瞬間進入劇中角色的性格，**化身**成那個人。他轉身背對我，開始說出奧塞羅的台詞。我注意到他丟開腳本，憑記憶演出：

就是這個原因，就是這個原因，我的靈魂；
純潔星星啊，別讓我對你們說出這個原因，
就是這個原因。我不灑濺她的血，
不傷損更甚雪白的肌膚……

我敢發誓他完全變了個人。我知道這將是一場公開的羞辱，內心開始緊張困窘，但看到他這種不可思議的天賦，我還是讚歎不已。

他轉身面對我。當他雙手抓住我的肩膀，我腦袋一片空白，只知道自己的心正在狂跳。

……我不知道哪裡有普羅米修斯般的生命之火
可以再次燃亮妳的光采。等我摘下妳這朵薔薇，
我無法再賦予生機，
只能任它枯萎。我要趁妳在枝椏時，好好聞妳的芬芳。

接著，艾瑞克俯身親吻我的唇，把我嚇呆了。他的吻既粗獷又溫柔——激情伴隨著憤怒與背叛，但他似乎不想讓雙唇離開我。他吻得我喘不過氣，反胃欲嘔，頭暈目眩。

我好～～想再當他的女朋友！

他說出那幾句暗示我準備接手的台詞時，我努力恢復鎮定。

我一定會哭泣，然而流的是無情淚水。這悲傷乃聖潔，
因為折磨的正是心所愛的。她甦醒。

「誰在那裡？奧塞羅嗎？」我的視線從手中的腳本瞥向艾瑞克，然後眨巴著眼睛，彷彿剛被他吻醒。

「是的，德絲蒙娜。」

哇，要命！不敢相信我接下來要念出這樣的台詞！我緊張得直喘氣，結果聲音反倒像嬌喘。「我的王，到我的床上吧？」

「妳今晚祈禱了嗎，德絲蒙娜？」

艾瑞克俊美的臉龐瞬間變得嚴峻可怕，我發誓讓我嚇著的不是這幕戲的劇情。「祈禱了，我的王。」我迅速念出我腳本上的最後一句台詞。

「很好，妳必須有潔淨的靈魂，才能迎接今晚將發生的事！」他開始即興演出，但依舊是因嫉妒而瘋狂的奧塞羅。

「怎麼了？我不懂你在說什麼？」即興接這句並不難。我已經忘了這是上課，也忘了全班注視著我。我只看見化身爲奧塞羅的艾瑞克，而且我能體會德絲蒙娜即將失去奧塞羅時心中的恐懼和絕望。

「用力想一想！」他咬牙切齒地說：「想想妳是不是有什麼事情覺得歉疚，必須懇求我原諒。經過今晚的事，妳將不再是原來的妳。」

他的手指掐進我的肩膀，力道之深我知道肯定留下瘀青，但我沒畏縮。我繼續凝視著那雙我熟悉的眼睛，想從裡面找到仍然在乎我的艾瑞克，直到我已全然遺忘的腳本從我麻木的手滑落。

「我不知道你要我說什麼！」我大喊，努力記得德絲蒙娜**不是**我，**她**沒做錯什麼。

「眞相！」他怒吼，眼神狂野。「我要妳承認妳背叛了我！」

「可是我沒有！」我感覺到淚水刺痛我的眼睛。「我的心從未背叛你。」

艾瑞克扮演的奧塞羅驅走了我世界裡的一切——西斯、史塔克和羅倫。現在只剩他和我，以及我迫切的心意，渴望他明白，我從未想背叛他，到現在也依然不想背叛他。

「妳的心是黝黑、枯萎的東西，因爲妳的確背叛了我。」

他的手開始從我的肩膀往上滑到我的脖子，我知道他可以感覺到我的脈搏如受驚的鳥兒瘋狂拍翅。「不！我做的那些事都錯了！我讓自己心碎，不只一次而是三次。」

「所以，妳要我跟著妳一起心碎？」他的手指扣住我的脖子，我看見他的眼眶也含淚。

「不，我的王，」我設法忠於德絲蒙娜的角色。「我只是希望你能原諒我，而且——」

「原諒妳！」他咆哮，打斷我。「我怎麼可能原諒妳？我愛妳，妳卻跟另一個男人來背叛我。」

我搖頭。「那全是謊言。」

「妳這是要說妳什麼都沒做，只是對我撒謊？」他扣著我脖子的指頭更用力掐緊。

我喘著氣。「不！我不是這個意思。你誤解每件事了。我是說我跟他在一起是謊言。**他**本身就是謊言。你對他的看法完完全全正確。」

「太遲了。」他沙啞著聲音說：「妳早已明白太遲了。」

「可以不必太遲。原諒我，再給我一次機會，別讓我倆就這麼結束。」

我看到艾瑞克的臉上閃過各種情緒。有清清楚楚的憤怒甚至怨恨，也有悲傷。或許，或許吧，在他夏日溫煦藍天般的眼瞳深處，還有一絲希望靜靜等候著。

忽然，悲傷和希望的神情全都消失。「不！妳的行爲與婊子無異，所以，現在妳該得到婊子的報應！」

他眼中的瘋狂神情讓他顯得更高大，整個人壓制住我。他往我靠近，一手從我脖子上鬆開，轉而緊緊將我抱住。他另一手大到隻手就可以扣住我整圈脖子。他一用力，我們兩人的身體緊緊貼住。我感覺自己對他的熾熱渴望洶湧澎湃。我知道這樣不對，也知道這樣很怪，但我的心怦怦跳不只是因爲緊張或恐懼。我凝視他的眼睛，同時感受到自己的激情渴望和德絲蒙娜的恐懼。他的身軀竭力抵住我，我知道他有相同的感受。他是奧塞羅，因嫉妒和憤怒而瘋狂，但他也是艾瑞克，曾經愛我卻受傷心碎。

他的臉靠得這麼近，我感覺得到他的呼吸拂過我的肌膚。他的氣味如此熟悉，就是這熟悉感讓我下定決心。我沒掙脫，也沒繼續即興演出，「昏厥」在他懷裡假裝死了，而是雙手環抱他，將他拉進我懷裡，讓我的唇緊緊貼住他的唇。

我以全部的我來吻他，將我的痛苦、哀傷、激情和對他的愛一股腦兒全注入那個吻。他在我唇下的嘴張開，以熱情回應熱情，以痛苦回應痛苦，以愛回應愛。

然後，愚蠢的鐘聲響起。

20

喔，天哪，鐘聲響得跟火災警鈴沒兩樣。艾瑞克一把推開我，全班熱烈喝采，還用奧克腔齊聲高喊：「喔～呼！」「眞夠勁兒！」若非艾瑞克抓住我的手，我可能已踉蹌跌倒。

「鞠躬，」他低聲對我說：「微笑。」

我照他的話做，設法鞠躬，擠出微笑，裝得好像我的世界沒爆炸。學生魚貫走出教室時，艾瑞克又恢復老師的口氣說話。「好，記得預習莎翁另一齣悲劇，《凱撒大帝》。明天我們從裡面挑一個段落來即興演出。今天各位表現得很好。」

等最後一位學生走出教室，我說：「艾瑞克，我們得談一談。」

他甩開我的手，好像我燙傷了他。「妳得走了。別連下堂課都遲到。」然後他轉身，走進戲劇課的辦公室，將門砰的一聲重重關上。

我因羞辱而滿臉紅燙，衝出教室，用力咬著嘴唇，生怕淚水迸出。剛剛到底發生什麼事？有件事我很確定，雖然只有這麼**一件**：艾瑞克．奈特仍然對我有興趣。當然，他的興趣多半是想勒死我，不過這也算是對我有興趣。至少他不像外表假裝的那麼成熟、冷酷之類的。我的嘴唇因剛才激烈的吻而疼痛。我舉起手，用指頭輕輕撫摸下唇。

我埋頭拼命往前走，不理會來來往往準備上課的雛鬼，也沒注意自己走到了何處，直到人行道旁一棵樹的枝椏間傳來渡鴉的啼叫聲。

我打了個寒顫，戛然停步，抬頭望進那棵樹黑漆漆的枝葉。這時，夜色波動、褶皺，猶如黑色蠟燭垂落的油脂。有狀況——樹上有什麼東西讓我怕得雙膝發軟，胃部發疼。

打從幾時我變成了被偵伺的獵物，一個受驚的小女孩？

「誰？」我對著夜色大喊：「你想幹麼？」我挺起胸膛，下定決心，拒絕再忍受。這種愚蠢的捉迷藏遊戲我受夠了。我或許因西斯而心碎，因史塔克而迷惘，而對艾瑞克受到的傷害又該死的無能爲力，但我絕對可以做些什麼，對付眼前的敵人。於是，我邁步走向樹，準備召喚風吹得它天搖地動，把躲在樹上偵伺我的鬼東西給搖下來，好讓我打得它屁滾尿流。我受夠了這種陰森詭異、驚懼受怕，完全不像我自己的感覺，而且——

我還沒步下人行道，達瑞司忽然在我旁邊現身。天哪，這麼大塊頭的人竟能如此安靜又迅速地移形換位，眞是嚇人。

「柔依，妳得跟我來。」他說。

「怎麼了？」

「是愛芙羅黛蒂。」

我的胃揪得好緊，感覺快吐了。「她該不會是快死了吧？」

「不是。不過她需要妳，現在。」

他毋須再多言，因為他那緊繃的表情和嚴肅凝重的聲音說明了一切。愛芙羅黛蒂如果不是要死了，那就一定是又出現靈視了。

「好，這就去。」我加快腳步往宿舍方向走去，想追上達瑞司。

宛如大山的戰士突然停下腳步，銳利的眼神向我射來，害我緊張莫名，侷促難安。「妳信得過我嗎？」他突然問。

我點頭。

「那麼，放輕鬆，請相信妳跟我在一起很安全。」

「好。」我壓根兒不知道他在說什麼，不過他抓住我的手臂時我沒有反抗。

「記得，放輕鬆。」他說。

我才張嘴又說了一次「好」（或許還對他翻了白眼），達瑞司已向前迸去，還不知怎地緊緊帶著我，迎面逼迫過來的空氣壓得我喘不過氣。這是我經歷過的怪事當中最怪的一樁。

我這麼說已足以證明這眞是怪到了極點，因爲過去兩個月我經歷過的怪事多到卡車載不完。感覺上有點像站在機場的移動人行道上，只不過這「人行道」是達瑞司的靈氣或什麼的，而我們移動時四周景物倏地一閃而過，模糊一片。

我一點也沒有誇張，大概才兩秒，我們已站在女生宿舍門口。

「哇塞！你是怎麼辦到的？」我邊微微喘氣邊說。他才放開我的手臂，我便忙不迭地把散披在臉上的頭髮往後撥。感覺上我剛才彷彿坐著哈雷機車以超音速飛馳。

「冥界之子是擁有驚人技能的戰士。」他神祕兮兮地說。

「眞不是蓋的！」我本來想說，看來他們應該是電影《魔戒》裡的角色。不過我可不想顯得太無禮。

「她在寢室。」他簡直是押著我爬上階梯，然後伸手幫我開門。「她要我立刻找妳來。」

「你果眞辦到了。」我轉頭告訴他：「你可不可以去找蕾諾比亞，告訴她爲什麼我這堂課不能去上？」

「當然，女祭司。」他說，隨即消失無蹤。天哪，眞厲害。我衝進宿舍時，仍覺得有點動魄驚心。起居室空蕩蕩的，所有人都去上課了，只除了愛芙羅黛蒂和我。我一路跑上樓梯，疾步走向愛芙羅黛蒂的寢室。我在她的房門快速叩兩下，便直接把門打開。

房間裡唯一的光源是一根小蠟燭。愛芙羅黛蒂坐在床上，兩腿縮起，手肘倚在膝上，臉埋入手掌。梅蕾菲森在她旁邊縮成一團毛茸茸的白球。我一進門，這隻貓便抬頭看我，輕聲嗥叫。

「嗨，妳還好嗎？」我問。

她的身體顫抖著，費了好大的勁才抬頭睜眼。

「喔我的天哪！怎麼會這樣！」我衝到她身邊，扭開床邊桌上那盞名牌蒂芬妮小燈。梅蕾菲森蠕動著，對我嘶鳴警告。我告訴這頭野獸：「妳試試看，小心我把妳扔出窗戶，召喚雨來把妳淋成落湯貓。」

「梅蕾菲森，沒事。柔依人是討厭，但她不會傷害我。」她有氣無力地說。

貓咪再次低嗥，但縮回一團白球。我將注意力轉向愛芙羅黛蒂。她雙眼充血——嚴重到眼白部分全是紅色。我說的不是對花粉過敏卻走過花田，結果眼睛發炎充血的那種粉紅色，而是**鮮紅色**，血的顏色，彷彿她兩眼出血，因而染得一片鮮紅。

「這次真的很可怕。」她聽起來很不好。聲音顫抖，臉色慘白。「妳──妳可以幫我去冰箱拿一瓶富士礦泉水嗎？」

我趕緊到她的迷你冰箱抓一罐礦泉水，然後繞到浴室，拿了一條繡有金絲的毛巾。（老天，這女孩眞有錢！）我迅速倒了一些冰涼的礦泉水在毛巾上，然後跑回她身邊。

「喝吧，然後閉上眼睛，用毛巾蓋住臉。」

「我的樣子很糟，對不對？」

「對。」

她抓著富士礦泉水的瓶子連灌了好幾大口，彷彿就快渴死了，然後將冰涼的濕毛巾蓋住眼睛，往後靠在一堆名家設計的枕頭上，疲憊地嘆了一口氣。梅蕾菲森瞇起貓眼，惡狠狠地看著我，但我置之不理。

「妳的眼睛以前曾經這樣嗎？」

「妳是說，痛成這副德性？」

我躊躇了一下，決定告訴她眞話。反正愛芙羅黛蒂這種女孩不可能不照鏡子。就算我不說，她也很快會看到自己的模樣。「我是說變成血的鮮紅色。」

我看見她的身體因震驚而抽搐一下，伸手想拿開毛巾，不過她的手半途停住，整個人重重地往回靠，雙肩垮下。「難怪達瑞司會嚇成那樣，拔腿跑去找妳，急得好像身後有一群要命的獵狗在追。」

「我很確定妳的紅眼會消失的，妳或許應該繼續閉著眼睛休息。」

她誇張地嘆了一口氣。「如果這些該死的靈視讓我變醜，我眞的會氣死。」

「愛芙羅黛蒂，」我說，努力不讓她聽出我在偷笑。「妳太漂亮了，漂亮到不可能變醜。起碼妳自己跟我們這麼說過上百萬次。」

「妳說得沒錯。就算有紅眼睛，我仍比其他人美。多謝妳提醒啊。不過，從這裡就可以知道，這次的狗屎靈視給我多大壓力，竟讓我擔起這種心。」

「說到這個狗便便靈視，妳要說給我聽嗎？」

「妳知道，直接飆點髒話**真的**不會讓妳融化掉或怎樣。天哪，什麼狗**便便**嘛，實在有夠遜。」

「妳可不可以針對主題發言？」

「好，不過若有人說妳很遜、很惹人厭，可別怪我沒提醒妳。我書桌上有一張紙，上面寫了一首詩。看見了嗎？」

我走向她那張價值不菲的梳妝台兼書桌，果然閃閃發亮的木頭桌面上躺了一張紙。我拿起紙，說：「看見了。」

「很好，妳讀一讀吧。希望妳讀得懂這首詩是什麼鬼意思。我就是讀不懂詩，根本是一堆無聊的狗屎嘛。」

她特別強調屎這個字。我不理會她，專注在那首詩上。我的視線才一落在詩上，手臂立刻竄起雞皮疙瘩，彷彿一陣冷風忽然吹來。

「這是妳寫的嗎？」

「喔，對，才怪。我小時候連蘇斯博士寫的童詩都不感興趣。打死我都寫不出那首詩。」

「我不是說妳創作的。我是說，這是妳動筆寫下來的嗎？」

「妳是變笨了還是怎樣？對，柔依，我在非常痛苦的可怕靈視中看到這首詩，然後我把它寫下來。所以，這不是我創作的，是我抄寫下來的。滿意了嗎？」

我看著她斜躺在昂貴四柱床正中央的枕頭上，臉上蓋著繡有金絲的毛巾，一手輕拍著那隻臭貓咪，忍不住惱怒地對她直搖頭。她看起來百分之百就是那種時髦貴婦臭娘兒們。「妳知道，就算我現在用妳的枕頭把妳悶死，也沒人會懷念妳。等他們發現妳時，妳的屍體以及我犯罪的證據早被妳那隻臭貓給吃得一乾二淨。」

「梅蕾菲森不會吃掉我的。反倒是妳，如果妳敢亂來，她肯定會吃掉妳。再說，達瑞司會懷念我的。別囉唆，快讀那首該死的詩，告訴我它到底在講什麼。」

「妳是靈視小姐，不是應該知道事情隱含的意義嗎？」我將注意力放回詩上。紙上那些字，到底是哪一點讓我覺得**詭異**呢？

「對，我有靈視，但我看得到，卻不會解讀。我只是個美麗動人的乩童，而妳是見習女祭司長，記得吧？所以，快解讀。」

「好啦，好啦。我把詩念出來。有時候耳朵聽到詩會比較容易懂。」

「隨便啦，只要能弄懂就好了。」

我清清嗓子，開始朗讀。

古者沉眠，等待甦醒
當大地的力量鮮紅漫溢
正中目標，基思奇利之后策畫經營
他在墓床上得受滌洗
透過死者之手他自由重獲
震懾之美，駭人之象

所有女人將再受統治籠絡
她們屈膝臣服於他的黑暗力量
卡羅納之歌悠揚甜美
我們以冰冷熾熱殺戮喋血

念完後我停頓一下，想弄懂這首詩的意思，並搞清楚為什麼它會讓我害怕。

「很可怕，對吧？」愛芙羅黛蒂說：「我的意思是，這絕對不是愛情、玫瑰，王子公主從此以後幸福快樂的詩。」

「當然不是。好，我們來看看。什麼是大地的力量？什麼時候它會流溢鮮紅色？」

「毫無概念。」

「嗯——」我咬著內頰肉思忖。「當有什麼生物被殺，血流進土裡，看起來就像大地在流血。至於力量，或許來自被殺的那個生物，譬如某個力量強大的人。」

「或者某個法力高強的吸血鬼，就像我發現諾蘭老師的屍體時那樣。」愛芙羅黛蒂自大的語氣隨著回憶湧現而慢慢消失。「那時候，土地看起來就像流著血。」

「對，妳說得沒錯。所以，這也許與基思奇利之后死掉或被殺有關，因爲皇后當然是很有力量的人。」

「基什麼的皇后到底是誰啊？」

「這名字聽起來很耳熟，好像是切羅基族的名字。我在想，會不會是——」我倒抽一口氣，戛然打住話語，因爲我忽然明白爲什麼紙上這些字會給我一種詭異的感覺。

「怎麼了？」愛芙羅黛蒂再次坐起身，將蓋住眼睛的毛巾拿掉，瞇眼看著我：「出了什麼問題？」

「那筆跡——」我覺得嘴唇突然變得冰冷——「是我阿嬤的筆跡。」

21

「妳阿嬤的筆跡？」愛芙羅黛蒂說：「妳確定嗎？」

「確定。」

「不可能啊，這該死的東西是我幾分鐘前才寫下的欸。」

「聽著，我剛剛簡直是跟著達瑞司被傳送器傳送到這裡的。照說這是不可能的，但眞的發生了。」

「對，呆瓜，因爲眞實世界沒有《星艦奇航記》裡所描述的東西。」

「妳知道傳送器是什麼，所以妳也是呆瓜。」我得意洋洋地說。

「不是，我只是被你們這些宅男宅女拖累了。」

「聽著，我很確定這是我阿嬤的筆跡。等等，我房間裡有一封她寫給我的信，我去拿來，或許這次……」我對她揚起眉毛，「……難得被妳說對了。說不定只是紙上的字讓我聯想起她的筆跡。」我正準備跑出門，卻又想起另一件事，於是把紙張遞給愛芙羅黛蒂。「這是妳平常的筆跡嗎？」

她從我手中接過紙，眼睛眨了好幾次，試圖看清楚。我看見她臉上閃過詫異的神色，隨即知道她要說什麼。「哇靠！這絕～～對不是我的筆跡。」

「我馬上回來。」

我沿著走廊往我寢室衝去，努力不讓自己想太多。我猛力推開門，打斷了娜拉的美夢。她被我驚嚇到，不爽地對我「**喵—呦—嗚**」了幾聲。

我只花了一秒鐘就拿到阿嬤上次寄給我的卡片。它放在我的書桌上。卡片正面是三位表情嚴肅的修女（修女！），下面印有一行字：「好消息是她們會爲你祈禱」。翻開來，卡片裡面印著下一句話：「壞消息是只有她們三個人」。我拿著卡片衝回愛芙羅黛蒂的房間，心裡忍不住想笑。眞不知道安潔拉修女會覺得這張卡片有趣，還是會覺得受到污辱。我猜她應該會覺得有趣。我在心中暗暗記下，下次得問問她。

我一回到愛芙羅黛蒂的房間，她的手已經伸出來等著我。「快，我來對對看。」我把卡片遞給她，她馬上翻開卡片，將裡頭阿嬤寫給我的短信展開。然後她將那張寫有詩句的紙張拿到卡片旁。我低下頭跟她一起看。

「見鬼，這太詭異了。」愛芙羅黛蒂說，搖頭看著兩者一模一樣的字跡。「我發誓這首詩是我不到五分鐘前寫下的，不過這眞的是妳阿嬤的筆跡，不是我的。」她抬頭看我，在那雙血紅眼睛的映襯下，臉色顯得異常慘白。「妳最好打個電話給她。」

「好，我會打。不過我要先知道妳那個靈視的所有細節。」

「介意我閉上眼睛，用毛巾蓋住臉，再告訴妳嗎？」

「沒問題。而且我可以幫妳把毛巾再打濕。對了，再多喝點水吧，妳看起來**挺糟的**。」

「想也知道。我感覺**挺糟的**。」她大口灌入剩下的富士礦泉水，我則幫她把毛巾打濕。

我摺好毛巾遞給她，她用毛巾蓋住眼睛，靠回枕頭，心不在焉地撫摸著梅蕾菲森。「眞希望我知道這到底是怎麼回事。」她說。

「我想，我知道。」

「不會吧？妳搞懂那首詩了？」

「不是，我不是指這個。我是說，史蒂薇．蕾和我對奈菲瑞特都有一種不好的感覺，這絕對和妳這個靈視有關。奈菲瑞特一定暗中在進行什麼壞事，比她平常的那種壞還要壞。我想，當羅倫被殺，她就已經在進行了。」

「就算妳想得沒錯，我也不會太驚訝。不過我得告訴妳，這次奈菲瑞特沒出現在我的靈視裡。」

「那就快告訴我吧。」

「嗯，這次很短，而且跟我最近的靈視相比，影像罕見地清晰。那是個很美的夏日，有個女人坐在草原中央，喔，不，那比較像牧草地之類的。但我看不出來那人是誰。我可以看見不遠處有個小斷崖，還聽得見附近小溪或小河的潺潺水聲。總之，那女人坐在一塊邊緣打了圓孔的白色大毯子上。我還記得那時我心想，這女人把**白色**毯子鋪在這種草地上實在不怎麼明智，因為草汁會把它染綠。」

「不會。」我覺得我的嘴唇又變得冰冷、麻木了。「那是棉的，很容易清洗。」

「所以妳知道我在描述的東西？」

「那是阿嬤的毯子。」

「那麼，手裡拿著詩的女人必定是妳阿嬤。我沒看到她的臉，事實上根本沒看清楚她。她雙腿盤坐，我好像是站在她背後，越過她的肩膀往前看。但我一見到她手中那首詩，整個注意力就放在它上面，其餘一切全消失了。」

「妳為什麼把詩抄寫下來？」

她聳聳肩。「我不知道，我只知道我必須這麼做。於是我就在靈視中寫下這首詩，然後我跳出靈視，抬頭看到達瑞司，就叫他去找妳來，然後我好像就昏倒了。」

「就這樣？」

「不然妳還想怎樣？我把那該死的詩整首寫下來了欸。」

「可是，妳的靈視通常是對即將發生的重大悲劇發出警訊。這次的警訊是什麼？」

「這次沒有。事實上我一點不祥之感都沒有。只有這首詩。而且那片原野很舒服——我是說，身處大自然的感覺。就像我說的，那是個美麗的夏日，一切都很美好，直到我從靈視中醒來，頭和眼睛痛得要死。」

「我有一種感覺，對我們兩個來說，這恐怕一點都不美好。」我說，從包包掏出手機。我瞥了一眼時間，將近凌晨三點。唉！這時阿嬤一定睡得正熟。另外，我這時才想到，今天我所有的課都上不到了，除了那堂我和艾瑞克公開演出的戲劇課。眞是太好了。我大大嘆了一口氣。我知道阿嬤會諒解的——眞希望老師們也都能諒解。

阿嬤在第一響就接起電話。

「喔，柔依鳥兒！好高興接到妳的電話。」

「阿嬤，眞抱歉這麼晚打給妳。我知道妳正在睡覺，我眞的很不想吵醒妳。」我說。

「沒事，**嗚威記阿給亞**，我沒睡，幾個小時前夢到妳就醒來了，然後一直沒睡，不停祈禱。」

她用切羅基族語的「女兒」喚我，總讓我有被愛和安全的感覺。霎時我好希望她的薰衣草田不是在一個半小時車程外。我眞希望可以立刻見到她，讓她摟著我，告訴我一切都會沒事，就像我小時候那樣。

但我不再是小女孩，我的問題也不可能被阿嬤摟一摟就能解決。我會成爲女祭司長，很多人都要倚賴我。妮克絲揀選了我，我得學著堅強起來。

「寶貝？怎麼了？發生什麼事嗎？」

「沒事，阿嬤，我很好。」我怕聽到她擔憂的語氣，趕緊讓她安心。「只是愛芙羅黛蒂剛剛又出現靈視，而這靈視跟妳有關。」

「我又有危險了嗎？」

我忍不住笑了出來。她想到我可能有事，語氣就流露出擔心和難過，但一發現可能有危險的人**只是**她自己，語氣就變得強悍，好像準備跟全世界對幹。我眞的好愛我阿嬤！

「沒有，我想妳應該沒有危險。」我說。

「我也這麼認爲。」愛芙羅黛蒂幫腔。

「愛芙羅黛蒂說，妳不會有危險。至少這次不會。」

「喔，那就好。」阿嬤說，聽起來沒特別的情緒。

「這當然很好啊。不過，阿嬤，問題是我們實在不懂愛芙羅黛蒂這次的靈視。通常她的靈視都帶有明顯的警訊，但這次她只見到妳拿著一張寫有詩句的紙，她覺得自己必須將那些詩句抄下來。」我省略她寫出來的字跡跟阿嬤一模一樣這一段，怕讓已經夠奇怪的靈視顯得更加詭異。「所以，她就把詩抄寫下來。不過我們兩個都看不懂這首詩在講什麼，或指什麼。」

「這樣吧，妳把詩念出來給我聽。或許我認得出這首詩。」

「我們也這麼猜想。好，那我念了喔。」眼睛仍蓋著毛巾的愛芙羅黛蒂將紙張拿得高高的，我接過來後開始念：

古者沉眠，等待甦醒
當大地的力量鮮紅漫溢
正中目標，基思奇利之后策畫經營

阿嬤打斷我。「這個名字的發音是特・西・思・基・利。」她說，特別加重最後一個字的發音。她的聲音緊繃，而且低得像在說悄悄話。

「妳還好嗎，阿嬤？」

「繼續念，**嗚威記阿給亞**。」她這會兒語氣聽起來又像原來的她了。我繼續念，以正確的發音重複剛才那一句：

正中目標，特西思基利之后策畫經營
他在墓床上得受滌洗

透過死者之手他自由重獲
震懾之美，駭人之象
所有女人將再受統治籠絡
她們屈膝臣服於他的黑暗力量
卡羅納之歌悠揚甜美
我們以冰冷熾熱殺戮喋血

阿嬤倒抽一口氣，大聲喊道：「偉大神靈保護我們啊！」

「阿嬤！怎麼了？」

「一開始有特西思基利，然後又有卡羅納。這下慘了，柔依。會非常、非常慘。」

她充滿恐懼的聲音嚇到我了。「特西思基利和卡羅納是什麼？爲什麼會很慘？」

「她知道這首詩嗎？」愛芙羅黛蒂問。她坐起身來，將臉上的毛巾拿掉。我注意到她的眼睛開始恢復正常，臉色也重新紅潤起來。

「阿嬤，妳介意我打開手機的擴音器嗎？」

「不介意，當然不介意，柔依鳥兒。」

我摁下擴音鍵，走去坐在愛芙羅黛蒂旁邊。「好，阿嬤，妳現在會透過擴音器說話，這裡只有我和愛芙羅黛蒂。」

「愛芙羅黛蒂和我。」她立即糾正我。

我對愛芙羅黛蒂翻白眼。「對不起，阿嬤，是愛芙羅黛蒂和我。」

「紅鳥女士，妳認得這首詩嗎？」愛芙羅黛蒂問。

「甜心，叫我阿嬤。還有，我不認得這首詩，我是說以前沒讀過。但我聽說過有這首詩，至少我聽過這首詩的傳說。這傳說在我們族裡一代一代傳下來。」

「爲什麼特西思基利和卡羅納這兩個名字會讓妳那麼害怕？」我問。

「他們是切羅基族的惡靈，最壞的那種黑暗神靈。」阿嬤停頓半晌，我聽見背景傳來她翻找東西的窸窣聲。「柔依，在繼續談那些惡靈之前，我要先點燃一盆薰沐草。我會用鼠尾草和薰衣草。待會兒我們談話時，我會用一根鴿翎把煙搧開。柔依鳥兒，我建議妳也這麼做。」

一陣驚恐猛地湧上心頭。切羅基族在儀式中使用薰沐草束已經有好幾百年的歷史了，特別是覺得需要淨化或保護的時候。阿嬤經常點燃薰沐草束來潔淨自己——在我成長的過程中，我一直以爲這只是爲了榮耀偉大神靈和維持自己靈魂潔淨。我從未見過阿嬤在聽到誰或什麼東西時覺得需要進行薰沐儀式。

「柔依，妳現在應該立刻這麼做。」阿嬤忽然厲聲說道。

22

如同往常，阿嬤叫我做什麼，我一定去做。「好，我這就做。我房裡有一把薰沐草束，我去拿來。」我看了愛芙羅黛蒂一眼，她點點頭，揮手要我快去。

「什麼香草？」阿嬤問。

「白色鼠尾草和薰衣草，我一直放在我放T恤的那個抽屜裡。」我說。

「很好，很好。那把草束成了妳的私人物品，而且魔法還沒釋出。那樣很好。」

我拿了草束衝回愛芙羅黛蒂房間。

「我準備好盆子了。」愛芙羅黛蒂說，遞給我一個薰衣草紫的大碗，上面裝飾著立體的葡萄圖案，還有藤蔓盤繞碗身。這東西好美，而且看來很有歷史、價值不菲。她對我聳聳肩，說：「對，非常貴。」

我對她翻白眼。「好，我也有大碗了，阿嬤。」

「有羽毛嗎？羽毛要來自象徵和平的鳥，比如鴿子，或者來自具保護能量的鳥，隼或鷹最好。」

「呃，阿嬤，沒有欸，我沒有羽毛。」我投給愛芙羅黛蒂一個探詢的眼神。

「我也沒有。」她說。

「沒關係，還是可以進行。準備好了嗎，柔依鳥兒？」

我點燃乾燥香草纏繞而成的，形狀宛如魔法棒的小草束，然後不停揮舞，直到火熄滅，開始冒出縷縷濃煙。接著，我將它放在紫色大碗裡，把碗擺在愛芙羅黛蒂和我之間。「我準備好了，現在冒出很多煙。」

「輕輕搧動，讓煙瀰漫在妳們四周。妳們兩個女孩都得專注想著保護的能量、正面的神靈，想著妳們的女神，想著她有多愛妳們。」

我們照阿嬤的話做，用手將煙輕輕搧動，同時慢慢地吸氣。

梅蕾菲森打了個噴嚏，低吟一聲，從床上跳下，躲進愛芙羅黛蒂的浴室。見到她跑掉，我再高興不過了。

「現在，守在盆子旁邊，專心聽我說。」阿嬤說。我聽見她繼續往下說之前三度深深地吸氣，吸入淨化的能量。「首先，妳們必須知道，特西思基利是切羅基族語裡的女巫，不過可別被『女巫』這個稱呼給瞞騙了，因爲她們不遵循巫術的和平、美好信仰。她們也不是妳們所認識、敬重的，服事妮克絲的睿智女祭司。特西思基利類似被放逐者，總是離群索居，遠離部落。她們很邪惡，徹底邪惡，享受殺戮，歡慶死亡。她們的魔法力量源於受害者的恐懼和痛苦，因死亡而茁壯。她們會透過**阿內．利．思基**來殺人，折磨人。」

「我不懂那是什麼意思，阿嬤。」

「這個詞表示她們擁有強大的心靈感應能力，可以透過心靈力量來殺人。」

愛芙羅黛蒂抬頭看我。我們四目相覷，我看得出她正想著我在想的事：奈菲瑞特擁有厲害的心靈感應能力。

「詩裡的王后是指誰？」愛芙羅黛蒂問。

「我不知道什麼特西思基利之后。基本上她們都單獨行動，沒有層級之分。不過我對她們不是很了解。」

「那麼，卡羅納是其中一個特西思基利嗎？」我問。

「不是。卡羅納更可怕，可怕得多。特西思基利的確邪惡又危險，但她們終究是人類，而既然是人類，總是有辦法克制。」阿嬤停了一下，我聽見她又連續三次深深吸入淨化的能量。阿嬤再次開口時，聲音變得更低，彷彿擔心有人偷聽。不見得是害怕，而是謹慎。非常謹慎，而且非常、非常嚴肅。「卡羅納是仿人鴉的父親，而且他不是人類。我們都說他和他變態的孩子是惡魔，但這樣說並不精確。我想，說卡羅納是天使最適切。」

阿嬤說出**仿人鴉**這幾個字時，一陣寒慄竄遍我全身，接著我才領會到她說的另兩句話，驚訝地直眨眼，說：「天使？聖經裡描述的那種天使？」

「天使不是好人嗎？」愛芙羅黛蒂問。

「他們應該是好人。不過，記住一點，基督教傳統也提到，撒旦路西法原本是天使當中最聰明、最美麗的，但後來墮落了。」

「對欸，我都忘了。」愛芙羅黛蒂說：「所以，這個卡羅納是變成壞蛋的墮落天使？」

「可以這麼說。在古代，天使在人間活動，跟人類交配。許多民族都有那段時期的傳說。聖經稱他們爲拿非利人，古希臘人和羅馬人則稱之爲奧林匹斯眾神。但不管怎麼稱呼，這些傳說有兩個共通點：第一，他們全都俊美、強壯；第二，他們會跟人類交配。」

「很合理。」愛芙羅黛蒂說：「如果他們這麼帥，女人當然會想跟他們在一起。」

「他們確實不同凡響。切羅基族的傳說提到一個天使，俊美無比，長了一對夜色的翅膀，可以變身成看起來像是巨大渡鴉的生物。一開始我們族人將他當成造訪部落的神，熱烈歡迎他，爲他唱歌、跳舞。農作物因他而繁茂，女人因他而多子息。

「然而，一切漸漸改變。我不知道原因，畢竟故事久遠，許多細節已經流失。我猜想，神在人類當中生活總是會造成問題吧，不論他有多俊美。

「我記得我祖母唱過一首歌，歌詞說卡羅納開始與族裡的少女同枕共眠後，就改變了。據說他第一次與少女上床後便對女人著迷，沒有女人就活不下去——他經常渴望女人，但也恨女人撩撥起他對她們的欲望和需求。」

愛芙羅黛蒂哼一聲，說：「我敢說，肉慾難耐的是他自己，不是女人。沒人想要花心男，不管他有多帥。」

「妳說得沒錯，愛芙羅黛蒂。我祖母唱的那首歌提到，族裡少女開始不理他，從那時起他就成了惡魔。他利用他的神力控制我們的男人，玷污我們的女人。對女人愈著迷，他對女人的恨也愈強烈，強烈到很可怕。有一次我聽一位年長的女智者說，對卡羅納而言，切羅基族的女人就是水、空氣和食物——也就是他的生命，但他恨自己如此需要她們。」阿嬤再次停頓，我輕易就可以想見此時她臉上流露出厭惡的表情，一如她說故事時的語氣。

「被他強暴的女人懷孕後生下的多半是死胎，看不出是何種生物。不過偶爾也會有存活下來的，但一看就知道不是人類。據說卡羅納的孩子是渡鴉，但長了人的眼睛和四肢。」

「噁～～，烏鴉的身體配上人的眼睛和四肢？真噁心。」愛芙羅黛蒂說。

我不由得發怵。「我最近一直聽到渡鴉叫聲，非常頻繁。其中有一隻還試圖攻擊我。我用力揮擊，被牠抓傷了手。」

「什麼！什麼時候的事？」阿嬤氣急敗壞地問。

「我都是在晚上聽到牠們叫，我覺得牠們叫成那樣好詭異，然後……然後昨晚有個東西一直在我四周撲翅，我看不見那東西，感覺像一隻隱形的可怕的鳥。我揮手反擊，然後跑進校舍，召喚火將牠和牠所帶來的寒冷驅除。」

「有效嗎？火眞的將牠趕走了嗎？」阿嬤問。

「對，不過從那時起，我就一直覺得有眼睛盯著我。」

「仿人鴉。」阿嬤的聲音堅定如鋼鐵。「妳遇到的是卡羅納那些邪惡孩子的靈體。」

「這幾天我也常聽到渡鴉在叫。」愛芙羅黛蒂說，臉色又變蒼白。「事實上我前幾晚也在想，牠們怎麼會那麼吵。」

「自從諾蘭老師被殺之後就出現鴉啼聲。」我說。

「我想，我也是那時候開始注意到的。喔我的天哪，阿嬤！牠們會不會跟諾蘭老師和羅倫的死有關？」

「不，應該不會。仿人鴉已失去肉體，只剩靈體。除非是對瀕臨死亡的老人，牠們造成不了多少傷害。妳的手傷得嚴重嗎，寶貝？」

我不自覺地低頭看著那早已毫無傷痕的手。「不嚴重。幾分鐘內傷痕就消失了。」

阿嬤躊躇了一下才說：「我從沒聽過仿人鴉有辦法傷害精力充沛的年輕人。牠們是會惡作劇——黑暗惡靈總是以騷擾活人，折磨臨終者爲樂。我不相信牠們有能耐害死健康的吸血鬼，倒是吸血鬼的死有可能吸引牠們來到夜之屋，並因爲死亡的力量而變得更強壯。要小心啊，牠們是可怕的東西，牠們的出現是不祥之兆。」

阿嬤說話的時候，我忍不住一直回頭看那首詩，一遍又一遍地把注意力放在這一行：**透過死者之手他自由重獲**。

「卡羅納後來怎樣了？」我冷不防地問。

「他對女人永不饜足的欲望最後毀了他。族裡的戰士試了好多年想制伏他，但就是辦不到。他是神話與魔法的產物，只有神話與魔法能除掉他。」

「所以，後來怎樣了？」愛芙羅黛蒂問。

「格希古娃召集所有部落的女智者開祕密會議。」

「格希古娃是什麼？」我問。

「在切羅基族語裡，『格希古娃』指各部落『敬愛的女人』。她們是天賦不凡的女智者，也算部落的外交官，與偉大神靈很親近。每個部落都會選出一位格希古娃，負責女性事務會議。」

「基本上她們就是女祭司長嘍？」我問。

「對，可以這麼說。總之，有位格希古娃召集女智者祕密集會，地點就選在卡羅納唯一無法偷聽到的地方——一處地底深穴。」

「為什麼在那裡他就無法偷聽到她們？」愛芙羅黛蒂問。

「卡羅納厭惡土地。他來自天空，那裡才是他的歸屬。」

「那，為什麼偉大神靈之類的不把他弄回他所屬的地方？」我問。

「自由意志。」阿嬤說：「卡羅納可以自由選擇他要走的路，就像妳和愛芙羅黛蒂也可以自由選擇自己的路。」

「有時自由意志很麻煩。」我說。

阿嬤笑了出來，那熟悉的歡笑聲讓我內心頓時輕鬆了些。「有時確實很麻煩，**嗚威記阿給亞**。不過在這件事上，正是格希古娃的自由意志拯救了我們族人。」

「她們做了什麼事？」愛芙羅黛蒂問。

「她們運用女性的魔法創造了一個非常美麗的少女，美到卡羅納絕對抗拒不了。」

「創造一個少女？妳是說，她們對某個女孩做了某種神奇的美容？」

「不是，**嗚威記阿給亞**。我是說，她們**創造**了一個少女。一位具有非凡陶藝天分的格希古娃用黏土做了少女的軀體，並爲她繪製一張美麗無比的臉。所有部落裡最有紡織天分的那位格希古娃，則替少女織出一頭直達纖腰的烏黑長髮。具有裁縫天賦的格希古娃替少女縫製了一套如滿月般潔白的衣服，而所有女智者則用貝殼、圓珠和羽毛裝飾衣服。跑得最快的格希古娃撫摸少女的腳，賦予她驚人的速度。所有部落裡最會唱歌的格希古娃對著少女吟唱優美歌曲，賦予少女最美的嗓音。

「每位格希古娃都割掌以自己的鮮血爲墨，在少女身上畫出象徵『神聖七』的力量符號：北、南、東、西、上、下、靈。然後她們手牽手圍繞著美麗的黏土人偶，合力將生命氣息吹進她裡面。」

「妳在開玩笑吧，阿嬷！那些女人就這樣讓泥娃娃變成眞人？」我說。

「故事是這麼說的。」她說：「小姐，這會比一個女孩有能力召喚五元素更不可置信嗎？」

「呵。」阿嬷溫柔的駁斥害得我臉頰發燙。「我想妳說得有道理。」

「當然有道理呀。現在，不要再插嘴，讓阿嬷把故事說完。」愛芙羅黛蒂說。

「對不起，阿嬷。」我喃喃道歉。

「柔依鳥兒，妳必須記住，魔法是眞實的。」阿嬤說：「忘記這點會很危險。」

「我會記住的。」我跟她保證。想來眞諷刺，我竟然懷疑魔法的力量。

「那我接下去說。」阿嬤說，將我的注意力拉回故事本身。「那些格希古娃就這樣將生命和使命灌注給少女，並將她命名爲埃雅。」

「嘿，我認得『埃雅』這個詞，意思是『我』。」我說。

「非常好，**嗚威記阿給亞**。她們將她取名爲埃雅，因爲她擁有她們每個人的一部分——對每位格希古娃來說，她就是**我**。」

「這實在很酷。」愛芙羅黛蒂說。

「埃雅的事，格希古娃們沒告訴任何人——無論她們的丈夫、女兒、兒子或父親。隔天黎明，她們帶她走出洞穴，來到卡羅納每天早晨沐浴的溪流附近，低聲交代她該做的事。

「卡羅納就在那裡看到埃雅坐在晨曦中，梳著頭髮，唱著少女的歌，並且——一如格希古娃們所料——立刻爲她癡迷，非擁有她不可。埃雅根據她被創造出來的目的行事，以神奇的速度奔離卡羅納，他在後面緊緊追趕。他對她的渴望是那麼強烈，沒有察覺格希古娃們尾隨在後，也沒聽見她們輕聲吟唱魔咒，而且看到埃雅進入一處洞穴，竟毫不猶豫地追進去。

「卡羅納在地穴深處抓到了埃雅。這位絕美少女沒有尖叫或抗拒，反而以滑嫩的雙手和誘人的身軀迎向他。他一進入她體內，那柔軟誘人的身軀立刻變回原來的東西——泥土和女人的靈魂。她的手腳變成黏土，緊緊裹住他；她的靈魂變成流沙，讓他陷沒其中。這時，格希古娃們吟唱召請大地之母封住洞口，將卡羅納拘禁在埃雅的永恆懷抱中。直到今天，他仍被牢牢困在大地懷抱裡。」

我眨巴著眼睛，彷彿在水底潛了好久終於浮上水面。我低頭看著放在床上薰衣草紫大碗旁的那首詩。「不過，那首詩是什麼意思？」

「故事沒因卡羅納被埋葬而結束。就在他的墓穴被封住的那一刻，他那一群孩子，也就是可怕的仿人鴉，開始以人類的嗓音唱歌，歌詞大意是誓言卡羅納會回來，對人類，尤其女人，展開駭人的報復行動。仿人鴉之歌的細節多半已經佚失，我祖母也僅知道一點點，而那也是她祖母低聲傳述下來的。很少人願意記得這首歌，大家認爲老是想著這麼可怕的事會帶來霉運。不過，一代代的母親還是將少許的訊息傳述給了她們的女兒，所以我現在才有辦法告訴妳們，這首歌提到了特西思基利、大地流血，以及牠們俊美可怕的父親將再起。」阿嬤停頓半晌，愛芙羅黛蒂和我則驚駭莫名地盯著那首詩。最後，阿嬤終於說：「出現在妳靈視裡的詩恐怕就是仿人鴉之歌。我想，這靈視警告我們，卡羅納就要回來了。」

23

「果眞是警告。」愛芙羅黛蒂神色凝重地說：「我的所有靈視都是警告，預示什麼悲劇可能發生。這次也不例外。」

「不過，只要我們正視警告，妳的靈視不是可以幫我們阻止悲劇發生嗎？」阿嬤問。

愛芙羅黛蒂顯得有些猶豫，所以我代替她回答，語氣遠比我眞實的感覺篤定。「沒錯。阿嬤，她的靈視曾經救了妳。」

「而且也救了很多原本那天會死在橋上的人。」阿嬤說。

「我們應該做的，就是想辦法不要讓她預見的悲劇發生。」我說。

「沒錯，柔依。愛芙羅黛蒂是妮克絲傳達訊息的媒介，而女神已清楚地提出警告。」

「她也清楚地表示希望妳來幫我們。」愛芙羅黛蒂說：「在我的靈視中，讀那首詩的人是妳。」她遲疑了一下，看看我，我對她點點頭，知道她接下來想對阿嬤說什麼。「我抄寫那首詩時，出現的是妳的筆跡。」

我聽見阿嬤驚愕地倒抽一口氣。「妳確定？」

「沒錯。」我說：「我甚至拿了妳的信再三比對過。那的確是妳的筆跡。」

「那麼，看來妮克絲眞的要我參與這件事。」阿嬤說。

「我一點都不意外，」我說：「畢竟妳是我們認識的唯一一位格希古娃啊。」

「喔，寶貝，我不是格希古娃。格希古娃是由全體部落族人投票產生的，況且已經好幾個世代沒出現過正式的格希古娃了。」

「喔，那我投票選妳。」愛芙羅黛蒂說。

「還有我。」我說：「我敢說，戴米恩和孿生的也會投給阿嬤。我們這群人就像是一個部落啊。」

阿嬤噗嗤笑了出來。「哇，我可不敢違逆部落族人的決定啊。」

「妳應該到這裡來。」愛芙羅黛蒂忽然這麼說。

我訝異地看著她，她極為嚴肅地緩緩對我點頭。我傾聽內裡的直覺，一顆心猛然一跳，我知道愛芙羅黛蒂說得沒錯。

「喔，愛芙羅黛蒂，謝謝妳。可是，不行欸。我眞的不想離開我的薰衣草田。我們可以用電話或即時通來互通訊息，商量辦法。」

「阿嬤，妳信任我嗎？」我說。

「我當然信任妳啊，女兒。」她毫不猶豫地說。

「那妳得到這裡來。」我直截了當地說。

電話那頭沉默了半晌，我幾乎可以看見阿嬤正在思考。「我得先打包一些東西。」她終於回答。

「帶些羽毛來。」愛芙羅黛蒂說：「我想，我們還得做好幾次薰沐儀式。」

「我會的，孩子。」阿嬤說。

「現在就來，阿嬤。」內心的急迫感讓我不安起來。

「今晚嗎，柔依鳥兒？我不能再等幾個小時，天亮以後出發嗎？」

「今晚就出發。」這時愛芙羅黛蒂和我都聽見電話那頭傳來渡鴉讓人不寒而慄的深沉啼聲，彷彿想透過電話打斷我的話。那啼聲好響亮，彷彿有隻渡鴉已經出現在阿嬤溫暖、整潔的小小起居室裡。「阿嬤！妳還好嗎？」

「牠們不過是靈體，**嗚威記阿給亞**。除非我快死了，牠們傷害不了我。而我跟妳保證，我離鬼門關還遠得很呢。」她語氣堅定地說。

我想起牠們出現時帶來冰冷的恐懼，而且我的手背出現刺痛的抓痕，實在無法相信阿嬤說的話百分之百正確。「快一點，阿嬤。妳來這裡，我會比較安心。」我說。

「我也是。」愛芙羅黛蒂說。

「我兩個小時內就到。我愛妳，柔依鳥兒。」

「我愛妳，阿嬤。」

我正準備掛上電話，阿嬤補上一句：「我也愛妳唷，愛芙羅黛蒂。愛妳兩倍喔，因爲妳救了我的命。」

「掰，待會兒見。」愛芙羅黛蒂說。

我掛上電話後，驚訝地發現愛芙羅黛蒂差不多已恢復湛藍的眼睛盈滿淚水，而臉頰透著粉紅。她感覺到我在注視她，不自在地聳聳肩膀，指了指眼睛。「怎樣？我還挺喜歡妳阿嬤的，這樣犯法啊？」

「妳知道嗎，我開始覺得妳內心深處躲著一個善良的愛芙羅黛蒂。」

「喂，別給我搞那種溫馨、肉麻的戲碼。那個愛芙羅黛蒂只要被我找到，我絕對把她壓在浴缸裡溺死。」

我看著她大笑。

「妳不覺得妳該行動了嗎？一堆事等著妳呢。」

「什麼？」我說。

她嘆氣。「妳得把蠢蛋幫聚集起來，跟他們說明那首詩的事。妳還得找個地方安置妳阿嬤，換句話說，妳恐怕得徵求雪姬娜的同意——我猜，妳大概不想跟奈菲瑞特來場溫馨的一對一談話吧。還有，妳得叫傑克去停屍間安裝保姆攝影機。祝妳這些事都順利啊。」

「該死，妳說得沒錯。那，我去忙那些事時，妳要做什麼？」

「我要休息一下，恢復精神，好用我這腦袋瓜子的驚人法力去解詩謎。」

「所以，妳要睡個覺？」

「基本上可以這麼說啦。嘿，高興一點，我們今天蹺了整天的課欸。」她說。

「是**妳**蹺了整天的課。我趕上了前男友教的課，還在全班面前跟他一起表演了一段尷尬、丟臉至極的即興劇。」

「喔～～！說來聽聽！」

「慢慢等吧。」我走出門時轉頭回她這麼一句。

戴米恩和孿生的不難找。他們就在宿舍樓下大廳，快快樂樂地享受椒鹽脆餅和洋芋片。大家一見到我立刻噤口不語，然後才又開始低聲交談。不難想見，他們是在聊我的八卦。

「喔，親愛的，我們剛剛聽說了艾瑞克和戲劇課的事。」戴米恩說，輕輕拍了一下我的手臂，以示同情。

「是啊，不過我們聽到的還不夠詳細。」簫妮說。

「要得知細節，我們當然得直接聽當事人說。」依琳說。

「而妳就是當事人。」簫妮把話接完。

我嘆了一口氣。「我們做了一場即興演出。他吻了我。全班都瘋了。下課鈴聲一響，所有人離開。我留下來。他不理我。劇終。」

「喔，不行，不行。只說那麼一點點，我們不會饒過妳的。」依琳說。

「就是啊，我們從蓓卡口中聽到的還比較精彩。妳知道嗎，孿生的，我確信蓓卡在暗戀我們的艾瑞克。」簫妮說。

「孿生的，不會吧？我們要替柔把她的眼珠子挖出來嗎？」依琳說：「我已經好久沒痛痛快快地挖人眼珠子了。」

「妳們兩個可眞無聊。」戴米恩說：「艾瑞克和柔依已經分手了，記得吧？」

「喔，沒錯，你的辭彙無聊得眞討厭。」依琳說。

「討厭得眞無聊。」簫妮接腔。

「拜託！你們有完沒完啊？現在發生了生死大事，相形之下，我那可悲的愛情生活實在荒謬透了。現在我先到廚房拿一瓶可樂，找一些像樣的洋芋片。在這同時，麻煩你們把屁股都搬到樓上，跟我在愛芙羅黛蒂的房間會合。我們有事情得商量商量。」

「事情？」戴米恩說：「什麼樣的事情？」

「我們很熟悉的事情，就是那種會粉碎人命、終結世界，嚇死人的老問題。」我說。

戴米恩和孿生的怔怔地看了我幾秒鐘，然後三人喃喃道：「好，酷，算我們一份。」

「喔，對了，戴米恩，」我說：「去把傑克找來。也算他一份。」

戴米恩先是一臉驚訝，然後露出高興的表情，接著又顯得有點難過。「柔，他可以帶女公爵來嗎？那隻狗黏他黏得好緊。」

「好，沒問題，不過要先警告他，愛芙羅黛蒂現在有一隻貓，那隻貓簡直就是長了毛的愛芙羅黛蒂，脾氣臭得很。」

「啊，嗯～～」孿生的說。

我搖搖頭，走進廚房，決心不再讓他們害我頭痛。

「喔我的天哪，我快昏倒了！」傑克猛給自己搧風，臉色蒼白，目光不時投向遮著厚重窗簾的窗戶。女公爵擠在我們所有人和那隻齜牙嘶鳴的大貓中間，倚在傑克身邊引頸哀號。愛芙羅黛蒂和我將她的靈視、那首詩以及阿嬤說的故事說出來後，大家久久不發一語。傑克是第一個開口說話的人。

「哇，這眞是幾世紀來我聽過最可怕的故事。」簫妮幾乎喘不過氣來。「我發誓這甚至比所有《奪魂鋸》系列電影加在一起還恐怖。」

「喔我的天哪，孿生的，第四集眞把我嚇死了。」依琳說：「不過妳說得沒錯，這個叫卡羅納的東西更恐怖。我想，找妳阿嬤來這裡是對的，柔。」

「深有同感，孿生的。」簫妮說。

「喔，柔！」傑克喊道，還神經質地猛拍女公爵的耳朵。「光想到在前不著村後不著店的薰衣草田中，妳阿嬤一個人坐在小屋裡，被那些鬼渡鴉騷擾，我就緊張得半死。」

「眞夠朋友呀！」愛芙羅黛蒂說：「你們三個好像以爲柔依嚇得還不夠，所以又狠狠地轉動插在她心頭的那把刀。」

「喔，我眞該死！對不起，柔依！」傑克立刻懊惱起來，一手抓著戴米恩，另一手撫拍著女公爵，一副快哭出來的模樣。

我以爲孿生的會如同往常，氣沖沖地噓愛芙羅黛蒂，沒想到她們兩人交換一個眼神後，一起看著我。

「對不起，柔。」依琳說。

「是啊，那個惡劣至極——我是說愛芙羅黛蒂啦——說得對，我們不該拿妳阿嬤來嚇妳。」簫妮說。

「不會吧？孿生蠢蛋剛剛說我說對了什麼嗎？」愛芙羅黛蒂一隻手背按在額頭上，一副快要昏倒的模樣。

「如果這樣會讓妳舒服一些，妳就繼續演吧。」簫妮說。

「反正我們依舊討厭妳。」依琳把話接完。

「唉，大家可不可以想想女公爵這兩天才剛經歷一堆鳥事？」我蹲在這隻金毛拉布拉多犬面前，雙手捧著她的臉。她的眼神顯得既冷靜，又善解人意，彷彿比我們任何人更了解狀況。「妳是個很棒的女孩，比我們所有人都棒，對不對？」

女公爵舔了舔我的臉，我不禁微笑。她讓我想起史塔克——那個活生生、會呼吸、自信滿滿的史塔克——霎時，我心頭萌生一線希望，相信他會爲了他的狗（和我）而復活。就算這樣會讓我的人生變得更加複雜，但也讓我覺得事情沒有我以爲的那麼可怕。這時，戴米恩打斷我的遐想。

「詩給我看看。」不愧是勤學先生，他無視於旁枝末節，直指要害。

想到有另一個腦袋幫忙解謎，我心頭頓時輕鬆不少，立刻站起來將詩遞給他。

「首先，把它稱爲詩根本是錯誤的。」戴米恩說。

「阿嬤稱它爲歌。」我說。

「這樣稱呼也不完全正確，至少我認爲不是。」

我一向尊重戴米恩的意見，尤其在帶點學術味道的問題上，所以我追問：「若不是詩，也不算歌，那這是什麼？」

「這是讖語，或者說預言。」他說。

「哇靠！他說得沒錯。」愛芙羅黛蒂說。

「眞慘，我也非得同意不可。」簫妮說。

「用讓人困惑的連篇鬼話，講什麼陰森恐怖的厄運——沒錯，絕對是預言。」依琳說。

「讖語？就像《魔戒》裡關於王者再臨的預言？」傑克說。

戴米恩對傑克笑笑，說：「對，就像那樣。」

然後大家的目光全望向我。「我也這麼覺得。」我心虛地說。

「很好，那我們開始來破解吧。」戴米恩想了一下，說：「它是以abab cdcd ee的押韻形式寫成的，分成三節。」

「這很重要嗎？」我問：「我是說，我們既然稱它爲預言而不是詩，那幹麼去管abab韻式這種東西呢？」

「嗯，我不敢百分之百肯定，但它的確以詩的形式寫成，所以我想我們最好用詩的規則來解讀。」

「好吧，聽起來有道理。」我說。

「詩節大抵上就像散文的段落——每一節都獨立自足，有自己的主題，但所有詩節又必須互相搭配，構成一個整體。」

「眞有他的！」傑克說，邊笑邊緊緊地抱住女公爵。

「哇塞，這小子眞**聰明**。」簫妮說。

「絕對是個鬼才。」依琳說。

「光看到他我就頭痛。」愛芙羅黛蒂說。

「這代表我們一開始應該一節一節地分開來看，對吧？」我說。

「這麼做應該有幫助。」戴米恩說。

「大聲念出來吧。」愛芙羅黛蒂說：「之前柔依讀出來時，似乎就比較容易理解。」

戴米恩清清喉嚨，以他絕佳的朗誦聲調讀出第一節：

古者沉眠，等待甦醒
當大地的力量鮮紅漫溢
正中目標，特西思基利之后策畫經營
他在墓床上得受滌洗

「嗯，這裡的古者顯然是指卡羅納。」戴米恩說。

「愛芙羅黛蒂和我認爲大地流血應該是指某人被殺害，譬如諾蘭老師。」我停下來，嚥了嚥口水。應該再補上羅倫的，但我實在無法說出他的名字。

「我發現諾蘭老師時，草地上到處是血，好多的血，多得來不及滲進土裡，看起來眞的就像大地在流血。」由於回想起當時的景象，愛芙羅黛蒂的聲音微微顫抖著。

「對，大地流血一定就是指這種景象。」我附和。「而且，如果被殺的人或吸血鬼有很強的力量，那就正好符合這裡所說的力量。」

「好，說得通，尤其是把下面兩行放進來一起看。顯然整件事是這位特西思基利之后策畫的。」戴米恩頓一下，輕輕拍了拍額頭，然後說：「這幾句話也可能誤導人。說不定讓大地染紅，讓他在墓床上得到洗滌的，正是特西思基利之后自己能量強大的血。」

「啊，眞噁。」簫妮說。

「那麼，誰是特西思基利之后？」依琳問。

「我們不清楚，阿嬤也沒有概念，事實上她對特西思基利所知不多，僅知道她們很危險，而且從死亡得到滋養。」我說。

「好，那我們必須睜大眼睛，看看誰可能是這個王后。」戴米恩說。

「我們對她或他是誰根本毫無頭緒，怎麼注意？」簫妮問。

「有頭緒。」依琳說：「柔依的阿嬤說，特西思基利從死亡取得滋養。也就是說，這人會因別人的死亡而變得更強壯。」

「而且柔依的阿嬤還說，特西思基利經常利用什麼……呃……**阿內．利**什麼的——怎麼說啊，柔依？」愛芙羅黛蒂說。

「**阿內．利．思基**。」我說：「這代表她們有很厲害的心靈感應能力。」我深吸一口氣，然後緊接著說：「我想，我們都知道有一個吸血鬼可能符合這個特徵。」

「奈菲瑞特。」戴米恩壓低聲音說。

「對，我們都知道她和外表所表現的不一樣。」依琳說。

「不過，這代表她一定像特西思基利那麼邪惡嗎？」簫妮說。

愛芙羅黛蒂和我交換了個眼神。我下定決心，對她點點頭。

「她選了一條背離妮克絲的道路。」愛芙羅黛蒂說。

孿生的倒抽一口氣。傑克緊緊抱著女公爵，我發誓他真的發出小狗狗呻吟的聲音。

「妳們確定嗎？」戴米恩問，聽得出他的聲音在顫抖。

「對，我們確定。」我說。

「那麼，奈菲瑞特很有可能就是預言裡的王后。」

隨著謎團慢慢解開，我感覺我的胃開始翻騰。「自從諾蘭老師和羅倫死後，奈菲瑞特就變得不一樣了。」

「喔，天哪！妳是說，她與這兩件可怕的謀殺案有關？」傑克喘著氣說。

「我不知道她是否涉及謀殺案，或只是從中取得滋養。」我說。接著我想起羅倫遇害前不久，我目睹他和奈菲瑞特在一起的場景。很顯然，他們是一對戀人。然而，他愛她，她卻利用他來設計我——叫他來引誘我，跟我烙印。她怎麼可能真心愛他卻又叫他做這種事呢？

倘若她的愛情觀就跟她的人一樣變態呢？這代表她確實可能殺害她聲稱深愛的人嗎？

「可是我們都以為這些謀殺案與信仰子民有關。」簫妮說。

「或許特西思基利王后就是要讓我們這麼以為。」戴米恩說，避免提及奈菲瑞特的名字。我覺得這是聰明的做法。

「你說得對。先是發生命案，然後愛芙羅黛蒂接連出現不祥的靈視，預見我兩次被殺，而奈菲瑞特至少涉及其中一次，接著另一個靈視給了我們這則預言。這一切太巧合了。或許凶手就是故意要讓人以為這是與宗教憎恨有關的犯罪。」我說，想到我遇見的那幾位好修女。她們讓我重新思考，也許不是所有基督徒都是心胸狹窄的混蛋，到處迫害不同信仰者。

「但事實上這是為了取得權力而犯下的罪行。」愛芙羅黛蒂說：「因為奈菲瑞特想讓卡羅納醒過來。」

「呃，目前我們先只稱呼她為王后，好嗎？」我趕緊提議。

大家都點頭同意。愛芙羅黛蒂聳聳肩，說：「我無所謂。」

「等等，這預言可能意味著王后之死讓卡羅納得以甦醒。那麼，如果這位王后是我們所以為的那個人，我壓根兒不相信她會為了讓別人取得權力而犧牲自己。」戴米恩說。

「或許她只知道部分的預言。阿嬤說，之前從來沒有人把仿人鴉之歌記錄下來，人們只知道零星片段的訊息。所以，基本上這個預言已經佚失很多很多年了。」

「哎呀！」愛芙羅黛蒂忽然驚呼。

大家轉頭看她。「怎麼了？」我問。

「好吧，我可能想錯了，不過，萬一卡羅納可以從墳墓裡發號施令呢？他已經在那裡很久了，會不會原本困住他的大地已經鬆動？他永遠不會死，像個神，搞不好可以從那裡將訊息傳送到人的腦子裡。妮克絲就是這樣，能夠向我們的心靈低語。萬一卡羅納也能夠呢？」

「低語！妮克絲就是這麼說的：奈菲瑞特很長一段時間以來都在傾聽別的聲音低語。」

想到這裡——而且我的直覺告訴我，我們已有重大發現——我忍不住打哆嗦。

「照理說，卡羅納最容易接觸到的心靈一定是那些擁抱死亡與邪惡的人。」戴米恩說。

「比如特西思基利。」依琳說。

「尤其是她們的王后。」簫妮說。

「啊，慘了。」我說。

24

等戴米恩念完後面兩節，我的心思仍盤桓在第二節第一行：**透過死者之手他自由重獲**。

從剛才阿嬤跟我和愛芙羅黛蒂講那則古老傳說起，這句話就一直讓我感到不安。

依琳突然說：「眞令人失望，這部分竟然不難理解。」大家瞠目結舌地望著她。「好吧，我承認——被迫的喔——我上學期在詩學課是學到了一些東西。所以，告我啊。總之，除了第二節第一行外，講的不過是他獲得自由後，又會開始強暴、擄掠女人。」

「不過，他是如何獲得自由的，偏偏就寫在這一行。」戴米恩說：「這裡說是透過死者之手。連結第一節一起看，這隻手會造成血腥、噁心的後果，導致大地流血。」

「對，而根據第一節，導致大地流血的人似乎是特西思基利之后。不過，如果她是我們所想的那個人，那就不符合第二節第一行了，因爲她沒死啊。」我說。

「這會不會只是一種象徵？否則死人怎麼可能造成任何東西流血？沒道理。難怪我一向不喜歡詩。」愛芙羅黛蒂說：「再說，倘若這些講的都是同一個人，那麼，死掉的是這位特西思基利，流血的也是她。但死人怎麼會流血？至少死一段時間後就不可能流血了。」

「喔！喔！不！」我突然覺得自己知道這則預言的意思了，雙膝癱軟，重重坐在床上。

「柔依？怎麼了？」戴米恩說，拿著那張紙幫我搧風。

「如果妳吐在我床上，我會殺了妳。」愛芙羅黛蒂說。

我不理會愛芙羅黛蒂，抓住戴米恩的手。「是史蒂薇・蕾——她死了，後來成為活死人，但她會流血，流很多血。此外，她具有超自然的心靈感應能力，以及強大的土元素力量。會不會她就是王后？」

「而且她有紅色刺青，就像格希古娃為了除掉卡羅納而創造出來的靚妹。」依琳說。

「這肯定有關連。」簫妮說。

「史蒂薇・蕾！喔我的天哪！史蒂薇・蕾！」傑克驚呼，臉色看起來比我還蒼白。

「我知道，寶貝，我知道。這很難接受。」戴米恩安慰他。

愛芙羅黛蒂凝視著我的眼睛。「我同意，有可能是史蒂薇・蕾。」

「可是，不對啊，**之前**她失去人性時是很可怕，」戴米恩邊思索邊慢慢地說：「但她蛻變了，已經變回原來的她。我不認為她是特西思基利之后，因為她一點也不邪惡。」

愛芙羅黛蒂鄭重地看我一眼，然後說：「聽著，史蒂薇・蕾不再是以前的她了。」

「她經歷過那麼多事，當然跟以前不一樣。」我趕緊說。不管怎樣，我不願意相信史蒂薇．蕾是大壞蛋。沒錯，她是不一樣了，但絕不可能變成壞人。接著，我有另一個想法。

「妳知道，這個特西思基利更可能是其中一個噁心的小鬼。我的意思是，妳甚至說過，他們仍然——」我頓住，發現愛芙羅黛蒂偷偷跟我比了個**別再說了**的手勢，而戴米恩和孿生的則嘴巴開開地望著我。

「呃，眞好，還記得不是每個人都知道那些小鬼的事嗎？」愛芙羅黛蒂說。然後，看著那幾個傢伙目瞪口呆的表情，她翻了翻白眼。「喔，糟糕了。這事就交由柔依處理吧。柔，繼續說吧，跟這幾個宅男女解釋那些變態小鬼的事。」

啊，毀了，我忘記他們不知道有紅雛鬼。

我決定勇敢面對，和盤托出，來個一勞永逸。萬一這樣還搞不定，我就放聲大哭。

「好吧，還記得其他死去的學生嗎？」

他們木然地對我點點頭。

「討厭鬼艾略特和伊莉莎白．無姓氏，以及其他一些學生？」

他們再次點點頭。

「他們沒死，就跟史蒂薇．蕾一樣——呃，但也不一樣。這有點難解釋。」我躊躇著，想找出最適當的說法。「反正基本上他們仍活著，他們的藍色弦月記印變成紅色，跟史蒂薇．蕾一起住在坑道裡。」

眞怪，出手救我的竟是傑克。「妳是說，妳還有這麼一件不能告訴我們的事情？因爲妳不希望我們無意間想到這件事，心思被奈菲瑞特聽到，讓她發現妳已經知道這事？」

「傑克，我眞想親你。」我說。

「呃，嘻嘻！」傑克一隻手撫弄著女公爵的耳朵，不好意思地笑了。

我的視線從他轉移到其他朋友。孿生的和戴米恩得知我仍然有所隱瞞，會輕易放過我嗎？我看到他們三人對看了好一會兒。

戴米恩首先開口。「奈菲瑞特是那些活死人小鬼背後的藏鏡人，對吧？」

我躊躇著，希望盡可能延後他們知道眞相的時間。

「對。」愛芙羅黛蒂奪走我的決定權。「奈菲瑞特就是背後的藏鏡人，所以柔依才不想告訴你們其他活死人小鬼的事。奈菲瑞特很可怕，柔依不想讓你們陷入險境。」她頓了一下，看著我，對我說：「不過現在太遲了，他們非知道不可。」

「是啊，」我緩緩地說：「現在你們非知道不可了。」

「很好。」戴米恩語氣堅定，伸手握住傑克的另一隻手。「該是讓我們知道一切的時候了。我們準備好了，不會嚇到的。」

「至少不會太驚嚇。」傑克說。

「是啊，妳知道的，我們超愛八卦。」依琳說。

「而這肯定是絕佳的內幕消息。」簫妮說。

「孿生蠢蛋，妳們絕對不能**告訴**任何人。」愛芙羅黛蒂說，一副很受不了她們的表情。

「喔，拜託，我們當然知道啊。」簫妮說。

「對，現在是不能說，不過將來絕對會成爲很經典的八卦。」依琳說。

「好了。」戴米恩打斷她們。「柔依，現在說吧。」

我深深吸一口氣，和盤托出所有的事，從我第一次以爲自己見「鬼」講起，講到後來證明這些鬼其實是變成活死人的討厭鬼艾略特和伊莉莎白．無姓氏，講到坑道裡的狀況，以及我拯救西斯的過程（包括我被迫用火攻擊伊莉莎白，將她眞的燒死這一段）。史蒂薇．蕾的事，我也**全部**跟他們講了。我甚至讓他們知道，史塔克有可能也會變成活死人。

我說完後，大家驚愕得沉默良久。

「哇！」傑克驚呼。他看著愛芙羅黛蒂，說：「所以，妳是柔依唯一能傾訴的對象，因爲成鬼無法讀到妳的心思？」

「對。」她說。我看見愛芙羅黛蒂挺直身子，擺出冷酷、傲慢的神情，準備迎接他們的挑釁──他們將會告訴她，現在他們知道了一切，所以我不再需要她。

「妳一定很辛苦，尤其我們還對妳這麼壞。」傑克說。

愛芙羅黛蒂不敢置信地眨眨眼。

「是啊。」戴米恩說：「對不起，我說了一些不好聽的話。妳眞是柔依的好朋友，在我們背棄她時仍陪在她身邊。」

「深有同感。」簫妮說。

「眞慘，我也有同感。」依琳說。

愛芙羅黛蒂一臉錯愕。我忍不住笑了，偷偷對她使了個眼色。我沒把話說破，不過看來她已經成爲蠢蛋幫的一分子了。

「現在，既然大家都知道了，我們有很多事情得處理。」我說，拉回大家的注意力。

「就像史蒂薇．蕾說的，如果史塔克醒來，我們必須設法讓奈菲瑞特無法在那裡操控，將他變成她的爪牙。」

「那就會變得很噁心。」簫妮說。

「是會很噁心，史塔克曾經是那麼棒。」依琳說。

「他應該仍然很棒。」傑克說完後倒抽一口氣，趕緊摀住女公爵的耳朵。「現在開始，如果說到**他**，我們最好用S來代表。你們知道的，顧及女公爵的感受。」

我看著女公爵的褐色眼睛，有那麼片刻移不開視線。我發誓我在那雙眼睛裡看到痛苦、哀傷，以及無限深廣的溫柔。

「好，我們就只叫他S。」我說，心頭稍微輕鬆了一點。避免眞的叫他的名字，或許我就不會覺得我們**真的**談到他，也就不會想起他臨死前我們曾經心意相通。

「所以，除了偷盜，呃，S的屍體，藏在柔的衣櫥裡或哪裡，我想到更好的主意。」愛芙羅黛蒂停了下來，確定大家都專心在聽她說話。「我弄到了一台保姆攝影機。」

「哇，酷！」傑克說：「我幾天前在《菲爾博士秀》的電視節目裡看到這東西。天哪，眞是太可怕了，有個肥胖、邋遢的保姆被攝影機拍到在虐待可憐的小寶寶。」

「所以，你知道這種東西？」愛芙羅黛蒂說。

「是啊。」

「很好。你得潛入停屍間，將攝影機安裝在那裡，然後把遠端監視器帶給柔依。你想，你辦得到嗎？」愛芙羅黛蒂說。

傑克臉色發白。「停屍間？放死人的地方？」

「別這麼想。」我立刻糾正他：「S很可能只是睡著，只差沒有在呼吸。」

「喔。」傑克說，一臉不以爲然。

「你辦得到嗎？」我問，慶幸自己對電子器材一竅不通，所以這差事輪不到我。

「可以，我辦得到，我保證。」傑克毅然決然地說，一手環住女公爵的頸子。

「很好，那麼這問題就解決了。」至少在他甦醒之前，如果他眞能甦醒。不過，我希望在必須應付他甦醒之後衍生的問題之前，能有兩天時間喘口氣。事實上，光是想到史塔克，我就難受。所以我趕緊轉移話題。「我們現在得回頭再看看這則預言。我眞的擔心『透過死者之手』這句話指的是史蒂薇．蕾。」

「我仍然不認爲史蒂薇．蕾會涉及喚醒墮落天使這種事。」戴米恩說。

「不是還有其他學生變成新種吸血鬼嗎？」傑克說。

「嗯，其實沒有別的紅色吸血鬼。」我跟他們解釋：「史蒂薇．蕾是他們當中唯一完成蛻變的，其他都是紅雛鬼。」

「應該是他們其中一人。」戴米恩說。

「對，史蒂薇．蕾不可能跟壞蛋扯上關係。」依琳說。

「不會，根本不可能。」簫妮附和。

愛芙羅黛蒂看著我。我們兩人不發一語。

「柔依說其他小鬼很，嗯，很噁心。」傑克說。

「他們是很噁心。」愛芙羅黛蒂說：「他們就像——」她頓了一下，然後眼睛一亮——

「就像藍領工人。眞噁。」

「愛芙羅黛蒂，藍領工人沒什麼不對。」我眞的火大了。

「什麼？我聽見妳在說話，但妳的話讓人有聽沒有懂。」

我翻了翻白眼。「好，搞不好從愛芙羅黛蒂的詭異觀點看，那些紅雛鬼才顯得噁心。自從史蒂薇．蕾蛻變後，我沒見過他們任何一個，不過她告訴我，他們現在都乖乖的，已經重拾人性。所以，我不願意隨便論斷。」

「嗯，不管他們是眞的很噁心，或者這只是千金富家女的階級偏見，我認爲我們應該密切注意他們。」戴米恩說：「我們必須知道他們在做什麼，跟誰交談，想些什麼。知道這些，就能知道那個惡魔是否想跟他們哪個人聯絡，利用他們作爲他奸同鬼蜮的工具。」

「什麼奸同？」簫妮說。

「誰是鬼蜮？」依琳說。

「那個成語的意思是『極端邪惡』。」傑克壓低聲音對孿生的說。

「嗯，正好史蒂薇·蕾和她那些紅雛鬼明天會來參加儀式。」我宣布。

他們全都張口結舌望著我。

我盯著愛芙羅黛蒂。她嘆一口氣，說：「我對土沒感應力了。」然後她舉起一隻手，用手背擦額頭，將上面那個假的藍色弦月刺青給擦糊了。「我不再是雛鬼，我變回人類了。」

「她不算是正常的人類，」我趕緊說：「因爲她仍有靈視，剛剛還從靈視裡抄了那則預言給我們，不是嗎？而且她對妮克絲來說仍然很重要。」我對愛芙羅黛蒂微笑：「我親耳聽見女神這麼說的。」

「好，夠詭異！」傑克說。

「換言之，就像史蒂薇·蕾和紅雛鬼，愛芙羅黛蒂現在是不曾存在過的新物種。」戴米恩認眞地說。

「看來是這樣。」我說。

「事情正在改變。」戴米恩緩緩地說：「整個世界的秩序正在改變。」

我全身起了一陣寒顫。「這是好事還是壞事？」

「我們此刻還無從得知。」他說：「不過，我想，我們很快就會知道了。」

「眞可怕。」傑克說。

我看著大家。每個人都惴惴不安。我知道不能這樣，我們必須堅強起來，團結一致，信任彼此。

「我不認爲這有多可怕。」一開始，我完全是口是心非，但接著往下說時，我愈來愈有信心。「改變讓人覺得不安。但萬事萬物必須改變才能進展——有改變，我們也才能成長。嘿，如果不是有這樣的改變，史蒂薇．蕾早就死了。我還記得當時我根本承受不了。再說——」我看著他們每個人——「我們擁有彼此啊。只要不孤單，改變就不會那麼糟。」

看到大家信心逐漸增強的表情，我不禁覺得，或許有一天我眞會成爲還算不錯的女祭司長。

「那，現在妳有什麼計畫？」戴米恩問。

「嗯，你和傑克必須去停屍間安裝保姆攝影機。不會被逮到吧？」我說。

「我想，我們或許可以來一招聲東擊西，」傑克慢慢地道出他的想法，目光從女公爵移到一直躲在浴室裡對狗兒低嗥示警的梅蕾菲森身上，「如果愛芙羅黛蒂可以幫忙的話。」

「可以，但如果我的貓吃了那隻狗，我可不想聽到有人囉唆半句。即使S復活，看到他的拉布拉多犬鼻子被咬爛，非常不爽，你們也別來煩我。」

「那麼，就只是聲東擊西，不要搞成浴血大戰，行嗎？」我說。

「行。」戴米恩和傑克異口同聲說。

「至於我，我要去找雪姬娜，告訴她我阿嬤要來，可能得住客房。」我說。

「那我們兩個的任務就是離奈菲瑞特遠遠的。」依琳說。

「深有同感。」簫妮說：「而且我們每個人都必須如此，除了柔和愛芙羅黛蒂以外。」

我張嘴正想附和，愛芙羅黛蒂大聲說：「不行！」

「妳說不行是什麼意思？我們必須離奈菲瑞特遠遠的，否則她一聽到我們心裡的聲音，就會知道我們全都知道史蒂薇．蕾和其他小鬼的事。萬一她真的是特西思基利之后，她就會知道我們已經知道她、仿人鴉和卡羅納的事。」戴米恩說，口氣聽來很火大。

「等等。告訴我，為什麼妳認為他們不該躲著奈菲瑞特？」我問愛芙羅黛蒂。

「很簡單。如果你們這群蠢蛋躲著她，她一定會開始注意，聽你們在想什麼。她會聽得很久，很認眞，很深入。但若戴米恩、傑克、和孿生蠢蛋表現得很正常，一派原來那副沒大腦的模樣呢？若他們不躲著她，反而主動去找她，跟她打招呼，問她功課上的問題，假裝抱怨學校食物太過健康呢？」

「這點眞的不需要假裝。」傑克說。

「正是，不需要假裝。這麼說吧，在奈菲瑞特身邊，傑克可以只想著成天面對一隻悲傷的狗壓力好大，戴米恩心裡想的都是功課和傑克的眼睛有多可愛，而孿生的則想著要如何溜出校園，趁冬鞋季末拍賣去採購一番——對了，下禮拜就開始了哦。」

「不會吧！已經要開始了啊。」簫妮說。

「我就曉得！我就曉得今年會提早。之前來了那場該死的暴風雪，現在他們得設法提高業績，所以原本的折扣檔期全打亂了。」依琳說。

「眞慘哪，孿生的，實在有夠慘。」簫妮說。

「瞧，如果這些怪胎和蠢蛋表現得腦袋空空，符合他們在奈菲瑞特心中的形象，那麼她就不會多想。」愛芙羅黛蒂說。

「妳眞的認爲奈菲瑞特覺得我們腦袋空空？」戴米恩說。

「奈菲瑞特一直以來都低估我。不難想見，她也一定低估你們。」我說。

「若眞是這樣，那我們有很大優勢。」戴米恩說。

「除非哪天她察覺自己錯了。」愛芙羅黛蒂說。

「嗯，希望一段時間後她才會察覺。」我說：「好，我要去找雪姬娜了。從現在開始，我想我們應該盡可能聚在一起。阿嬤是說仿人鴉只有靈體，不過我幾乎百分之百確定我昨天被其中一個攻擊了——而且很痛。再說，牠們眞的讓我覺得毛骨悚然。阿嬤還說，牠們應該只能傷害瀕死的老人。但若卡羅納變得愈來愈強壯，仿人鴉也因此愈來愈厲害呢？萬一牠們也能傷害沒那麼老或距離死亡沒那麼近的人呢？」

「妳說得我好怕呀。」傑克說。

「那很好。」我說：「你感到害怕，就會更加小心。」

「我可不喜歡受到驚嚇後還得溜進停屍間。」傑克說。

「記住，他很可能只是睡著。」戴米恩說，一手摟住傑克。「我們把女公爵帶到我房間，將整套聲東擊西的計畫想清楚吧。」他看著愛芙羅黛蒂。「妳跟我們一起來吧？」

她嘆了一口氣。「你們要利用我的貓咪。」

這不是問句，不過這兩個男孩還是點點頭，咧著嘴笑。

「那我就跟你們去吧。我們先把梅蕾菲森留在這裡，等一切準備就緒時再來帶她。」

「當然。」戴米恩說。

我看著孿生的。「不需要我告訴妳們兩人要時時刻刻黏在一起吧？」

「不用。」依琳說。

「嘿，我們去多弄一點材料做薰沐草束，好嗎？」簫妮說。

「好主意。大家把房間都薰沐一下應該沒有壞處。」我說。

「等等，」傑克說：「在聲東擊西的行動裡，妳們兩個說不定也幫得上忙。」

「你應該知道，小惡魔可不怎麼友善。」簫妮說。

傑克咧著嘴笑，點點頭。「所以他才適合啊。」

「可憐的女公爵。」依琳說。我想起攣生的那隻貓有多喜歡欺負別的貓咪。

我瞥了一眼時間。「阿嬤應該快到了。」

「好，大家都知道接下來要做什麼了，那就行動吧。」戴米恩說。

我們走向門口，愛芙羅黛蒂故意走慢一步，對我說：「嘿，待會兒我們再回來這裡碰面。看來妳和我會黏在一起好一陣子了。」

我對她笑笑。「妳這次眞的蹚進我們的渾水了，對吧？」

她翻了翻白眼，從包包裡拿出小鏡子，熟練地重新畫上假刺青。我跟在她身後走出門時，只聽得她沿路喃喃叨念：「好……好……好……害我紅眼的混蛋靈視、呆瓜朋友，再加上古代的惡魔……我眞等不及想看看接下來會發生什麼事……」

25

我走在從女生宿舍通往主校舍的人行道上，心想去見雪姬娜時如果心情還這麼緊張、沉重，恐怕不太妙。於是，我做了幾個深呼吸來沉澱心情，冷靜自己，並告訴自己放輕鬆，好好欣賞美麗的夜色。深冬裡，今晚異常溫暖。煤氣燈在樹木與樹籬間映照出柔美的影子，微風吹拂著滿地落葉，輕輕捲起肉桂與泥土的芬芳。三五成群的學生來往於各校舍之間，多半是朝宿舍或自助餐廳的方向走去。大家邊走邊談笑。有些人跟我說哈囉打招呼，更多人則恭敬地對我行禮。即使眼前問題重重，我此刻的心情卻是樂觀的，因爲我不會孤單地面對挑戰，我的朋友都跟我在一起，而且現在他們什麼事情都知道了。很長一段時間以來，這是我第一次無所隱瞞。我眞的、**真的**好高興說出了一切眞相。

娜拉從陰影中現身，向我走來，對我「**喵—呦—嗚**」一聲，投來斥責的眼神。她幾乎還沒有站定，就冷不防地縱身而起，躍入我的懷裡，害我手忙腳亂地接住她。

「嘿！妳眞該先出聲警告一下，妳知道的！」我說，但還是親暱地吻她鼻子上的白色斑點，搔她的耳朵。我們沿著陰暗的人行道，從學生比較密集的校區走向圖書館和教師宿舍所在的靜謐區域。夜色眞的好美，星斗閃耀，這是奧克拉荷馬州典型的清朗夜空。娜拉的頭挨著我的肩膀，心滿意足地打呼嚕。忽然，我感覺到她整個身體緗緊。

「娜拉？怎麼啦？」

然後，我聽見了。一隻渡鴉在啼叫，聲音很近，彷彿就在離我最近的那棵樹的陰影中。接著，另一隻渡鴉緊跟著啼叫；然後是第三隻，第四隻……光是這聲音，就令人害怕得難以言喻。雖然很容易讓人誤以爲是一般的鳥叫聲，但若仔細聆聽，你會聽見牠們聽似尋常的啼聲裡帶有死亡、恐懼和瘋狂的迴響。原本溫煦甜美的微風突然消失，只剩冰冷的空無一物，彷彿我剛剛走進巨大的陵墓內部。我覺得體內的血液也變冷了。

娜拉發出凶狠的長長嘶鳴聲，從我肩頭往後望向大橡樹四周的黑暗。這幾棵原本熟悉、親切的橡樹，今晚已經變了樣，被妖怪占領了。我本能地加快腳步，緊張得四處張望，希望看到幾分鐘前四處可見的其他學生。但我們已經彎過一個轉角，這裡只剩娜拉和我，以及黑夜和夜色隱藏的威脅。

渡鴉又叫了。那聲音讓我手臂和頸背的寒毛直豎。娜拉再次咆哮嘶鳴。有翅膀開始在我周遭拍擊，距離很近，我可以感覺到一陣陣搧起的冷風。接著我聞到了，一種腐肉與膿液的氣味，帶著嗆鼻、噁心的甜。同時，我嘗到自己喉底冒出恐懼的膽汁。

此刻，黑鴉布滿黑夜，啼聲盈耳。我看見黑暗中擾動的暗影了，有尖銳帶鉤的東西不時閃過。若牠們只是靈體，我怎麼可能在煤氣燈的柔和光線中看見閃亮光滑的鳥喙？靈體怎麼可能聞起來有死亡和腐敗的氣味？若牠們不再只是靈體，這代表什麼意思？

我停步，不確定該往前跑或往後逃。我因驚恐和猶豫而楞在原地，離我最近那棵樹裡的一團漆黑開始顫動，然後縱身朝我撲過來。我的心臟劇烈跳動。我驚慌萬分，不知所措，彷彿整個人麻木了。眼看牠愈來愈近，我只能驚恐地喘氣。牠逼近時，翅膀鼓起一陣陣冰冷、惡臭的氣流。我看見牠了：一張畸形的鳥臉，上面有一雙人的眼睛……還有手……人類的手臂上長著扭曲、醜怪的手掌，不，那是骯髒、嶙峋的爪子。怪物張開鉤狀的鳥喙，對著我尖聲啼叫，吐出分叉的舌頭。

「不！」我大喊，倉皇後退，緊緊抱住懷中的娜拉。「滾開！」我轉身開始跑。

牠追上我。我感覺到牠那雙駭人、冰冷的手抓住我的肩膀。我尖叫，丟下娜拉。她趴在我腳邊，仰頭對怪物齜牙狂嗥。牠可怕的翅膀在我身體兩側展開，環住我。我感覺牠以擁抱似的姿態靠緊我的背，頭伸過我的肩膀，鳥喙鉤住我的脖子，搭在我瘋狂跳動的頸動脈上。牠停在那裡，鳥喙微張，滑出紅色叉舌，舔我的脖子，彷彿吃掉我之前先品嘗我的味道。

我嚇得動彈不得，知道牠就要劃開我的喉嚨，愛芙羅黛蒂的靈視就要成眞，只不過取我性命的是這怪物而不是奈菲瑞特！**不！喔，女神啊，不！**我的心尖叫，**靈啊！找人救我！**

「**柔依？**」戴米恩的聲音突然隨著一陣風迴旋在我四周。

「戴米恩，救我……」我掙扎著，總算發出顫抖、微細的聲音。

「**救柔依！**」戴米恩大喊。

一陣狂風襲來，將怪物猛地吹開，但牠的鳥喙還是劃傷了我的脖子。我雙膝跪地，伸手撫摸刺痛的脖子，以爲會摸到濃稠溫熱的血液汩汩流出，但沒有，我只摸到一道腫起的傷痕，痛得要命。

我忽然聽到背後有撲翅的聲音再度聚集，嚇得我一躍而起，趕緊轉身。但這次拂過我肌膚的風，不再冰冷，也沒有死亡的氣味。那是熟悉的風，盈滿戴米恩友誼的力量。摯友與我同在的感覺宛如女神的復仇之劍，劃開令我驚慌、麻痹、無法思考的恐懼濃霧，於是我愣怔的心智又開始運轉。不管那是靈體、怪鳥，或奈菲瑞特的爪牙，都無所謂了。我知道怎麼對付牠們了。

我迅速辨認方向，面朝東方，然後雙手高舉過頭，閉上眼睛，將詭異鳥啼的邪惡嘲弄屏除在外。「風！用力吹，猛烈吹，對準牠吹，讓怪物看看攻擊女神摯愛的女兒要付出什麼代價！」我雙手奮力向占據黑夜的怪物推去。我看見最近的那隻仿人鴉——剛剛企圖劃開我喉嚨的那隻——被強風捲起，擲向圍繞校園的石牆。牠的身軀癱軟，掉落地面，彷彿融解了一般，消失得無影無蹤。

「全部！」我大喊，聲音因恐懼而充滿力量與急切。「把牠們全部吹走！」我雙手再度推出。隱伏在樹間的那些怪物嘲笑一般的啼叫變成痛苦的尖銳哀號，然後完全平息。我雖然高興，卻也有一點難過。我確定牠們已全部消失後，才將顫抖的雙手緩緩放下。「以女神妮克絲之名，我感謝你，風。請退去，並告訴戴米恩我現在沒事了。」

風離開之前，撫摸了我的臉一下。接著，我感受到風中盈滿的友誼不只來自戴米恩。流連不去的微風忽然流露明顯的溫暖，熱情洋溢的感覺讓我想起簫妮，而那充滿生命朝氣的春雨氣息肯定來自依琳。此時，朋友的三個元素聚合起來，形成療癒的微風，如絲巾一般環繞我的脖子，撫慰刺痛的傷口。等我脖子的疼痛完全消失，微風才帶著火的溫暖與水的滋潤輕輕飄走，留下夜晚的安詳靜謐。

我舉起手，手指觸摸脖子。什麼都沒有，絲毫沒有抓傷的痕跡。我閉上眼睛，默默地對妮克絲祈禱：**感謝妳替我找來朋友**。愛芙羅黛蒂的靈視預見我兩次死亡。幸虧摯友營救，我剛剛度過了其中一次危難。解決了一次……前頭還有一次等著我……

我抱起娜拉，緊緊摟著，快速沿著人行道往前走，努力不讓餘悸猶存的身體繼續顫抖。

我心頭惴惴不安，知覺變得超級敏感。我的直覺告訴我，此刻不宜讓別人見到。所以，踏入靜悄悄的校舍時，我召喚靈，讓我隱身於寂靜與暗影裡。在校舍裡這樣做有一種奇怪的感覺，整個人好像與外界隔絕，彷彿我隱藏的不只是我的身體，還有我的思緒。我慢慢走向委員會會議室時，心裡因恐懼和勝利而猶自悸動的情緒終於靜止下來，我的呼吸更平順了。

企圖劃開我喉嚨的，當然不是奈菲瑞特的手。但我內心深處知道，我剛剛確實在鬼門關前走了一遭，或至少經歷了一次死亡的前兆。要是戴米恩仍在生我的氣，我就不可能克服仿人鴉帶給我的恐懼，取得元素的保護。就算奈菲瑞特沒有眞的拿刀抵住我的脖子，我還是相信她與這件事脫離不了干係。

我仍然害怕嗎？沒錯，仍然怕得要死！

不過我還在呼吸，全身上下也還算完好。（好吧，我這會兒是隱形人，但還是有身體啊。）下一次，我仍能擊敗仿人鴉嗎？只要牠們仍像現在這樣，半是靈體，半是肉體——是的，我相信我仍能擊潰牠們，在朋友和元素的協助下。

但萬一哪一天牠們肉體完好，力量具足呢？

我不禁顫抖。光是想到這一點，我就覺得害怕。

於是，就像所有正常的女孩，我決定先把這個問題丟到一邊，以後再說。我的腦海浮現一個句子：**一天的難處一天當就夠了**。爲了眞的把難題和擔憂完全抛到腦後，我讓自己忙著思索這個句子出自何處。

我無聲無息地飄上樓梯，朝圖書館對面的委員會會議室移動。我想，在那裡應該找得到雪姬娜。就在會議室外面的走廊上，我聽見門內傳來極爲熟悉的聲音。這時，我眞高興我聽從直覺把自己隱形起來。

「所以，妳也承認自己感覺到了，這裡有事情不對勁，對吧？」

「對，奈菲瑞特，我承認我感覺到這所學校不對勁。如果妳還記得，五年前我就堅決反對跟凱西亞堂的修士買下這座校園。」

「這個地區需要有夜之屋。」奈菲瑞特說。

「沒錯，當初就是這個理由說服了委員會，他們才會同意開設這所夜之屋。我當時反對，現在也仍不贊同。最近幾樁死亡只不過證明了我們當初就不該到這裡來。」

「最近這些謀殺案證明我們**更需要**強化我們在這裡和世界各地的力量！」奈菲瑞特厲聲說道。我聽見她深吸一口氣，彷彿努力控制自己。她再次開口時，口氣和緩了許多。「我們現在談的不祥感覺，與妳當初不同意設立這所學校無關。這種感覺很不一樣，更爲邪惡，而且近幾個月來日趨嚴重。」

靜默良久後，雪姬娜開口回答。「我確實在這裡感受到一種邪惡的力量，不過我認不出那是什麼。那種力量好像隱藏、包覆在一種我不熟悉的東西裡。」

「我想，我認得出來。」奈菲瑞特說。

「妳在懷疑什麼？」

「我愈來愈相信它就隱藏、包覆在一個孩子的外表下。這就是我們難以察覺的原因。」奈菲瑞特說。

「奈菲瑞特，我不明白妳的意思。妳是說這裡有個雛鬼隱藏著邪惡？」

「我不想這麼說，但我愈來愈相信是這麼一回事。」奈菲瑞特的聲音聽起來似乎很難過，幾乎泫然欲泣，彷彿她即將說出口的話實在難以啓齒。

但我知道這根本是在表演。

「我再次問妳，妳到底在懷疑什麼？」

「我懷疑的不是什麼，而是某人。雪姬娜姊妹，要我說出那個人的名字眞的很痛苦，但**妳**、我都感受到的那個深處的邪惡力量，在一位學生進入這所夜之屋之後，就開始增強。」

她的話說到這裡便打住。我知道她要說什麼，但親耳聽到她真的說出口還是很震驚。「恐怕柔依．紅鳥隱藏著什麼可怕的祕密。」

「柔依！但她是有史以來最有天賦的雛鬼啊。她不只是唯一能行使所有五種元素力量的雛鬼，而且也沒有哪個雛鬼像她那樣，身邊圍繞著這麼多獲得女神恩賜的同儕。跟她要好的朋友，每個都能顯現一種元素。她怎麼可能這麼有天賦卻又隱藏著邪惡力量？」雪姬娜說。

「我不知道！」奈菲瑞特的聲音哽咽了，我聽得出來她正在哭。「我是她的導師，妳能想像我光是想到這件事心裡就有多痛苦嗎？更何況說出口？」

「妳有什麼證據？」雪姬娜問。我真高興聽見她似乎沒被奈菲瑞特說服，以爲她真的說對了什麼。

「就在她被標記之後幾天，有個曾是她戀人的少年差點被她召喚的惡靈殺死。」

我不敢置信地眨了眨眼。西斯和我是戀人？不算是啊！奈菲瑞特明明知道的。而且那些惡靈不是我召喚的——是愛芙羅黛蒂叫來的。沒錯，他們差點吃了西斯——嗯，還有艾瑞克——但在史蒂薇．蕾、孿生的和戴米恩的協助下，我阻止了他們。

「接著，不到一個月後，有兩個少年被殺。這次，這兩個少年也是人類，而且，這麼說吧，都跟她很**親密**。他們被綁架、殺害，死狀凄慘，全身血液盡失。之後，第三個跟她很親密的男孩也被擄走。當附近的人類陷入恐慌，柔依救了他。」

喔．我的．女神啊！奈菲瑞特根本是顛倒是非，扭曲一切，謊話連篇。

「還有嗎？」雪姬娜說。我很高興她的聲音依然平靜，聽起來不像相信奈菲瑞特的話。

「接下來的事情，我最是難以承認。柔依對派翠西亞．諾蘭來說很特別，她被殺害之前經常跟柔依在一起。」

我的頭嗡嗡作響。沒錯，我是喜歡諾蘭老師，而且我認爲她也喜歡我，但我跟她絕對沒有什麼特殊關係，而且也沒經常跟她在一起。

我知道她接下來即將指控我什麼，雖然我還是很難相信她說得出口。

「另外，我有理由相信，在羅倫．布雷克遇害之前，柔依成了他的愛人。事實上，我確定他們兩人互相烙印了。」奈菲瑞特再度哽咽，並開始啜泣。

「這些事妳怎麼都沒向委員會報告？」雪姬娜厲聲問道。

「我該怎麼說？說我**認為**這位最具天賦的雛鬼已經跟邪惡力量掛鉤？在沒有更多證據的狀況下，我怎能僅根據巧合、假設和感覺來對這位少女做這樣的指控？」

啊，她現在就是這麼做呀！

「不過，奈菲瑞特，如果雛鬼跟老師發生戀情，女祭司長有責任加以阻止，並向委員會報告呀。」

「我知道！」我聽見奈菲瑞特仍在啜泣。「我錯了，我應該說的。如果我那時提出報告，或許他就不會死。」

沉默久久之後，雪姬娜開口：「妳和羅倫是戀人，不是嗎？」

「是！」奈菲瑞特哽咽地說。

「妳知道妳和羅倫的關係會影響妳對柔依的判斷吧？」

「我知道。」我聽得出她鼓起**勇氣**，強自**鎮定**。（眞想吐！）「我之所以不太想告訴別人，也是基於這個原因。」

「妳曾讀她的心嗎？」雪姬娜問。

我顫抖著等奈菲瑞特回答。

「我試過，但無法讀她的心思。」

「那她的朋友呢？有感應力的那些雛鬼？」

慘了！慘了！慘了！

「我偶爾會聽聽看，不過沒發現什麼令人不安的事，至少目前還沒有。」

我聽見雪姬娜嘆了一口氣。「幸好接下來這學期我會待在這裡。我也會留意柔依和其他雛鬼，聽聽他們心裡的聲音。柔依之所以看起來好像涉入這些事情，有可能，而且非常有可能是因爲她畢竟是天賦異稟的女孩。這些事情或許不是她造成的。或許妮克絲安排她來到這裡，就是爲了讓她阻遏那邪惡力量。」

「我誠心希望能如妳所言。」奈菲瑞特說。

她眞是說謊不眨眼啊！

「不過我們必須看著她，密切注意她。」雪姬娜說。

「要提防她要求任何的特別待遇。」奈菲瑞特說。

什麼？特別待遇。我可不曾要求奈菲瑞特給我什麼特別待遇！忽然，我明白奈菲瑞特在幹什麼。她在搞破壞，讓我無法如願讓阿嬤來訪並留在學校。賤人！

但恍然大悟立刻變成恐懼。奈菲瑞特怎麼會知道阿嬤要來？

外頭突然傳來一陣騷動，蓋過雪姬娜回答的聲音。我一直待在走廊上，所以很容易就飄到了窗邊。時值夜晚，窗簾沒拉上，我俯視前方的校園，看到……我趕緊摀住嘴，免得爆笑出來。

女公爵拼命狂吠，追趕不斷咆哮、嘶鳴的梅蕾菲森。愛芙羅黛蒂邊追著女公爵跑，邊大叫：「來！停下來！乖！該死！」戴米恩緊跟在後，揮舞著手臂，大喊：「女公爵！來！」

忽然，依琳和簫妮那隻體型碩大、無比臭屁的小惡魔加入戰局，只不過他是跟在女公爵後面猛追。

「喔我的天哪！小惡魔！小寶貝！」簫妮衝出來，肺活量十足地扯開嗓門大喊。

「小惡魔！女公爵！停下來！」依琳緊跟在她孿生的後面哭喊。

達瑞司突然衝進走廊，我趕緊躲到窗簾後方，不確定他會不會察覺我隱身在此。他顯然沒注意到我或其他異樣，因爲他直接衝進會議室。我從窗簾後面窺探，聽見他告訴奈菲瑞特，她得趕快下去，因爲那裡出現「騷動」。奈菲瑞特急急忙忙走出會議室，沿著走廊跟在達瑞司後頭趕去處理狗吠貓叫學生尖聲嘶喊的瘋狂場面。

我注意到傑克完全不見蹤影。好個聲東擊西！

26

我再次聽從直覺，沒有立刻在會議室外的走廊上送走掩蔽我形影的靈。相反地，我迅速折回樓下，謝過靈的幫助，才撤除隱形，現身再度走上樓梯。我告訴自己，**冷靜鎮定……舉止正常……奈菲瑞特是個騙子，但雪姬娜非常、非常睿智……**

我重新回到委員會會議室門外，在門上叩了兩響。

「進來，柔依！」雪姬娜喊道。

我努力不去想她是否知道我早先曾來到門外。我臉上堆起笑容，進入房間，握拳放在心臟位置，對她恭敬行禮。「歡喜相聚，雪姬娜。」

「歡喜相聚，柔依．紅鳥。」她說。我沒注意到她的聲音有任何異樣。「妳拜訪過流浪貓之家了，結果如何？」

我笑著說：「妳知道嗎，流浪貓之家是本篤會修女在經營？」

她報我以微笑，說：「我不知道。不過我的確想過，這個慈善組織應該是女性經營的。」

畢竟長久以來女性就跟貓咪有很強的連結。這幾位善良的姊妹接受妳的義工計畫嗎？」

「沒錯。她們人真的很好。對了，我們在那裡時，愛芙羅黛蒂領養了一隻貓——不過，或許應該說梅蕾菲森領養了愛芙羅黛蒂。」

「梅蕾菲森？這名字好特別啊。」

「是啊，不過很適合她。看看外面貓犬不寧的場面就知道了。」我的頭撇向走廊和前面校園的方向。我們兩人靜靜傾聽，仍聽得見狗吠貓叫學生尖聲嘶喊。「我想，妳會發現這全是梅蕾菲森引起的。」

「所以，妳是說，那些修女該感謝妳們兩件事嘍？除了感謝妳們的義工計畫，還得感謝妳們幫她們處理掉一隻難搞的貓？」

「對啊，我就是這個意思。喔，瑪麗．安潔拉修女要我來跟妳敲定可以辦跳蚤市場的時間。她說，她們會調整她們的時間來配合我們。另外，她們也決定週六晚上開晚一點，好讓我們每個禮拜都可以去那裡義務幫忙一次。」

「聽起來很棒。我會再跟奈菲瑞特討論舉辦義賣最適當的時間。」雪姬娜停頓一會兒，然後說：「柔依，奈菲瑞特是妳的導師，對吧？」

我聽見腦袋裡警鈴響起，但我強迫自己放輕鬆。我決定盡可能誠實地回答她問我的每件事。畢竟我沒做錯什麼！

「對，奈菲瑞特是我的導師。」

「妳跟她很親近嗎？」

「以前很親近。我剛來這裡時我們很親。事實上，我媽和我已經好幾年處不好，所以我有點把奈菲瑞特當作我期望中的母親。」我坦白說出自己的感覺。

「但後來變了？」她輕聲問。

「對。」我答。

「爲什麼會這樣？」

我躊躇了一下，小心地選擇遣詞用字。我想盡可能地告訴雪姬娜眞相。有那麼一剎那，我好想告訴她一切——關於史蒂薇．蕾的所有眞相、關於預言及我們擔心會發生的事。但我的直覺告訴我，現在先別說。雪姬娜明天就會發現眞相。在此之前，我絕不能讓奈菲瑞特察覺我們即將展開的行動。

「我不是百分之百確定。」我說。

「那妳覺得最可能的原因是什麼？」

「嗯，我想，她最近變了。我不清楚爲什麼。其中一部分原因或許跟我們之間的一些私人問題有關。我不是很想談這個，可以嗎？」

「當然，我能了解妳想保有隱私。不過，柔依，妳要知道，若妳需要找我談，我就在這裡等妳。雖然那已經是很久以前的事了，我仍清楚記得，身為法力高強的雛鬼，自覺身負重任，卻又覺得承擔不起，是什麼滋味。」

「是啊。」我得努力壓抑，才不至於迸出淚水。「有時我確實有這種感覺。」

她坦蕩的眼神溫暖又慈祥。「情況會好轉的，我可以跟妳保證。」

「希望如此。」我說：「喔，對了，我阿嬤想來這裡看我。她和我感情非常好，我本來要跟她共度寒假，不過，嗯，妳知道的，寒假提前結束了。所以阿嬤說她想來這裡跟我住幾天。妳想，她可以住在校園裡嗎？」

雪姬娜仔細端詳我。「教師宿舍是有幾間客房，不過我想現在應該全滿了。畢竟除了我，還有大批冥界之子湧入。」

「那她可以跟我一起住在我的寢室裡嗎？我室友史蒂薇．蕾上個月死了，到現在還沒有新室友，所以有一張床空著。」

「我看不出有何不可，如果妳阿嬤不在乎四周圍繞著那麼多雛鬼的話。」

我笑了出來。「阿嬤喜歡孩子，而且她認識我那一堆朋友，他們也都喜歡她。」

「好，那我就通知冥界之子和奈菲瑞特，我已允許妳阿嬤來訪，住在妳房間。不過，柔依，妳應該知道，即便妳擁有特殊能力，也不宜要求特別待遇。」

我凝視雪姬娜的眼睛。「這是我來到夜之屋之後第一次提出特別要求。」但我想了一下，立刻更正自己：「不，等等，是第二次。第一次是我室友死後，我要求保留她的一些東西。」

雪姬娜慢慢地點點頭。好希望她相信我。我想吶喊：**去問問別的老師！他們知道我不會隨便要求特殊待遇！**但我什麼都不能說，免得雪姬娜發現我偷聽她和奈菲瑞特的對話。

「嗯，很好。這表示妳已經走在正確的道路上。女神賜予的天賦不代表特權，而是代表責任。」

「這點我懂。」我語氣堅定地說。

「我想妳應該懂。」她說：「我相信妳有功課要趕，還得準備明天的儀式，所以，我現在就跟妳道晚安，願妳祝福滿滿。」

「祝福滿滿。」我恭謹地跟她道別，鞠躬行禮，然後離開會議室。

事情看來還不算太糟。沒錯，奈菲瑞特扯了漫天大謊來毀謗我，根本是邪惡的賤人。不過，這我早就知道了。幸好雪姬娜不笨，一定不會被奈菲瑞特耍得團團轉。（**不像羅倫——**

我心中喃喃自語。）其次，阿嬤正在趕來學校，她會留下來陪我，跟我們一起想辦法面對那則預言的事情。再者，我的朋友終於知道一切眞相，我毋需再找藉口躲著他們，而且他們依然會關照我——儘管想到仿人鴉我就嚇得魂飛魄散，但只要有他們相挺，我就能面對恐懼。此外，明天所有人都會知道史蒂薇·蕾和紅雛鬼的事，奈菲瑞特將不能繼續隱瞞。最後，或許史塔克沒有眞的死去，終會甦醒過來。啊，未來充滿了希望！我像個傻瓜那樣傻笑，打開大門，跨步走到戶外——一頭撞上艾瑞克。

「喔，對不起，我沒看見——」他邊說邊伸手扶住我，這才發現他差點撞倒的人是我。「喔，」他又喔了一聲，但這次沒那麼友善，「是妳啊。」

我迅速將我的手從他掌心抽回，慌亂地撥開臉上散落的頭髮。抬頭看著他那雙冷冰冰的藍色眼眸，感覺就像一頭栽進冰冷的水中——而我已經受夠了他當面潑我冷水。

「聽著，我有話要跟你說。」我移動到他面前，擋住他進入校舍的路。

「那就說吧。」

「你今天吻我時喜歡那種感覺。你非常喜歡。」

他露出嘲諷的笑容。這表情他顯然排練得夠嫻熟。「是啊，那又怎樣？我從沒說我不喜歡吻妳。問題是有太多傢伙都喜歡吻妳了。」

我感覺臉頰紅燙。「你不可以這樣跟我說話！」

「爲什麼不可以？妳吻過妳的人類男友，妳也吻了我，妳還吻了布雷克。對我來說，妳吻過的人未免太多了。」

「你什麼時候變得這麼混蛋？你知道西斯的，我從未對你隱瞞他的事。你明明知道，我一方面跟他有烙印，另一方面又在乎你，對我來說眞的很辛苦。」

「好，那布雷克呢？說說看啊！」

「那是個錯誤！」我失控地吶喊。終於，我不願再壓抑了。我受夠了艾瑞克老拿一件我已經萬分自責的事來數落我。「你說對了，他是在利用我。只不過他不是爲了性。性只是他要讓我以爲他愛我的手段。你偷聽到奈菲瑞特和我之間的那場對話，你明明知道事情不只是大家以爲的那樣。奈菲瑞特派羅倫——**她的愛人**——來誘惑我，讓我相信他愛我，因爲我很特別。」我頓住，憤怒地抹去奪眶而出的淚水。「但實際上他追求我是要我惹惱我的朋友，害我孤立、傷心難過、精神渙散，這樣一來我的法力就無從發揮。倘若沒有愛芙羅黛蒂支持我，他們的詭計可能已經得逞了。而你，你連一秒鐘都不給我機會解釋。」

艾瑞克舉手捋過那頭濃密黑髮。「我目睹他跟妳做愛。」

「你眞的知道你目睹到什麼嗎，艾瑞克？你目睹他利用我。你目睹我犯了畢生最大的錯誤。至少到目前爲止最大的錯誤。這才是你目睹到的。」

「你傷了我。」他輕聲說道，聲音裡的憤怒和可惡全都不見了。

「我知道，對不起。但我在想，若我們不能學會原諒彼此，就表示我們之前並沒眞的在一起。」

「妳認爲我需要請妳原諒？」

他又開始像個混蛋了。我受夠了混蛋艾瑞克，所以我瞇起眼睛，忿忿地說：「對！你需要求我原諒。你說你在乎我，但你叫我賤貨，在我朋友面前羞辱我，還讓我在全班同學面前無地自容。而你之所以這麼做，是因爲你只知其一不知其二，艾瑞克！所以，對，在整件事當中，你不完全是無辜的受害者！」

艾瑞克對我一股腦兒爆發的怒火驚訝地直眨眼。「我不知道我只知其一不知其二。」

「或許下次你弄清楚整件事之前，應該先想一想再決定要不要動怒。」

「那麼，妳恨我？」他說。

「不，我不恨你，我想你。」

我們四目相望，誰都不知道接下去該怎麼走。

「我也想妳。」他終於說。

我的心撲通跳了一下。

「或許我們總算能交談了。」我說：「我的意思是，沒有咆哮怒罵地交談。」

他凝視我好久好久。我努力解讀他的眼神，但那雙眼眸只映照出我自己的迷惘。

電話鈴響，我從口袋掏出手機。是阿嬤。「喔，對不起，是我阿嬤打來的。」我告訴艾瑞克，然後打開手機。「嗨，阿嬤，妳到了嗎？」她說她剛開進停車場，我點點頭，說：「好，我立刻去那裡找妳。真等不及見到妳！掰！」

「妳阿嬤來這裡？」艾瑞克問。

「對。」我臉上仍掛著笑容。「她要來這裡住一陣子。你知道的，整個寒假泡湯了嘛。」

「喔，對，有道理。好，回頭見嘍。」

「呃，要陪我走去停車場嗎？阿嬤說她會打包一點東西來，這代表她可能帶一大袋，或十小袋東西來。如果有成鬼幫她拿行李，她肯定很高興。畢竟我只是個小雛鬼嘛。」

我屏息等待他回答，心想我很可能操之過急，（又）搞砸事情了。果然，他流露出帶著戒心的眼神。

就在這時，一個穿著冥界之子制服的成鬼從我身後的門走出來。

「不好意思，」艾瑞克叫住他。「這位是柔依．紅鳥，她有位客人剛抵達這裡，你有空去幫她拿行李嗎？」

戰士恭敬地對我行禮。「我是史帝芬，能協助妳是我的榮幸。」

我努力擠出笑容，跟他道謝。然後我看著艾瑞克，對他說：「那，回頭我還會見到你嗎？」

「當然，妳有修我的課啊。」他對我行禮致意，然後走進校舍。

停車場距離主校舍不遠，所以我不需跟戰士在尷尬的沉默中走太久。阿嬤在停滿車子的停車場中央朝我揮手，我也對她揮手，和史帝芬一起朝她走過去。

「哇，這裡竟來了這麼多成鬼。」我沿路看著那些陌生的車子。

「很多戰士被召來這所夜之屋。」史帝芬說。

我鄭重地點點頭。我可以感覺到他的眼睛盯著我。

「女祭司，毋須擔心妳的安全。」他以平靜而有力的口吻說。

我對他笑笑，心想，**真希望你知道真相**，不過我什麼都沒說。

「柔依！喔，寶貝！終於看到妳了。」阿嬤一把抱住我，我也用力回抱她，吸入熟悉的薰衣草和家的味道。

「阿嬤，眞高興妳來了！」

「我也是，寶貝，我也是。」她用力抱緊我。

史帝芬恭敬地對阿嬤鞠個躬，然後扛起她那一堆行李。

「阿嬤，妳是打算住一年啊？」我問，笑著轉頭往那一堆鼓鼓的行李瞥一眼。

「寶貝，我們隨時都得準備好應付各種狀況啊。」阿嬤勾著我一隻手臂，我們開始走回通往女生宿舍的人行道，史帝芬跟在我們後頭。

她斜著頭貼近我，在我耳邊低聲說：「學校完全被包圍了。」

我感到一陣恐懼。「被什麼包圍？」

「渡鴉。」她說出這個詞時，那表情好像它在她嘴裡留下了什麼噁心的味道。「學校四周全是渡鴉，不過圍牆內沒半隻。」

「那是因爲我用風把牠們吹出去了。」我說。

「是嗎？」她壓低聲音說：「幹得好啊，柔依鳥兒！」

「阿嬤，牠們嚇壞我了。」我也壓低聲音。「我想，牠們的肉體正在逐漸回復。」

「我知道，寶貝，我知道。」

我們打了個寒顫，祖孫倆緊緊互相依偎，快速走向我的寢室。黑夜似乎一路盯著我們。

27

想也知道，大家全擠進我的寢室。

「紅鳥阿嬤！」戴米恩大叫，撲進她懷裡，然後開心地跟她介紹傑克。接著，孿生的熱情地跟阿嬤打招呼。最後，愛芙羅黛蒂有點侷促不安，但顯然很開心地接受阿嬤給她的眞誠擁抱。在熱鬧滾滾中，戴米恩和孿生的將我擠到角落。

「柔，妳還好嗎？」戴米恩低聲問我。

「是啊，我們擔心死了。」簫妮說。

「眞的好可怕。」依琳說。

「我沒事。」我偷偷瞄傑克一眼，他正興致勃勃地跟阿嬤說他有多喜歡薰衣草。「有你們幫助，我沒事。」

「柔，我們絕對挺妳，妳不會孤單面對的。」戴米恩說。

「當然。」孿生的異口同聲。

「柔依？那是狗嗎？」阿嬤這時才注意到趴在我床尾的那團金毛動了一下，惹得房裡所有的貓同時嘶叫。

「是啊，阿嬤，那是狗。說來話長。」

「這狗是誰的？」阿嬤問，小心翼翼地撫摸了一下狗兒的頭。

「嗯，可以說是我的。至少暫時算是我的。」傑克說。

「不妨趁現在就跟阿嬤解釋史蒂薇．蕾等人的事情吧。」愛芙羅黛蒂說。

「史蒂薇．蕾？喔，寶貝，妳還在為她傷心嗎？」

「不完全是啦，阿嬤。」我慢慢地說：「有很多事情得跟妳說。」

「那就開始說吧。我有一種感覺，時間所剩不多了。」阿嬤說。

「首先，我要告訴妳，我之前有些事情沒跟妳講，是因為奈菲瑞特涉及這些事情——我是指負面意義的涉及。而且她有很厲害的心靈感應能力，說不定可以從妳腦袋裡讀到我告訴妳的事，那可就不妙了。」我說。

阿嬤思忖片刻，從我書桌前拉出椅子，讓自己坐得舒服些。「傑克，親愛的，」她說：「我想喝杯水，你可以幫我找一杯來嗎？」

「我房間的冰箱裡有富士礦泉水。」愛芙羅黛蒂說。

「太好了。」阿嬤說。

「去拿吧，不過別碰其他東西。」愛芙羅黛蒂說。

「也不可以把妳的——」

「也不可以。」

傑克噘著嘴，不過還是快速去幫阿嬤拿水。

「我猜，你們大家都已經知道柔依準備告訴我的事了吧？」傑克回來後阿嬤問大家。

所有人點點頭，看起來眞像一群睜大眼睛望著鳥媽媽的小雛鳥。

「那你們如何讓奈菲瑞特無法讀到腦袋裡的事呢？」

「嗯，雖然還無法證實，但我們在想，如果我們專心想著一些膚淺、愚蠢的青少年的事情，應該就可以。」戴米恩說。

「比方說，鞋子大特賣那類有的沒的。」依琳解釋。

「是啊，那有的沒的還包括帥哥或者功課壓力。」簫妮補充。

「這樣一來，她就不會想要深入聽他們腦袋裡的聲音。」我做結論。「奈菲瑞特一向低估我們。但她應該不會低估妳，阿嬤。她知道妳遵循切羅基族的傳統，始終跟大地的神靈保持接觸。所以，她很可能會仔細探究妳心裡的任何思緒。」

「看來我得淨化我的心，做一些我從少女時代起就在做的冥想。」阿嬤露出的笑容充滿信心。「只要我擋住她，她絕對無法強行進入我的心。」

「萬一她是特西思基利之后呢？」

阿嬤的笑容褪去。「妳眞的相信有這個可能嗎，**嗚威記阿給亞**？」

「我們認爲她很可能就是。」我說。

「那我們會很危險。妳必須把一切事情告訴我。」

於是，我開始說——在愛芙羅黛蒂、戴米恩、孿生的和傑克的協助下，我們將所有事情一五一十告訴阿嬤。不過我承認，說到史蒂薇·蕾不再全然是原來的她時，我輕描淡寫地含糊帶過——這時，愛芙羅黛蒂看了我一眼，但沒說什麼。

阿嬤聽著聽著，飽經風霜的臉愈來愈凝重。我趁這個機會也把剛剛又遭仿人鴉攻擊的事，仔細地跟大家講了一遍。最後，我告訴阿嬤，史塔克或許沒眞的死，史蒂薇·蕾、愛芙羅黛蒂和我決定盯著他的，嗯，他的屍體，雖然這樣做聽起來很恐怖。

「所以，傑克應該已經在停屍間安裝了保姆攝影機。」我說：「對吧，傑克？我看見你那招聲東擊西的戰術了。」我對女公爵微笑，搔搔她的耳朵。她輕吠一聲，舔我的臉。梅蕾菲森和小惡魔依偎在門邊（難不成臭脾氣的貓咪眞會同類相聚——誰知道呢？），此時抬起頭，齊聲嘶鳴。至於我的娜拉則睡在我的枕頭上，眼皮睜都不睜一下。

「喔，我興奮到差點忘了！」傑克跳起來，走到門邊，從地上拾起他的男用提包——他喜歡稱之爲「書包」。他拿著提包走回我面前，從裡面拿出一個像是迷你電視螢幕的怪東西，轉動幾個鈕，然後露出勝利的笑容，將東西遞給我。「瞧！這樣妳就可以看到，嗯，睡著的男孩。」

大家圍攏過來，從我的肩後探頭往前看。我做好心理準備，按下啓動鍵。果然小螢幕立刻出現黑白畫面。那是個小房間，其中一端有一個像爐灶的大東西，見得到的牆面全擺放著一排排鐵架，另外還有一張金屬檯子（約人體大小），上面躺著一個像是人體的東西，用被單蓋著。

「毛毛的。」孿生的說。

「看了真不舒服。」愛芙羅黛蒂說。

「或許我們應該把機器關掉，畢竟**狗・兒**在這裡。」傑克說。

我完全同意，馬上按下關閉鈕。真不喜歡這種監視死者的感覺。

「這就是那個男孩的屍體？」阿嬤問，臉色有點蒼白。

傑克點點頭。「對，我還掀開那塊布確認過。」他流露出難過的表情，開始焦慮地撫拍女公爵。這隻碩大的拉布拉多犬將頭擱在傑克大腿上，吐了一口氣。這舉動似乎讓傑克的情緒平穩了一些，因爲他也吐了一口氣，抱了抱狗，說：「你們知道的，我就假裝他在睡覺。」

「他看起來像死人嗎？」我非問不可。

傑克再次點點頭，但緊抿著唇，什麼都沒說。

「你們做得很對。」阿嬤語氣堅定地說。「得靠掩飾、隱藏，奈菲瑞特才有力量。在大家眼中，她是妮克絲法力高強的女祭司，而她的力量是爲了做好事。好一陣子以來，她就躲在這種外表之下，所以才能爲所欲爲地幹出這些駭人的事。」

「所以，妳贊成我們明天讓史蒂薇・蕾和紅雛鬼公開露臉嘍？」我問。

「我贊成。如果邪惡有賴於鬼祟掩飾，那麼我們就揭穿那個外表吧。」

「好！」我說。

「好！」大家齊聲附和。

接著傑克打了個呵欠。「啊，不好意思。我不是覺得無聊或怎樣。」他說。

「我知道你不是，因爲現在快天亮了。大家今天應該累壞了吧。」阿嬤說：「或許我們大家都應該先去睡一下。況且，現在不是過了宵禁時間，男孩子不該待在女生宿舍嗎？」

「糟糕！我們完全忘了。可別這會兒還得去煩惱被關禁閉這種屁事！」傑克說，然後一臉懊惱地說：「對不起，阿嬤，我不是故意說**屁事**這種髒話。」

阿嬤對他笑笑，拍拍他的臉頰。「親愛的，沒關係。現在去睡覺吧。」

大家的反應就像一群在母親關愛下的孩子。傑克和戴米恩拉著女公爵，蹣跚地朝門口走去。

「嘿，」他們走出房門前我喊住他們。「聲東擊西時，女公爵沒眞的惹上麻煩吧？」

戴米恩搖搖頭。「沒有。我們把過錯全怪到梅蕾菲森頭上。那隻貓的表現眞夠瘋，所以沒人多看女公爵一眼。」

「我的貓才不瘋。」愛芙羅黛蒂說：「她只是很會演。」

接著，孿生的準備離去。她們摟摟阿嬤，抱起睡眼惺忪的小惡魔。「早餐見嘍。」她們喊道。

現在房間裡只剩下阿嬤和我，還有愛芙羅黛蒂、梅蕾菲森及睡死了的娜拉。

「嗯，我想我也該走了。」愛芙羅黛蒂說：「明天可是個大日子。」

「或許妳今晚應該睡在這裡。」我說。

愛芙羅黛蒂揚起一道完美的眉毛，不屑地朝房裡那兩張單人床瞟了一眼。

我翻翻白眼。「妳眞是嬌生慣養。我的床給妳睡，我用睡袋啦。」

「以前愛芙羅黛蒂曾留宿在妳房間嗎？」阿嬤問。

愛芙羅黛蒂哼了一聲。「不可能。阿嬤，如果妳看過我的房間，就會知道爲什麼我寧可待在那裡。」

「而且，愛芙羅黛蒂有個惡劣至極的母夜叉的臭名，是不會在別人家過夜的。」我忘了說男孩子的家也許例外——不過，在阿嬤面前或許還是別說爲妙。

「多謝啊。」愛芙羅黛蒂說。

「如果她今晚待在妳房間，尤其在雪姬娜應該已經告訴奈菲瑞特我要來這裡的狀況下，會不會顯得愛芙羅黛蒂很奇怪？」

「會。」我不得不同意。

「不只奇怪——而是一整個不正常。」愛芙羅黛蒂說。

「那麼，妳應該回妳房間。奈菲瑞特已經夠注意我們了，絕不能引起她更多的疑心。」阿嬤說：「不過，妳睡覺時不能沒有保護。」阿嬤動作有點僵硬地起身，走去找那一大堆行李。她先在一只被她稱爲「過夜袋」的美麗藍色手提袋裡翻尋。

她拿出一張美麗的捕夢網。這張網的圓形外框裹著皮革，裡頭像蜘蛛網的網是用薰衣草色的線編織而成的。網子正中央有塊光滑的綠松石，夏日天空般的藍美到令人震懾。圓框兩側的垂飾各由三層羽毛構成，下緣的羽毛則是珍珠灰的鴿翎。阿嬤將這張捕夢網遞給愛芙羅黛蒂。

「好美！」她說：「眞的，我好喜歡。」

「很高興妳喜歡。我知道許多人相信捕夢網不過是爲了網住噩夢，只讓好夢通過——或者連這點也不相信。我最近做了幾張，在每一張的中央嵌入綠松石時，我心裡想的可不只是過濾掉我們人生的噩夢。拿著這個，掛在窗前，願它的靈保護妳酣眠的靈魂免受傷害。」聽到阿嬤這麼說，我知道她已經賦予這種印第安傳統工藝品更重大的功能。

「謝謝妳，阿嬤。」愛芙羅黛蒂懇切地說。

「還有一樣東西。」阿嬤又在袋子裡翻找，然後拿出一根乳白色的圓柱狀蠟燭。「把這蠟燭點燃，妳睡覺時放在床邊桌上。上次滿月時，我對著它說了一些具保護作用的祝禱詞，還讓它整夜浸潤月光。」

「阿嬤，妳最近很著迷於保護儀式哦？」我笑著問。跟她相處十七年，我已經習慣阿嬤奇怪的本事——她知道一些照理說她不會知道的事情，譬如何時有訪客要來，或龍捲風正在形成（早在都普勒氣象雷達發明之前）。以現在的狀況來說，她已經未卜先知，知道我們需要有些保護措施。

「謹慎才是上策啊，**嗚威記阿給亞**。」她雙手捧住愛芙羅黛蒂的臉，輕吻她的額頭。

「好好睡吧，小女兒，祝妳有個美夢。」

我看見愛芙羅黛蒂用力眨眼，知道她正在克制淚水。「晚安。」她總算勉強說出話來，然後跟我揮揮手，匆匆離開。

阿嬤半晌沒說話，只是若有所思地望著關上的房門。終於，她說：「我相信這女孩從來不知道母愛的溫暖。」

「妳這次又說對了，阿嬤。」我說：「她以前很可惡，沒人受得了她，我尤其無法忍受。不過我想，她那種態度多半是裝出來的。我不是說她很完美，事實上她的確嬌生慣養又膚淺，而且有時眞的很可惡，不過她是……」我停頓下來，試著找出適當的辭彙來描述她。

「她是妳的朋友。」阿嬤幫我把話說完。

「妳知道嗎，妳幾乎完美到很可怕耶。」我告訴阿嬤。

阿嬤淘氣地笑笑。「我知道，這是我們家族的傳統啊。現在幫我掛上捕夢網，點燃滿月蠟燭吧。然後妳也該睡覺了。」

「妳不睡嗎？我三更半夜把妳吵醒，而且妳說那時妳已經醒來好幾個小時了。」

「喔，我會睡一下，不過我另有計畫。我不常到市區，想趁我的吸血鬼家人睡覺時去採購一下，然後去『黑板』餐廳吃頓美味的午餐。」

「那裡的東西眞好吃！自從上次和妳去過後，我就不曾到那兒。」

「嗯，愛睏鬼，回頭我會告訴妳，它是否仍像我們印象中那麼棒。或許下次找個下雨天，我們再一起去。」

「所以，妳去那裡用餐，眞的只是去探查它的品質有沒有走下坡？」我將椅子拉到窗邊，尋找可以掛捕夢網的地方。

「正是。寶貝，那，保姆攝影機該怎麼處理？」阿嬤拿起小螢幕問我。雖然我已經關掉它，她小心翼翼的樣子彷彿它是個爆裂物。

我嘆了一口氣。「愛芙羅黛蒂說它可以傳出聲音。妳有見到音量按鈕嗎？」

「看見了。我想應該就是這個。」阿嬤壓下按鈕，綠燈亮起。

「好，那我們何不關著螢幕，只打開聲音？我們將它放在床邊桌上，若有什麼騷動，我應該聽得到。」

「這比整夜守著螢幕看死人好多了。」阿嬤一臉難過地說，將小螢幕放到我的床邊桌上。然後她仰頭看我。「寶貝，妳何不把窗簾拉開，將捕夢網吊在更貼近窗子的地方？我們是要阻卻外面的東西進來，不是要阻擋裡面的東西出去。」

「喔，好。」

我伸出雙手，將厚重窗簾拉開。瞬間，恐懼赤裸裸地襲上心頭，因爲我正面對著一隻巨大黑鳥的醜陋鳥臉，那雙形狀類似人眼的可怕眼睛閃著紅光。牠以像是人類手腳的四肢攀附在窗外，張開恐怖的鉤狀黑喙，露出分叉的紅舌，輕輕發出「呱—咯」的啼聲，像是在嘲笑，又像是在恫嚇。

我動彈不得，被那雙畸形的紅眼給震懾住。我感覺到肩膀被怪物抓過的位置突然發冷，想起牠噁心的舌頭舔過我的脖子，牠的鳥喙試圖割開我的喉嚨。

娜拉開始咆哮嘶鳴，阿嬤衝到我身邊。我從窗戶的黑色玻璃上見到她的映像。「召喚風給我，柔依！」她喝道。

「風！降臨我——我阿嬤需要你。」我大喊，仍被仿人鴉那惡魔似的目光給釘住。

我感覺到身體下方和阿嬤站立的位置出現不停拍動的風。

「**嗚諾列**！」阿嬤呼叫。「帶著這力量和我的警告去制服怪物。」我看見阿嬤抬起雙手，張口將她掌心捧著的東西吹向盤據在窗外的怪物。「**阿西亞阿．阿—司—基—納**！」她喊道。

由我召喚但受我阿嬤——格希古娃——指揮的風，一把捲起從她掌心吹出的藍色閃亮粉末，咻咻地穿過斜角玻璃與窗框之間的小縫隙，圍繞著仿人鴉迴旋，形成一道閃亮粉末的小漩渦。被粉末包圍時，怪物睜大雙眼。然後，狂風呼嘯，將粉末逼進怪物身體，牠張開的鳥喙發出淒厲叫聲，慌亂撲翅，瞬間消失了。

「送走風吧，**嗚威記阿給亞**。」阿嬤說，抓住我的手協助我站穩。

「謝——謝謝你，風，請離去。」我顫抖著說。

「謝謝你，**嗚諾列**。」阿嬤低聲喃喃，然後說：「捕夢網，要掛好。」

我用發抖的手將它掛在窗簾桿內側，然後迅速拉上窗簾。阿嬤扶我爬下椅子。我抱起娜拉，我們三個依偎在一起，全身抖個不停。

「牠走了……事情過去了……」阿嬤繼續喃喃低語。

直到阿嬤緊緊抱我一下，然後去拿面紙，我才知道我們倆都在哭。我癱坐在床上，摟著娜拉。

「謝謝。」我說，接過面紙抹去眼淚，擤掉鼻涕。「我應該打電話告訴其他人嗎？」我問。

「如果告訴他們，他們會有多害怕？」

「非常害怕。」我說。

「那我想，妳再一次召喚風就好了。妳可以召喚強風來圍繞住整棟宿舍，請它吹走鬼鬼祟祟潛伏在外面的任何東西嗎？」

「可以，不過我想我得先停止發抖才行。」

阿嬤笑了，撥開散落在我臉上的頭髮。「妳做得很棒，**嗚威記阿給亞**。」

「我嚇死了，整個人動彈不得，就跟上次一樣！」

「不，妳直視一個惡魔的目光，沒有畏縮，而且還能召喚風，讓它聽我指揮。」她說。

「那是因爲妳叫我這麼做啊。」

「但下次不必我說，妳也辦得到。下次妳會更勇敢，一定可以獨力做出該做的行動。」

「妳吹向牠的藍色粉末是什麼？」

「磨碎的松綠石。我會給妳一袋。這是力量很強的保護石。」

「還有多的可以給別人嗎？」

「沒有，不過我會再去買，然後將它放在研缽裡用杵磨碎。我會趁妳睡覺時研磨，這樣我會覺得自己做了些有意義的事。」

「妳剛剛對怪物說了什麼話？」我問。

「**阿西亞阿・阿—司—基—納**的意思是『惡魔，滾蛋』。」

「那**嗚諾列**是風？」

「對，小寶貝。」

「阿嬤，牠有肉體嗎？或者仍然只是靈體？」

「我想牠兩者都有，不過現在肉體更完整了。」

「這代表卡羅納愈來愈強壯。」我說。

「我想應該是。」

「這實在很可怕，阿嬤。」

阿嬤將我摟進懷裡，像我小時候那樣撫摸我的頭。「別怕，**嗚威記阿給亞**，那怪物的爸爸會發現今天的女人沒那麼好惹。」

「阿嬤，妳剛才把怪物打了個落花流水。」

她笑著說：「是啊，女兒，我們很行。」

28

我將風召喚回來，請它圍繞校園，尤其是宿舍。阿嬤流露出讚許的眼光，看著我施法。接著，我們仔細聆聽，想知道有沒有怪物發出哀號，但我們只聽見風令人安心的颼颼聲。然後，筋疲力竭的我終於換上睡衣，爬上床。阿嬤點燃滿月蠟燭，我抱著娜拉縮成一團，聽著阿嬤一如往常在睡前梳理長長銀髮的聲音。

就在快沉沉入睡之際，阿嬤輕柔的聲音喚醒我。「**嗚威記阿給亞**，我要妳答應我一件事。」

「好，阿嬤。」我迷迷糊糊地說。

「不管發生什麼事，我要妳答應我，妳會牢記絕不讓卡羅納復出。沒有什麼比這更重要。」

一縷憂慮的感覺滲入我心坎，我瞬間清醒。「什麼意思？」

「就是我說的意思。別因爲任何人事物而分心，忘了妳的最終目的。」

「妳說得好像妳不會一直陪著我，幫我把握方向。」我感覺胸口湧起驚慌的感覺。阿嬤走過來坐在床沿。「小寶貝，妳知道的，我打算在這裡陪妳很久啊。不過我仍想聽到妳承諾，這可以讓老人家睡得安穩些呀。」

我對她皺起眉頭。「妳不老。」

「答應我。」她堅持。

「我答應。那現在換妳答應我，妳不會讓自己發生任何不好的事。」我說。

「我會盡力，我保證。」她笑著說：「把頭轉過去，妳入睡時我來幫妳梳頭髮。這樣可以幫妳做好夢。」

我嘆一口氣，轉身側臥，在阿嬤慈愛的撫摸和她輕輕哼唱的切羅基族搖籃曲中進入夢鄉。

一開始我以為那隱約的聲音來自保姆攝影機，所以我半睡半醒地坐起身，伸手去拿那個小螢幕。我屏息按下影像開啓鍵，看見映入眼簾的那張檯子依舊躺著一個蓋著被單的人，頓時鬆了一口氣。我關掉螢幕，瞥向阿嬤那張空著但整齊鋪好的床，然後微笑著睡眼惺忪地環視屋內。阿嬤在出門採購用餐前，已經先將房間稍微收拾了一下。我低頭看著娜拉，她滿臉睡意地對我眨眼。

「對不起啊，一定是我的想像力太豐富了，才會以為聽到什麼聲音。」滿月蠟燭依舊在燃燒，不過顯然比我入睡時短了一些。我瞥向時鐘，泛起微笑。現在才下午兩點，我還有好幾個小時可以睡。我躺下，將棉被拉高到脖子。

又出現悶悶的聲音，這次伴隨著輕輕的敲門聲，看來絕對不是我幻想出來的。娜拉不悅地發出睏倦的**喵—呦—嗚**聲。我的心情跟她完全一樣。

「如果是孿生的想偷溜出去買鞋，我一定掐死她們。」我告訴貓咪。想見那情景，她顯然很高興。然後我清清喉嚨，喊道：「進來。」

門打開時我嚇了一跳，因為眼前是雪姬娜，旁邊還站著愛芙羅黛蒂和奈菲瑞特。而且愛芙羅黛蒂正在哭泣。我倏地坐直身子，將亂七八糟的頭髮從臉上撥開。「發生什麼事？」

她們三人進入我房間。愛芙羅黛蒂走向我，坐在我身邊。我的視線從她移到雪姬娜，最後落在奈菲瑞特身上。在她們的眼裡我只見到悲傷情緒，但我繼續凝視著奈菲瑞特，希望能看穿她謹慎包裝的外表——也希望所有人都能看穿。

「到底發生什麼事了？」我再次詢問。

「孩子，」雪姬娜以傷心、慈祥的聲音說：「是妳外婆。」

「阿嬤！她在哪裡？」沒人回答，我的胃揪緊。我抓住愛芙羅黛蒂的手，「告訴我！」

「她出車禍。很嚴重。她開在主大街時失控，因爲……因爲有一隻黑色的大鳥撲向她的車窗。車子衝出馬路，撞上路燈。」淚水撲簌滑落愛芙羅黛蒂的臉龐，但她以平穩的聲音繼續說：「她人在聖約翰醫院的加護病房。」

半晌我說不出話，只是呆望著阿嬤空蕩的床和她放在床上的填滿薰衣草的小枕頭。阿嬤的身邊總是有薰衣草的芬芳圍繞。

「她要去『黑板』吃午餐，她昨晚這麼告訴我，然後——」我頓住，想起我拉開窗簾見到可怕的仿人鴉之前，阿嬤和我在聊她要去黑板吃午餐的事。原來牠一直在偷聽我們說話，知道阿嬤要去哪裡，所以牠就在路上等著將她撞離車道，讓她發生車禍。

「然後發生了什麼事？」在不知情的人看來，奈菲瑞特的語氣似乎充滿關心——是朋友和導師會有的那種口氣。但當我凝視她那翠綠色的眼眸，看見的卻是敵人的冷酷算計。

「然後我們就上床睡覺。」我努力不表現出奈菲瑞特多麼讓我作嘔，而我清楚她有多變態、多邪惡。「所以我知道她要開車出去做什麼。她讓我知道，她趁我睡覺時要做些什麼事。」我的視線從奈菲瑞特移開，轉而跟雪姬娜說話。「我要去找她。」

「當然要去，孩子。」雪姬娜說：「達瑞司正在車裡等妳。」

「我可以和她一起去嗎？」愛芙羅黛蒂問。

「妳昨天已經錯過整天的課，我不認爲——」

「拜託，」我打斷奈菲瑞特，直接跟雪姬娜哀求，「我不想自己一個人。」

「妳不覺得家人比課業還重要嗎？」雪姬娜對奈菲瑞特說。

奈菲瑞特只遲疑了片刻。「對，我當然這麼覺得。我只是擔心愛芙羅黛蒂的功課會落後。」

「我會把功課帶到醫院，不會落後的。」愛芙羅黛蒂對奈菲瑞特咧出一個大大的微笑，要她放心。那笑容假得就跟波霸女星潘蜜拉·安德森的乳房一樣。

「那就這麼辦吧。愛芙羅黛蒂陪柔依去醫院，由達瑞司照顧她們兩個。慢慢來，柔依。若有什麼學校可以爲妳外婆做的，儘管告訴我。」雪姬娜慈祥地說。

「謝謝。」

她們兩人離去時，我看都不看奈菲瑞特一眼。

「可惡的賤人！」愛芙羅黛蒂說，怒目瞪著關上的房門。「說得好像她眞的關心我什麼事情落後！她只是見不得我們兩人變成朋友。」

好……好。我得靜下心思考，我必須去找阿嬤，但我也必須想一想，確定這裡的一切都

先處理好。我必須記住我答應阿嬤的事。

我以手背抹去淚水，然後跑向衣櫥，抓出牛仔褲和運動衫。「奈菲瑞特不想見到我們變成朋友，因爲她無法進入我們的腦袋。但她可以進到戴米恩、孿生的和傑克的心裡，所以，我跟妳保證，她今天一定會密切注意他們。」

「我們得先警告他們。」愛芙羅黛蒂說。

我點點頭。「對，必須警告他們。那台攝影機大概無法把訊號傳到聖約翰醫院吧？」

「可能不行。我想，傳輸距離應該只有幾百碼。」

「那，我在穿衣服時，妳將監視器帶到孿生的房間。告訴她們發生了什麼事，叫她們去警告戴米恩和傑克，千萬要留意奈菲瑞特。」然後我深吸一口氣，繼續說：「昨晚，有一隻仿人鴉攀在我的窗戶上。」

「啊，天哪！」

「很可怕。」我餘悸猶存。「阿嬤將磨碎的松綠石吹向牠，我召喚風來幫阿嬤，牠就消失了。但我不知道牠之前躲在外面偷聽了多久。」

「這就是妳剛才差點說出來的事，仿人鴉知道妳阿嬤要去黑板？」

「她發生車禍是牠造成的。」我說。

「牠或奈菲瑞特。」愛芙羅黛蒂說。

「或兩個都有份。」我走到床邊桌，拿起攝影機的監視器。「拿給孿生的吧。等等。」我在她離開房間前叫住她，然後走去翻阿嬤那只藍色過夜袋，把手探入原本用拉鍊封口但被她拉開的隔層。果然，裡頭有一個小小的鹿皮袋子。我打開袋口，確認過，這才滿意地將它遞給愛芙羅黛蒂。「裡頭有松綠石的粉末，叫孿生的跟戴米恩和傑克把這些粉末分一分，告訴他們這有很強的保護力，但要好好珍惜，因爲所剩不多。」

她點點頭。「懂了。」

「動作要快。妳回來後我們就出發。」

「柔依，她不會有事的。他們說她人雖然在加護病房，不過幸好有繫安全帶，人還活著。」

「她不能有事。」我對愛芙羅黛蒂說，眼眶再次盈滿淚水。「萬一她有事，我真不知該怎麼辦。」

在前往聖約翰醫院的短短路途上，車內一片靜默。這是個討厭的豔陽天，雖然我們全戴上墨鏡，而且這輛凌志的車窗是不透光的深色玻璃，大家仍覺得很不舒服。（嗯，我們是指達瑞司和我——愛芙羅黛蒂反而一副巴不得到窗外做日光浴的模樣。）達瑞司在急診室的車道放我們下來，他說他先去停車，稍後跟我們在加護病房碰頭。

雖然我很少到醫院，那種氣味卻彷彿常駐我的記憶，只不過那是不舒服的記憶。我眞討厭那種到處灑滿消毒水的感覺。愛芙羅黛蒂和我在詢問台停步，一位穿著粉紅色制式套衫的和善老太太告訴我們加護病房的位置。

待在加護病房的感覺**眞的**很可怕。我們兩人躊躇著，不知是否眞的要穿越那兩道上面寫有「加護病房」紅色字樣的自動門。但想到阿嬤就在裡面，我毅然決然地邁開步伐，穿過那兩道可怕的門。

「別看。」愛芙羅黛蒂壓低聲音說，因爲我的眼睛忍不住不斷瞥向旁邊一間間病房的玻璃窗，腳步開始踉蹌。這些病房的牆壁根本不是牆，全都是玻璃窗，所以每個人都可以瞠目結舌地看著那些使用便盆之類東西的垂死病人。「我們直直走向護理站，他們會告訴我們，妳阿嬤在哪裡。」

「妳怎麼會這麼清楚這些事？」我壓低聲音問她。

「我爸曾兩次嗑藥過量被送到這種地方。」

我驚訝地看著她。「眞的？」

她聳聳肩。「娶了我媽那種女人，怎麼可能不嗑藥過量？」我想我一定不會因此嗑藥，不過我想最好別說出口。再說，我們已經來到護理站。

「有什麼事嗎？」一位像磚頭般粗壯的金髮女人問我們。

「我來這裡找我阿嬤，席薇雅．紅鳥。」

「那妳是？」

「柔依．紅鳥。」我回答。

護士查了一下，笑著對我說：「這裡註明妳是她最親近的親人。稍等一下，醫生還在處理。妳可以先在走廊尾端的家屬休息室等候，我會告訴醫生妳在那裡。」

「我不能見她嗎？」

「當然能，不過必須先讓醫生處理完。」

「好吧，那我等一下。」我才走幾步路就戛然停住。「她不會被丟著不管，單獨一個人吧？」

「不會。這就是爲什麼這裡拿玻璃窗當隔間牆。加護病房裡絕不會有病人沒人管。」

嗯，就阿嬤的狀況來說，光是從玻璃窗往裡望還不夠。「請醫生看完後立刻來找我，好嗎？」

「當然。」

愛芙羅黛蒂和我走進家屬休息室，裡頭幾乎跟加護病房的其他區域一樣，無菌得很可怕。

「我不喜歡這樣。」我坐不住，在一張醜斃了的，繪上藍花圖案的雙人座椅前，來回踱步。

「阿嬤需要更多保護，而不只是護士偶爾往玻璃窗內望一眼。」愛芙羅黛蒂說。

「還沒發生這些事之前，仿人鴉就有能力侵擾瀕死邊緣的老人。阿嬤老了，而現在她又——她……」我結巴，無法說出這麼可怕的事實。

「她又受傷了。」愛芙羅黛蒂語氣堅定地說：「如此而已。她只是受了傷。不過妳說得沒錯，她現在很脆弱。」

「妳想，他們會允許我們替她找巫醫來嗎？」

「妳有認識的巫醫？」

「嗯，可以這麼說。有位老人，叫約翰．白馬，是我阿嬤多年的老友。她曾告訴我他是個長老。阿嬤手機裡應該有他的電話。我很確定他認識巫醫。」

「找個巫醫來應該無妨。」愛芙羅黛蒂說。

「她現在怎樣？」達瑞司走進家屬休息室，問道。

「還不知道，我們正在等醫生。我們剛剛談到或許應該打電話給紅鳥阿嬤的一位朋友，請他幫忙找個巫醫來這裡陪她。」

「請奈菲瑞特來不是比較簡單？她是我們的女祭司長，又有療癒的法力。」

「不要！」愛芙羅黛蒂和我異口同聲說。

達瑞司皺起眉頭，幸好這時醫生剛好進來，省得我們得設法跟這位戰士進一步解釋。

「柔依．紅鳥？」

我轉身見到一位高瘦的男子，立刻伸出我的手。「我是柔依。」

他跟我握手，表情嚴肅。他的握力很扎實，手掌滑順有力。「我是魯菲恩醫生，負責照顧妳阿嬤。」

「她現在怎樣？」我很驚訝自己竟能這麼正常地說話，因爲我的喉頭已經被恐懼整個梗塞住。

「我們坐下來談。」他說。

「我想站著。」我說，但隨即對他微笑致歉。「我太緊張，坐不住。」

他的笑容比我的自然，而且我好高興見到他臉上的和善表情。「好。妳阿嬤的車禍很嚴重。她頭部受傷，右手臂有三處骨折，胸口被安全帶勒傷。還有，安全氣囊爆開灼傷了她的臉，不過氣囊也同時救了她的命。」

「她不會有事吧？」我低聲說，發現自己很難提高音量。

「她的狀況還不錯，不過得觀察二十四小時才能更加確定。」魯菲恩醫生說。

「她清醒嗎？」

「沒有，我剛剛讓她昏迷，所以——」

「昏迷！」我覺得自己在搖晃，整個人突然一陣燥熱，視界邊緣還出現閃爍的小亮點。接著，達瑞司的手撐住我的手肘，扶我坐下。

「放鬆，慢慢呼吸。」魯菲恩醫生蹲在我面前，粗大手指抓住我的手腕，幫我量脈搏。

「對不起，對不起，我沒事。」我說，伸手抹去額頭的汗珠。「只不過**昏迷**聽起來好嚴重。」

「昏迷其實不見得是壞事。我讓她昏睡，好讓她的腦子有機會自我療癒。」魯菲恩醫生說：「同時，我們也希望可以藉此控制住腫脹。」

「萬一控制不了腫脹呢？」

他拍拍我的膝蓋，然後站起來。「我們一步一步來——一次解決一個問題。」

「我可以去看她嗎？」

「可以，不過必須保持安靜。」他開始帶我走向病房。

「愛芙羅黛蒂可以跟我一起去嗎？」

「現在一次只能進去一個。」他說。

「沒關係。」愛芙羅黛蒂說：「我們會在這裡等妳。記住，別害怕，不論發生什麼事，她永遠是妳的阿嬤。」

我點點頭，咬著內頰肉，不讓自己哭出來。

我跟著魯菲恩醫生走向離護理站不遠的一間玻璃房。我們在門外稍作停留，醫生低頭看著我，說：「她插了很多管子和儀器，看起來樣子會比實際狀況糟。」

「她現在是靠自己呼吸嗎？」

「對，而且她的心跳很好、很穩定。妳準備好了嗎？」

我點點頭，他替我開門。我一進去裡面，就清清楚楚地聽見鳥禽撲翅聲。「你聽見了嗎？」我壓低聲音問醫生。

「聽見什麼？」

我看著他那雙困惑的眼睛，明白他根本聽不見仿人鴉撲翅。「沒什麼，對不起。」

他拍拍我的肩膀。「發生這種事當然很難受。不過妳阿嬤很健康，很強壯，她復原的機會很大。」

我慢慢走向她的床邊。阿嬤看起來好小，好脆弱，看得我止不住淚水，任憑它們滑落臉頰。她的臉嚴重瘀青灼傷，嘴唇撕裂，上面縫了好幾針。下巴其他地方也有縫合的傷口。她整顆頭大部分部位都被繃帶包著，右手臂裹著厚厚石膏，還有像螺絲的怪東西從石膏裡往外突出。

「有沒有什麼問題想問我？」魯菲恩醫生輕聲問。

「有。」我毫不遲疑地說，雙眼仍停留在阿嬤臉上。「我阿嬤是切羅基族人。我知道，如果能請巫醫進來陪她，她會比較舒服。」我終於把視線從阿嬤殘破的臉移開，抬頭看著醫生。「我不是對你不敬。請他來不是要他醫治她，主要是給她心靈安慰。」

「嗯，我想應該是可以，不過要等她出了加護病房。」

我得克制自己才沒對他大喊：**她在加護病房這段期間就是她最需要巫醫的時候啊！**

魯菲恩醫生繼續平靜地說話，但語氣聽起來很誠懇。「妳得了解，這是天主教醫院，我們原則上眞的只能——」

「天主教？」我打岔，整個人鬆了一大口氣。「所以你們允許修女來陪阿嬤？」

「嗯，對，當然。修女和神父經常來探訪我們的病人。」

我微笑地說：「太好了，我認識一個很棒的修女。」

「很好。嗯，還有什麼其他問題要問嗎？」

「有。可以告訴我哪裡有電話簿嗎？」

29

我不知道已經過了幾個小時。我稍早叫達瑞司和愛芙羅黛蒂先回學校——儘管他們百般不願意。不過愛芙羅黛蒂了解我需要她回去確保一切沒事，這樣我才不會人在這裡擔心阿嬤，卻還得掛念著學校的事。我答應達瑞司不會擅自離開醫院，除非打電話叫他來載我，雖然學校離醫院不到一哩路，我可以輕易步行回去。

在加護病房裡，時間過得很怪。這裡沒有面向戶外的窗子，室內靜謐昏暗，只有醫療儀器發出科幻片裡的跳動輕擊聲。我不禁想像這是死亡等候室，把自己嚇得半死。但我不能離開阿嬤。除非有人代替我在這裡抵抗惡魔，我絕不離開。所以，我繼續坐著，等待著，並守護著阿嬤在沉睡中努力自我療癒的身體。

我坐在那裡，握著她的手，輕輕唱著她喜歡唱來哄我睡覺的切羅基族搖籃曲。這時瑪麗·安潔拉修女終於腳步輕盈地走進來。

她看了我一眼，再看阿嬤一眼，然後向我張開手臂。我撲進她懷裡，臉貼著滑柔的修女袍，蒙住啜泣的聲音。

「噓，沒事，一切都會沒事的。我們聖母的手在照拂她。」她邊撫拍我的背，邊低聲喃喃說道。

我稍微平復，終於能說話時，仰頭看著她，心想我這輩子從來不曾這麼高興見到某人。

「謝謝妳趕來。」

「妳找我，我很榮幸。抱歉讓妳等這麼久。離開修道院前有好多火得先滅一滅。」她說，一手仍摟著我，走向阿嬤床邊。

「沒關係，我好高興妳現在在這裡。安潔拉修女，這是我阿嬤，席薇雅・紅鳥。」我的聲音有點哽咽。「她就像我的親生父母，我非常愛她。」

「她一定很特別，才會讓妳這樣的孫女如此深愛她。」

我趕緊抬頭看安潔拉修女。「醫院的人不知道我是雛鬼。」

「妳是誰不重要。」修女語氣堅定地說：「只要妳或妳的家人需要救濟、照顧，他們就應該提供。」

「但事情有時不是這樣。」我說。

她睿智的眼睛端詳我。「遺憾的是，我同意妳的話。」

「那麼，幫幫我，別告訴他們我是誰，好嗎？」

「好。」她說。

「太好了。阿嬤和我都很需要妳幫忙。」

「我可以做什麼？」

我轉頭看著阿嬤。從我坐在她身邊起，她就一直這樣安詳地休息。我沒再聽見鳥禽撲翅的聲音，也沒再感覺到惡魔出現的徵兆，但我還是不願拋下她一個人，即便只有幾分鐘。

「柔依？」

我看著安潔拉修女充滿智慧和慈愛的眼睛，告訴她實情。「我有話得跟妳說，但我不想在這裡說，怕會被人打斷或偷聽。可是我又不敢離開阿嬤，怕她一個人，沒人保護。」

她冷靜地看著我，完全沒被我的怪異反應給嚇到。然後她從黑色寬袍的前方口袋掏出一尊刻畫細膩、美麗非常的聖母馬利亞小雕像。

「我們到外頭交談時，我把聖母放在這裡陪妳阿嬤，妳會比較安心嗎？」

我點點頭。「我想，應該會。」我試著不去探究爲什麼一位修女隨身攜帶的天主教聖母像會讓我這麼安心。但我感激我的直覺告訴我，我可以信任這位修女及她帶在身上的「魔法」。

安潔拉修女將小雕像放在阿嬤的床邊桌上，然後低頭合掌。我看見她的雙唇蠕動，但她聲音太小，我聽不見。修女在胸前畫個十字，親吻自己手指後輕輕碰觸雕像，然後我們離開病房。

「外頭還是白天嗎？」我問。

她驚訝地看著我。「已經天黑好幾個小時了。柔依，現在超過晚上十點了。」

我搓搓臉，我實在累壞了。「妳介意我們到戶外一下嗎？我有很多可怕的事要告訴妳。周圍有夜色籠罩，我會比較好開口。」

「今晚涼爽舒服，我很樂意跟妳走入夜色中。」

我們在迷宮似的聖約翰醫院裡繞了一會兒，終於從西側走出醫院。這一側是尤帝卡街，對面第二十一街與尤帝卡街交叉口有一座美麗的噴泉水瀑。

「想走到噴泉那邊嗎？」我問。

「妳帶路，柔依。」安潔拉修女微笑地說。

我們往前走時沒交談。我環顧四周，找尋可能躲在陰暗角落的畸形鳥影，傾聽很容易誤以爲只是普通渡鴨啼叫的嘲笑聲，但什麼都沒有。我在四周夜色中唯一感覺到的那東西還在等待。眞不知這是好跡象，還是壞徵兆。

離噴泉不遠處有張長椅，椅子面對著醫院西南角落一座白色大理石聖母雕像，雕像四周圍繞著羊群和牧童。急診室的門內也有一座美麗的彩色聖母像，披著那件眾人皆知的藍色頭巾。眞怪，我以前竟從未注意過這附近有如此多的聖母像。

我們在長椅上坐了一會兒，在沁涼靜謐的夜色中休息。然後我深吸一口氣，在椅子上轉身面對瑪麗．安潔拉修女。

「修女，妳相信有魔鬼嗎？」我決定直接切入。拐彎抹角沒意義，再說我也沒時間或耐心慢慢說。

她揚起灰色眉毛。「魔鬼？嗯，我相信。長久以來魔鬼和天主教會鬥爭得可厲害了。」然後她只是從容地看著我，彷彿現在換我說了。這是我喜歡安潔拉修女的地方之一。她不像一些大人，以爲替妳把話說完是他們的責任；也不像有些大人無法忍受安靜等待，讓孩子有時間把思緒釐清。

「妳本身認識任何魔鬼嗎？」

「沒有，沒遇過眞正的魔鬼。我有幾次很險的遭遇，但後來發現他們全是很變態或很狡詐的人。」

「那天使呢？」

「妳是問，我相不相信有天使，或者我認不認識任何天使？」

「兩者都有。」我說。

「依照順序回答：相信，但不認識。我寧可遇見天使而不是魔鬼，如果可以選擇的話。」

「別這麼肯定。」

「柔依？」

「**拿非利人**這個詞妳熟悉嗎？」

「熟悉啊，舊約裡有提到他們。有些神學家猜測，聖經中所說的巨人歌利亞要不是一個拿非利人，就是他們的後裔。」

「巨人歌利亞不是好人，對吧？」

「根據舊約的描述，不是。」

「好，我要告訴妳另一個拿非利人的故事。他也不是好人。這故事是我阿嬤的族人說的。」

「族人？」

「她是切羅基族。」

「喔，說吧，柔依。我很喜歡聽原住民的傳說。」

「嗯，抓好妳的頭巾哦，這可不是溫馨的床邊故事。」然後我簡要地說出阿嬤告訴我的那個關於卡羅納、特西思基利及仿人鴉的故事。

最後我說到卡羅納被囚禁在地底，有一首佚失的仿人鴉之歌預言牠們的父親將會回來。安潔拉修女聽完後數分鐘不發一語，怪的是等她再度開口時，她說的第一句話竟然跟我初次聽到這故事的反應一樣。

「那些女人讓泥娃娃變成了活人？」

我笑了。「阿嬤告訴我這個故事時，我也是這麼問她。」

「那妳阿嬤怎麼回答？」

我從她臉上的平靜表情看得出來，她以為我會哈哈大笑，說阿嬤告訴我那只是童話故事，或只是宗教寓言。但我告訴她眞相。「阿嬤提醒我，魔法是眞實的。阿嬤還說，她的祖先，也就是我的祖先，跟一個能召喚所有五元素的女孩一樣可信。」

「妳是說，有這種天賦的女孩就是妳，所以妳很重要，到流浪貓之家時需要有戰士隨同？」安潔拉修女說。

從她的眼神，我知道她不想說我是騙子，破壞我們剛建立的友誼，但她也無法相信我的話。所以我起身，離開長椅一小步，避開惱人的路燈光線。我閉上眼睛，深深吸入夜晚的沁涼空氣。毋須多想，我立刻找到東方。對我來說，這很自然。我面向對街的聖約翰醫院，那兒就是東方。我張開眼睛，微笑地說：「風，過去幾天你數度回應我的召喚，我尊崇你的忠心，請你再次回應我。降臨吧，風！」

今晚原本無風，但在我召喚第一個元素的那一剎那，一陣甜美的微風立刻在我的四周嬉戲吹拂。安潔拉修女離我這麼近，她絕對可以感覺到風聽從我的命令。她甚至得伸手壓住頭巾，免得被風吹掉。我看著她震驚的表情揚了揚眉毛，然後右轉面向南方。

「火，今夜沁涼，如同往常，我們需要你溫暖的保護。降臨吧，火！」

涼風立刻變得溫暖，甚至有點熱。我聽見四周傳來壁爐柴火熊熊燃燒的劈里啪啦聲，彷彿安潔拉修女和我準備在暖和的夏夜裡烤香腸。

「天哪！」我聽見她驚呼。

我笑笑，再次右轉。「水，我們需要你來洗滌，紓解火帶來的熱氣。降臨吧，水！」

在春雨的氣息和撫觸中，我感覺到熱氣瞬間被澆淋，整個人暢快無比。我的肌膚沒濕，但覺得應該已經濕透了才對，就像站在雨中，被洗滌、被冷卻，全身煥然一新。

安潔拉修女仰頭向天，張開嘴巴，彷彿以為可以接到落下的雨珠。

我繼續向右轉。「土，我一直覺得跟你很親近，你滋養、保護我們。降臨吧，土！」

春雨氣息化爲夏天新刈乾草的味道。被雨水冷卻的微風現在瀰漫著紫花苜蓿和陽光的氣味，還有嬉戲孩童的歡樂笑聲。

我望向修女，她仍坐在長椅上，但已經脫下頭巾，任灰色短髮在臉龐四周飛揚。她笑臉盈盈，深深吸入夏日氣息，整個人看起來又成了個美麗的小女孩。

她感覺到我的注視，轉頭望著我時，我正好雙手高舉過頭。「整合我們的是靈，讓我們成爲獨特個體的也是靈。降臨吧，靈！」

如同往常，當靈回應我的召喚，靈魂飛揚的熟悉美妙感覺湧上心頭，盈滿我整個人。

「啊！」安潔拉修女的驚呼聽起來不像驚嚇或生氣，而是敬畏。我看見她低下頭，抓著始終掛在她脖子上的那串念珠壓在胸口。

「謝謝你們，靈、土、水、火和風。請帶著我的感謝離去。非常感激你們！」我大喊，用力張開兩臂。五元素在我四周淘氣地飛旋，而後才消散於夜色中。

我慢慢走回長椅，坐在安潔拉修女身旁。她正在整理頭髮，重新固定頭巾。終於，她轉頭看我。

「我已經懷疑很久了。」

我沒料到她會這麼說。「妳早就懷疑我能控制元素？」

她噗嗤笑了出來。「不是，孩子。我早就懷疑這世界充滿看不見的力量。」

「無意冒犯，不過聽到修女這麼說實在很奇怪。」

「是嗎？我不覺得奇怪欸。妳應該記得，我許身的對象基本上是個神靈。」她躊躇了一下，然後繼續說：「而且我曾經感覺到這些力量在活動──」

「元素。」我打岔。「這些力量是五元素。」

「我接受妳的糾正。之前我在修道院就經常感覺到這些元素在活動。根據傳說，我們修道院的所在位置是古代的能量之地。所以，柔依．鳥兒，雛鬼女祭司，妳今晚向我展現的，是證實了我之前的感覺，而不是讓我震驚。」

「喔，嗯，眞高興聽到妳這麼說。」

「好，妳剛剛說到格希古娃用黏土創造了一個少女，利用她將那個墮落天使困在地底，而仿人鴉唱了一首歌提到他將回來，然後牠們全部只剩靈體。之後發生了什麼事？」

她這種就事論事的語氣讓我忍不住發噱，片刻後我才以嚴肅的口吻說：「顯然好多年來什麼事都沒發生──也許有一千年之久吧。然而，就在幾天前，我開始在夜晚聽見討厭的鳥叫聲，我一開始以為那是烏鴉。」

「妳不認爲牠們是烏鴉？」

「我知道牠們不是。首先，牠們沒像烏鴉發出叩叩的啼聲——牠們發出的是嘎嘎聲。」

她點點頭。「渡鴉嘎嘎啼，烏鴉叩叩叫。」

我點頭。「我是最近才學到這一點。第二，我不僅曾被兩隻渡鴉攻擊，昨晚還見到一隻。阿嬤告訴我她要趁我睡覺時開車去哪裡，那時候牠就在我的窗外偷聽。而阿嬤就是在開車途中發生這件幾乎致命的奇怪『意外』。」說到「意外」二字時，我用手指在空中比畫出引號。「目擊者說，意外發生是因爲有一隻大黑鳥直接飛撲她的車子。」

「聖母啊！仿人鴉爲什麼要追殺妳阿嬤？」

「我認爲牠們追殺她是爲了對付我，而且牠們要確保她無法再幫我們的忙。」

「你們？除了妳，還有其他什麼人？」

「還有我的雛鬼朋友。他們都只擁有某一種元素的感應力，其中一位有靈視，能預見即將發生的事——妳知道的，通常是死亡和毀滅，標準的靈視內容。」

「這人應該是愛芙羅黛蒂吧？那位可愛的小姐——眞感謝她啊——領養了梅蕾菲森。」

我笑笑，說：「對，她就是那個靈視小姐。還有，我們沒人因爲她領養梅蕾菲森而感到興奮。」安潔拉修女呵呵大笑，我繼續說：「總之，我們認爲，愛芙羅黛蒂在最近一次的靈視中所見到的預言，就是仿人鴉之歌，而且她把這預言寫下來了。」

安潔拉修女臉色發白。「這預言說到卡羅納會回來？」

「對，看來這事現在就要發生了。」

「喔，馬利亞！」她低聲呼喊，在胸前畫十字。

「所以我們需要妳的幫助。」我說。

「我怎麼有辦法幫你們阻止預言實現呢？我對拿非利人是知道一點，不過對這個切羅基族傳說可一點都不了解。」

「不是。我想我們已經想出解決辦法了，今晚我們就會採取行動，來減損他的能力，讓預言無法實現。我需要妳幫的忙是阿嬤。瞧，仿人鴉想得沒錯，傷害阿嬤就能阻撓我。我不能丟下阿嬤不管，讓他們有機會折磨她。可是聖約翰醫院的人不讓我帶巫醫進來，因爲他們不喜歡這些異教的東西。所以我得找個在靈性上很堅強，而且相信我的人，來幫我顧著阿嬤。」

「所以妳想到找我？」她問。

「對。妳願意幫我嗎？在我設法把這預言再往後延遲一千年的時候，妳願意陪著阿嬤，保護她免受仿人鴉傷害嗎？」

「我很願意。」她起身，堅定地走向行人穿越道。然後她轉頭看了我一眼，說：「怎麼？妳想召喚風把我吹回醫院啊？」

我笑了出來，跟著她一起穿越馬路。她在醫院西南角落的那尊聖母雕像前停步，俯首低聲祈禱。我在一旁等待時，心裡覺得很從容。我仔細地端詳這尊聖母雕像，第一次發現她的面容是如此慈祥，眼神充滿智慧。就在安潔拉修女屈膝禮拜時，我低聲呼喚：「火，我需要你。」霎時四周出現熱氣，我以手掌掬起一把熱氣，將它彈向聖母腳邊一根許願蠟燭。這根蠟燭和其他大約六根蠟燭的燭芯旋即燃燒，興奮地爆出火焰。「謝謝你，火，你現在離開去玩吧。」我說。

安潔拉修女沒說什麼，只是拿起一根點燃的蠟燭，眼神充滿期待地望著我。見我沒說話，她問我：「妳有二十五分硬幣嗎？」

「有，應該有。」我將手伸入牛仔褲口袋，掏出稍早在販賣機買可樂時找來的零錢。我的掌心現在有兩個二十五分硬幣、兩個一分，還有一個五分硬幣。我不知道她要我怎麼做，所以我將整隻手掌伸向她。

她笑了，說：「很好，將這些硬幣全放在這根蠟燭原來的位置。我們上樓吧。」

我照她的話做了，然後我們走回阿嬤的病房。一路上她以手掌護著許願蠟燭搖曳的火焰。

我們進到阿嬤病房時，沒有撲翅聲等著我們，我的眼角餘光也沒瞥見任何掠過的黑影。

安潔拉修女走向床邊桌，將蠟燭放在桌上聖母小雕像的前面，然後坐在我今天坐了整天的那張椅子上，取下脖子上的念珠。她看也不看我一眼，說：「妳該走了吧，孩子？妳有妳的邪惡力量要對抗呢。」

「對，我是該走了。」我快步走到阿嬤床邊。她一動也不動，但我努力相信她的氣色已經變得更健康，呼吸也更有力了。我親吻她額頭，輕聲對她說：「我愛妳，阿嬤。我很快會回來的。在我回來之前，瑪麗·安潔拉修女會在這裡陪妳，她不會讓仿人鴉帶走妳的。」

然後我轉身看著修女，她一臉安詳，坐在醫院的椅子上，卻彷彿置身另一個世界，手指撥弄著念珠。許願蠟燭的小燭光搖曳閃爍，映照著她和她的女神。我正要開口謝謝她，她先一步說話。

「妳不需要謝我，孩子。這是我的工作。」

「陪伴病人是妳的工作？」

「幫助良善遏止邪惡是我的工作。」

「眞高興妳擅長這份工作。」我說。

「我也很高興。」

我俯身親吻她柔嫩的臉頰，她輕輕微笑。可是，離去前還有一件事我得告訴她。「修女，萬一我沒……萬一我朋友和我沒能阻止卡羅納，他眞的復出，到時候這附近的人都會有危險，尤其是女性。妳得找個地底的地方躲藏。妳知道有什麼地方，例如地下室或地窖，甚至洞穴，妳很快就可以抵達，而且躲藏一陣子嗎？」

她點點頭。「我們修道院底下有個大地窖，以前做過多種用途，包括一九二〇年代用來藏私釀的酒——如果那些古老傳說可信的話。」

「好，那妳就去那裡。帶著其他修女——要命，還有那些流浪貓。一定要往地下去，因爲卡羅納厭惡土地，他不會追著妳們到地下。」

「我懂了，不過我相信妳會贏得勝利的。」

「我希望妳是對的。不過，請答應我，萬一我失敗了，妳們會到地下，而且會帶著我阿嬤一起去。」我凝視她的眼眸，等著她提醒我，要將受傷的老太婆弄出加護病房，帶進修道院和地窖，可不是那麼簡單的事。

然而，她只是沉著地笑笑，說：「我答應妳。」

我驚訝地眨著眼睛看她。

「妳以為妳是唯一有法力的人嗎？」修女對我揚起她的灰色眉毛。「人們很少質疑修女在做什麼。」

「哈，太好了。好，那我有妳的手機號碼，我們保持暢通，我會盡快跟妳聯絡。」

「別擔心妳阿嬤或我。我們老女人很懂得照顧自己。」

我再次親吻她的臉頰。「修女，妳跟阿嬤一樣，永遠不會老。」

30

我實在不想等達瑞司，尤其回學校的距離這麼短，我走回去的時間跟他上車、發動，再開到醫院的時間差不多。不過我現在就是做不到。夜晚給我的感覺已經從朋友變成恐怖、鬼祟的敵人。趁著等他的空檔，我撥了史蒂薇．蕾的手機號碼。

她沒接，手機甚至沒響，而是直接轉到語音信箱。又一次，我思索著該留什麼樣的訊息給她。**嗨，史蒂薇．蕾，妳今晚捲入其中之前，我想先跟妳談一個駭人預言和古代邪惡力量的事。也許晚點再找妳**。不知何故，我覺得這樣留言不太明智。我一邊等達瑞司，一邊責備自己沒早點打電話給史蒂薇．蕾。不過阿嬤的這場意外已經占據了我的所有注意力。

而這正是仿人鴉的目的。

達瑞司的黑色凌志在急診室入口附近的路邊停下，他跳下車幫我開門。

「妳阿嬤現在怎樣？」

「跟之前差不多，醫生說這算是好現象。安潔拉修女今晚會陪著她，所以我可以回去帶領淨化儀式。」

達瑞司點點頭，將車子回轉，這樣我們就可以走最短的路駛回學校。「安潔拉修女是很有能力的女祭司，應該可以成爲很棒的吸血鬼。」

我笑了。「我會告訴她你這麼說。今天學校有發生什麼事是我該知道的嗎？」

「妳阿嬤車禍的消息傳開後，有人提到或許該將儀式延期。」

「喔，不要！不該這麼做。」我趕緊說：「這個儀式太重要了，延期不得。」

他好奇地看我一眼，但只說：「奈菲瑞特也這麼說。她說服雪姬娜依照原定計畫進行。」

「是嗎？」我心中暗自驚疑，卻不小心說出嘴。不曉得爲什麼奈菲瑞特那麼在意我今晚可以如期進行儀式。或許她已經察覺愛芙羅黛蒂失去土的感應力，等著看愛芙羅黛蒂和我出糗。好，她如果這麼期待，到時就等著吃驚吧。

「不過妳的時間不多了。」達瑞司說，瞥了一眼儀表板上的時間。「妳得馬上換衣服，然後趕到東牆。」

「不用擔心，我很擅長應付這種時間緊迫的壓力。」我撒謊。

「嗯，我相信愛芙羅黛蒂和其他人都幫妳準備好所有東西了。」

我點點頭，對他微笑。「愛芙羅黛蒂，是嗎？」

他微笑望著我。「對，愛芙羅黛蒂。」

我們在人行道上停車，達瑞司下車幫我開車門。「多謝嘍，男朋友。」我逗他。「儀式上見。」

「我不會錯過的。」他說。

「喔我的天哪！妳阿嬤還好嗎？我聽到消息時眞的好難過！」傑克像一陣小龍捲風衝進我的寢室，熱切的擁抱幾乎讓我窒息。女公爵跟著他擠過來，猛搖尾巴，不停喘氣歡迎我。

「是啊，我們都好擔心阿嬤。」戴米恩說，緊跟在傑克和女公爵身後，接手擁抱我。「我替她點了薰衣草蠟燭，讓它整天燃亮著。」

「阿嬤一定會很喜歡。」我說。

「現在情況怎樣？她不會有事吧？」依琳問。

「是啊，愛芙羅黛蒂什麼屁都不說。」簫妮說。

「我把我知道的都告訴你們了。」愛芙羅黛蒂說，跟著其他人進我房間。「還得一兩天情況才會比較明朗。」

「現在仍然是這樣。」我說：「不過，她情況沒惡化，這應該是好事。」

「眞的是仿人鴉造成這場意外？」傑克問。

「我很確定。」我說：「我進去病房時裡頭就有一隻。」

「妳確定要把她獨自留在醫院嗎？我的意思是，這樣牠們傷害不了她嗎？」傑克說。

「當然傷害得了，不過她不是獨自一個人在那裡。還記得愛芙羅黛蒂和我說過的修女嗎，就是負責流浪貓之家的那位？她在醫院陪我阿嬤，她不會讓任何東西傷害我阿嬤的。」

「聽到修女，我就害怕。」依琳說。

「我也是，眞的。我小學有五年都在天主教私立學校念書。我發誓，她們是很惡～～毒的女人。」簫妮說。

「瑪麗·安潔拉修女絕對能料理好事情。」愛芙羅黛蒂說。

「也絕對能料理任何想騷擾阿嬤的仿人鴉。」我接腔。

「所以，這位修女知道仿人鴉的事了？」戴米恩說。

「她什麼都知道——那個預言以及其他。我非得告訴她不可，否則她無法明白爲什麼絕對不能留下阿嬤單獨一人。」我停頓下來，決定坦承一切。「況且，我信任她。每次跟她在一起，我就感受到一種很強的正面能量。事實上每次看到她，我就想起阿嬤。」

「此外，她認爲妮克絲是聖母馬利亞的化身。也就是說，她不認爲我們是邪惡的，應該下地獄。」愛芙羅黛蒂補充說明。

「眞有趣。」戴米恩說：「我等不及一解決瘋狂的卡羅納，就去見她。」

「喔，說到瘋狂，你們有一直留意攝影機吧？」我問。

傑克點點頭，拍拍總是隨身攜帶的書包。「有，我當然有。今天仍然一片死寂，像死了一樣完全沒動靜。」他咯咯笑了起來，隨即摑自己嘴巴一掌。「對不起！我無意對可能那個的人不敬。」他不敢再次說出「死」字。

「親愛的，沒關係，」戴米恩伸手摟著他。「在這種狀況下需要來點幽默，而且你咯咯笑的時候很可愛。」

「好，趁我還沒嘔吐，弄髒這身漂亮的新衣服之前，我們可不可以大略走一遍計畫，然後就出發？今晚遲到可不是好事。」愛芙羅黛蒂說。

「對，妳說得沒錯，我們得出發了。不過你們大家看起來眞棒。」我說，咧嘴笑著看大家。「我們眞是帥哥美女團。」

大家笑著輪流相互屈膝行禮，鞠躬，可愛地小轉個身。這是攣生的出的主意，她們認爲我們今晚應該穿新衣服參加淨化儀式。她們說，我們需要新東西來象徵新的一年和淨化過的全新學校。我心想，未免太多「新」了吧，不過我實在忙到沒工夫管這事。因此，當我陪在阿嬤的病榻前，孿生的就忙著去大採購。（我沒問她們是怎麼蹺課的——有些事我還是不要知道細節比較好。）我們全都穿黑色衣服，不過每個人的黑衣服都不一樣。愛芙羅黛蒂穿的是水滴領的黑絲絨上衣配超短裙，加上她那雙黑色高跟長統靴，絕對可以迷倒眾生。我猜，她應該是秉持著她的座右銘吧：**不管發生什麼事，只要打扮得好看，一切都會變好事**。戴米恩和傑克穿黑色男裝。我對男裝完全不懂，但他們那模樣真是可愛。孿生的穿黑色短裙，至於她們身上那種黑色絲質上衣，我不知道該說是可愛還是像懷了孕。不過我當然不會跟孿生的這麼說。我穿的是依琳幫我挑的黑色洋裝，領口和緊身長袖袖口縫有小小的紅色琉璃珠，及膝的裙子下襬也懸墜著珠子。這套衣服非常適合我，而且我知道，我舉手召喚元素時，琉璃珠一經月光映照，會發出血紅亮澤的月色。換句話說，看起來會非常酷。

當然，我們全都戴上了黑暗女兒和黑暗男兒專屬的，由兩彎弦月和一輪滿月所構成的鍊墜。我的鍊墜還鑲有紅色石榴石，璀璨閃耀一如我的衣服。

我微笑看著朋友們，油然覺得驕傲，充滿信心。阿嬤有安潔拉修女妥善照顧，我有朋友在身邊——而且我們之間再也沒有任何祕密了。儀式一定會順利進行，而史蒂薇．蕾和紅雛鬼會公開露臉——這代表奈菲瑞特將無法再隱瞞了，不管她承不承認自己和活死人小鬼的存在有關。艾瑞克總算又願意跟我說話了。嗯，說到男孩，我甚至對史塔克的復活充滿希望。這次，他將在雪姬娜的法力見證、保護下，從死裡復活。此外，我也不必再擔心（又）同時對兩個男孩有興趣，至少目前不必操這個心。

基本上，我覺得一切都很好，我們已準備好對抗什麼古老的混帳邪惡力量。

「好，整個儀式差不多就像往常那樣。我會配合傑克下的音樂進場。」

傑克熱切地點頭。「我準備好了！妳這次進場的音樂是《藝伎回憶錄》電影原聲帶裡最好聽的部分，再混合其他東西。至於其他東西是什麼，我要等到那時候再給妳驚喜。」

我對他皺起眉頭。難道我今晚吃的驚還不夠呀？

「別擔心，」戴米恩說：「妳會喜歡的。」

我嘆了一口氣。反正現在已經來不及改變什麼了。「然後，我就召喚元素設立守護圈。愛芙羅黛蒂，妳務必要站在東牆邊那棵大橡樹的正前方。」

「這點已經確認過了，柔。」依琳說。

「對，傑克和戴米恩在弄音響時，我們準備了蠟燭和供桌。那時，我們已經把土元素蠟燭放在樹旁了。」

「對了，你們還沒見到史蒂薇．蕾的蹤影吧？」

「沒有。」孿生的、戴米恩和傑克齊聲說。

我又嘆了一口氣。她一定要出現才行。

「別擔心，她會來的。」戴米恩說。

愛芙羅黛蒂和我迅速交換個眼色。「希望如此。」我說：「否則我眞不知道我召喚土，蠟燭卻從妳手中飛走時，我該怎麼辦。」

「妳點蠟燭時，愛芙羅黛蒂可以把蠟燭放在地上，跳一段詮釋土元素的舞啊。」傑克獻策。

愛芙羅黛蒂翻白眼，不過我說：「我們就把這當成備胎方案吧，希望用不到。好，只要史蒂薇·蕾出現，所有元素都召喚來，守護圈也設立好之後，我會簡單地向眾人宣告紅雛鬼的存在，並說明他們現身如何有助於我們袪除學校裡的祕密。」

「這點說得棒。」戴米恩說。

「謝謝。」我說：「我想，儀式之後我一定得解釋很多事情，所以在儀式上我會盡量長話短說。」

「接下來我們就看奈菲瑞特怎麼收拾殘局了。」愛芙羅黛蒂說。

「倘若她眞如我們揣測的，是特西思基利之后，面對雪姬娜的雷霆怒火，她一定會慌慌張張地溜掉，無暇做什麼事情來實現卡羅納的預言。」我說。**但是，倘若最糟糕的狀況發生，特西思基利之后其實是史蒂薇·蕾或其中一個紅雛鬼，我就只能信賴雪姬娜和妮克絲，把事情交給她們處理**。不過，我說出口的話是：「但是，戴米恩，要留意那些仿人鴉。如果你覺得你看到或聽到什麼，就用風驅趕牠。」

「沒問題。」戴米恩說。

「那麼，大家準備好了？」我問。

「準備好了。」他們齊聲喊道。

於是我們疾步離開宿舍，信心滿滿地邁向我們最後一次天眞無知的時刻。

31

看來全校都在等我們了。由於孿生的已事先將長蠟燭擺放妥當，儀式的場所便設定好了，所以此刻雛鬼和吸血鬼們已在指定區域圍成一個大圓圈。其中，大橡樹成爲全場焦點，也是即將設立的守護圈的主要位置。

我很高興見到所有的冥界之子都在場。他們大部分人站在圓圈外圍守備，另有一部分人則部署在校園圍牆頂端警戒。我知道，這麼一來，史蒂薇·蕾和紅雛鬼們就很不容易潛入校園。但想到仿人鴉、卡羅納和殺害吸血鬼的凶手（不管那是誰或什麼）就潛伏在附近，看到冥界之子讓我覺得安心多了。

我和傑克站在圓圈外面一側，看著戴米恩、孿生的和愛芙羅黛蒂手持代表各自元素的各色蠟燭，面朝內，在自己的位置站定。我只要踮起腳尖，就能看見圓圈中央的妮克絲供桌。我想像今晚供桌上應該會擺滿乾燥水果和醃漬蔬菜，這樣的供品最適合深冬時節；此外，應該還會有儀式用的酒盅等東西。我覺得供桌旁好像有個人站在那裡，不過前方的人太多，我看不清楚。

「歡喜相聚！」雪姬娜走過來跟我打招呼。

「歡喜相聚。」我微笑著向她敬禮。

「妳阿嬤還好嗎？」

「狀況還可以，她在努力撐住。」

「我原本考慮取消儀式，或至少延後，不過奈菲瑞特堅持應該依照原定計畫舉行。她似乎認爲這個儀式對妳來說很重要。」

我不動聲色，讓自己看起來像是對她說的話感興趣，但沒什麼特別想法。

「嗯，我的確認爲這個儀式很重要，而且我不希望因爲我而取消。」我說，環顧四周，疑惑奈菲瑞特怎麼沒在這裡等著捅我一刀。我確信，她堅持今晚儀式如期舉行，唯一的原因是她知道阿嬤出車禍，我一定會難過、分心。「奈菲瑞特呢？」我問。

雪姬娜回頭看了一眼，然後我看見她皺起眉頭，快速掃視會場一圈。「她剛剛還在我身後。奇怪，現在怎麼沒見到她……」

「或許她已經站在圓圈裡。」我腦袋裡的警鈴已經鈴聲大作，但我希望我的表情沒透露任何訊息。我回頭看見傑克正忙著調音響器材。「好，我或許該開始進行了。」

「喔，我差點忘了告訴妳——其實我以爲奈菲瑞特要跟妳說。」雪姬娜停頓一下，再次張望尋找奈菲瑞特。「沒關係，由我來說也行。奈菲瑞特認爲，妳從沒主持過這麼大型的淨化儀式，而且還這麼年輕，所以妳或許不知道，在這種儀式中，妳必須將一個成鬼的血攙進妳要獻給元素的酒。」

「什麼？」我一定聽錯了。

「沒錯，這其實很簡單。艾瑞克．奈特不僅自願代替我們可憐的羅倫．布雷克，引領妳出場，他也願意扮演女祭司伴侶的傳統角色，提供他的血給妳獻祭。我聽說他是個傑出的演員，應該可以表現得很好。妳只需聽他指引就行了。」

「這就是我說的驚喜！」傑克說，從雪姬娜身旁冒出來。「喔，我是指艾瑞克引領妳出場的那部分啦。至於血的那部分，隨便啦。」這個年輕雛鬼還太稚嫩，血液不至於對他造成重大影響，不像**我**。「艾瑞克自願這麼做欸，很酷吧！」

「喔，對，很酷。」我只能勉強這麼說。

「我應該就定位了。」雪姬娜說：「祝福滿滿。」

我看著她的背喃喃回應：「祝福滿滿。」然後，我看著傑克。「傑克，」我很用力地低聲告訴他：「對我來說，艾瑞克今晚扮演羅倫的角色可**不是**驚喜！」

傑克皺起眉頭。「戴米恩和我以爲是啊。這樣你們兩個就又能試著交談了。」

「我們不會當著全校的面交談！」

「啊，嗯，我沒想到這一點。」傑克的嘴唇開始顫抖。「對不起，如果我知道妳會生氣，我會第一時間就告訴妳。」

我抬手抹過額頭，將散落在臉龐的頭髮撥開。我現在最不需要的，就是傑克崩潰哭泣。不，我現在最不需要的，就是必須在全校面前公開地面對艾瑞克和他那甜美的血！**好了，好了，深呼吸……反正妳遇過更難堪的場面**。

「柔依？」傑克抽噎著喊我。

「傑克，沒關係，眞的。我只是，呃，只是太驚訝了。驚訝不就是這樣子嗎？我現在沒事了。」

「好～吧。妳確定哦？那妳準備好了嗎？」

「確定。準備好了。」我趕緊說，免得失控尖叫，往反方向跑掉。「替我下音樂吧。」

「準備讓大家大吃一驚吧，柔！」他說完後跑向音響器材，開始播放音樂。

我閉上眼睛，開始深呼吸，設法澄清思慮，並準備召喚元素，設立守護圈——由於艾瑞克這個「驚喜」，我完全忘了告訴傑克要記得查看攝影機監視器。

如同往常，我走向圓圈，沉浸在音樂之前，緊張得半死，但隨後就好了。今晚《藝伎回憶錄》的配樂令人陶醉，我舉起手，讓身體優雅地隨著管弦樂舞動。然後，艾瑞克的聲音融入音樂和夜色，創造出魔法。

熠熠閃亮的星光下，
皎潔光輝的月亮下，
夜晚療癒
炙熱正午的傷口……

詩句深深吸引住我，帶我隨著艾瑞克的聲音起伏波動。我的頭往後一甩，任憑頭髮飛散披垂，緩緩步入圓圈，讓詩句交織著音樂、舞蹈和魔幻。

……那麼，我告訴你，
若怨恨占據你的心，
當白晝的激烈爭執結束，

命令怨恨離去吧……

我精準地沿著圓圈繞行，享受艾瑞克吟誦詩句的美好。我覺得這詩選得眞好。以前羅倫引導我進入圓圈時，他會利用詩句引誘、迷惑我，從不考慮儀式對我，對其他雛鬼，甚至對妮克絲的意義。他只想遂行自己的目的。這一點，現在我已經看得清清楚楚。眞不知道當時怎麼會被他耍得團團轉。但艾瑞克和他不同，猶如月光和日光不同。他挑選的這首詩講的是寬恕與療癒。倘若他想藉此對我傳達言外之意，我自然高興。但我知道，他首先想到的，是在深受兩位老師死亡的打擊之後，什麼最有益於正在療傷止痛的學校和學生。

讓人難過的白晝，
無論何時出錯，不管原由，
都成為過去，
已經結束。
遺忘、原諒那傷口，
你會很快入睡，

在熠熠閃亮的星光下，
在皎潔光輝的月亮下。

我舞到圓圈正中央妮克絲供桌前與艾瑞克會合時，他吟誦的詩正好結束。我仰頭看他。他穿著一身黑，完美搭配他的深色頭髮，襯托出他眼眸的湛藍。

「嗨，女祭司。」他輕聲說。

「嗨，我的伴侶。」我回應。

他畢恭畢敬地對我行禮，右手握拳放在心臟位置深深一鞠躬，然後面向供桌。他轉身回來看著我時，一手拿著那只妮克絲專用的精雕細琢的銀盅，另一手拿著儀式用匕首。好吧，雖說是「儀式」，這把刀可不是拿來玩的。事實上，它非常銳利，利得嚇人，但也非常美麗，鐫刻著與妮克絲有關的神聖文字和符號。

「妳需要這個。」他將匕首遞給我。

我接過刀子，因月光映在刀刃上的閃耀光芒而心蕩神搖，不知道接下來該做些什麼。幸好，音樂還在播放，而一旁觀看的眾人仍陶醉地隨著《藝伎回憶錄》的旋律輕輕搖擺。換句話說，他們雖然看著我們，但沒期待很快看到什麼。只要我們壓低聲音，他們不會聽見我們在說什麼的。我朝戴米恩瞥了一眼，他對我挑挑眉毛，使了個眼色。我趕緊將視線移開。

「柔依？妳還好嗎？」艾瑞克悄聲說道：「妳知道，我不會太痛的。」

「不會嗎？」

「妳以前沒做過，是吧？」

我輕輕搖頭。

他摸了一下我的臉頰，但只摸了那麼一下。「我老是忘了妳對這些事情還很生疏。好吧，很簡單，我會伸出右手，掌心朝上，舉在酒盅上方。」他舉起已經換到左手的酒盅，我聞到滿盅紅酒的氣味。「妳將匕首高舉過頭，拿著它朝東西南北四方位行禮，然後劃破我的手掌。」

「劃破！」我倒抽一口氣。

他笑了。「割破，劃破，隨便啦，反正就是用刀刃往我拇指下方那團肉劃下去。刀很利，會替妳完成任務的。然後，當妳以妮克絲之名感謝我爲她獻祭，我會翻轉手掌，讓血液滴到酒裡。一會兒後我會握起拳頭，這時妳就拿著酒盅走向戴米恩，開始設立守護圈。今晚妳要讓每位元素的代表喝一口酒，象徵性地淨化每個元素，然後再進行全校的淨化儀式。這樣懂了嗎？」

「懂了。」我顫抖著說。

「最好現在開始進行。別擔心，妳會做得很棒的。」他說。

我點點頭，將匕首高舉過頭。「風！火！水！土！我向你們致敬！」我將刀刃從東方依序轉向南方、西方和北方，同時呼叫每個元素。我感覺到元素的力量在我四周醞釀，急切地期盼著回應我接下來的召喚。這時，我不再感到緊張。我的聲音仍在耳際迴盪，我趕緊放下匕首，將刀尖抵住艾瑞克拇指底部，然後我快速一抽，鋒利無比的刀刃劃過他手掌，割破他剛才指示的位置。

血液的氣味立刻撲鼻而來，溫暖、幽暗、難以言喻的甜美。我心蕩神馳，看著紅寶石般的血珠汩出。艾瑞克翻轉手掌，好讓血珠滴落等待它融入的酒。我抬頭凝視著他清澈湛藍的眼眸。

「以妮克絲之名，我感謝你的愛和忠誠，感謝你今晚獻出鮮血。妮克絲祝福你，她的女祭司鍾愛你。」然後我俯身，輕輕吻了他淌血的那隻手的手背。

我再次凝視他的眼，看見那雙眼睛變得出奇明亮——我覺得，他的臉變得更溫柔，表情變得好甜蜜。但我分辨不出他只是在扮演妮克絲伴侶的角色，或者他真的感受到他對我流露的感覺。他握起拳頭再次對我行禮，說：「此刻，乃至於永遠，我忠於妮克絲和她的女祭司長。」

我有任務得進行，沒時間去想他是在對我說話，或只是盡責地繼續扮演他的角色。我拿著攙血的酒，走向戴米恩，站在他面前。他舉起黃蠟燭，微笑看著我。

「風，對我而言，你是生命的氣息，無比珍貴、熟悉。今晚我需要你的力量來洗滌我們身上凝滯的死亡與恐懼的氣味。請降臨，風！」這次的儀式有點不同，而顯然有人已經事先提點戴米恩。他拿出早已準備好的打火機碰觸蠟燭。蠟燭一被點燃，我們立刻被一股進退有致的迷你龍捲風圍繞。戴米恩和我相視而笑，然後我舉起酒盅讓他啜飲一口。

我依順時鐘方向沿著圓圈移動到簫妮面前。她已經高舉著紅蠟燭，熱切地對我微笑。

「火，你溫暖、淨化我們，今晚我們需要你的淨化力量來燒毀我們心中的黑暗。降臨吧，火！」如同往常，不需要打火機靠近，燭芯就自己爆出熊熊火焰，而我們也旋即被往上竄的壁爐火焰的亮光和溫暖給擁抱住。我舉起酒盅給簫妮，她喝下一口。

我從火移動到水，依琳已經舉起藍蠟燭。

「水，我們走向你時髒污不堪，從你當中起身時煥然一新。今晚我請求你洗去任何流連不去，想黏附在我們身上的污跡。降臨吧，水！」依琳點燃蠟燭，我發誓我真的聽見海浪沖刷沙灘的聲音，感覺到露水沾附肌膚的沁涼。我拿起酒盅給依琳。她喝了一口後低聲說：

「祝妳好運，柔。」

我點點頭，堅定地走向愛芙羅黛蒂。她蒼白、緊張，拿著蠟燭。她知道我一召喚土，這蠟燭就會刺痛她。「她在哪裡？」我低聲問，幾乎沒蠕動嘴唇。

愛芙羅黛蒂緊張地微微聳聳肩。

我閉上眼睛祈禱。**女神，這事要成，我仰靠妳。萬一我出糗，希望妳救我脫困。**我睜開眼睛時，心意已決。即便史蒂薇・蕾沒出現，我也不會改變計畫。不管怎樣，我要把眞相告訴大家。我知道我和我的朋友將要說的，都是實話。在我沒有證據的情況下，有些人依然會相信我，但有些人不會。我決定孤注一擲，看事情會怎麼發展。

所以，我沒開始召喚土，反而對愛芙羅黛蒂使個眼色，低聲說：「好，我們開始吧。」

然後我轉身面對圓圈和滿臉狐疑的群眾。

「我接下來要召喚土，這點大家都知道。不過。現在有個問題。你們之前都目睹妮克絲賜予愛芙羅黛蒂對土的感應力，她也眞的曾經擁有這種能力。不過，後來我們發現，這種天賦是暫時的，因爲愛芙羅黛蒂只是暫時替那個眞正代表土的人保管。那人就是史蒂薇・蕾。」

我一說出她的名字，大橡樹和它蔓生如華蓋，覆蓋我們頭頂，因夜色而晦暗的枝椏，立刻出現騷動，颯颯作響。接著，史蒂薇．蕾從我們頭頂的樹枝優雅地躍下。

「該死，柔，怎麼這麼久才輪到我。」她說，然後走向愛芙羅黛蒂，接過她手中的綠蠟燭。「多謝妳幫我暖位置。」

「眞高興妳來了。」愛芙羅黛蒂說，跨步讓開。史蒂薇．蕾站進她的位置。

史蒂薇．蕾在土的位置站定後，轉過身，將散落臉龐的金色短髮甩開，對著大家微笑。她鮮紅刺青上繁複的藤蔓和花鳥圖案，燦爛一如她的笑容。「好，**現在**妳可以召喚土了。」

32

想當然耳，會場隨即陷入混亂。冥界之子大聲呼喝，開始朝我們的守護圈逼近。成鬼驚嚇地叫嚷。我發誓，有個女孩開始尖叫。

「啊，喔，」我聽見史蒂薇・蕾低聲說：「柔，最好快點搞定。」

我迅速轉身面向史蒂薇・蕾。沒時間修飾用語了，我直接召喚土。「土，降臨吧！」有那麼片刻我差點急瘋了，因爲我沒有打火機，史蒂薇・蕾也沒有。但愛芙羅黛蒂如同往常那樣，酷酷地斜靠過來，彈開她手中的打火機，點燃蠟燭。夏天草原的氣味和聲響立刻籠罩我們。

「來，喝一口。」我舉起酒盅，史蒂薇・蕾喝了一大口。我忍不住對她皺了一下眉頭。

「什麼啦？」她低聲說：「艾瑞克眞是美味。」

我對她翻白眼，跑回圓圈正中央，艾瑞克就站在那裡呆望著史蒂薇・蕾。我一手高舉過頭，沒先鋪陳，直接喝道：「靈！降臨吧！」我感覺到我的靈魂開始輕快湧動，立即從妮克絲供桌上拿起儀式用的點火器，點燃在桌上等著的紫蠟燭。然後**也**灌了一大口攙血的酒。

那種興奮的感覺太美妙了！史蒂薇．蕾說得沒錯，艾瑞克眞是美味，不過這點我早就知道了。浸淫在美酒、鮮血和靈的愉悅中，我邁開大步，沿著剛剛設立的守護圈繞行——那是一圈具體可見的閃亮銀線。我爲我這些朋友感到驕傲無比，他們仍堅守崗位，站在自己的位置，手持蠟燭，控制所屬的元素，所以我們的守護圈依然穩固，牢不可破。我提高音量，壓過四周混亂嘈雜的聲音。

「全體夜之屋，注意！」我的聲音經過女神力量加持，無比洪亮，眾人立刻靜默下來。我自己也嚇一跳，差點說不出話來。不過我隨即清清喉嚨，開口說話。「史蒂薇．蕾沒死，她經歷了另一種蛻變。對她來說，這是一段艱辛的歷程，她差點因此失去人性，不過她熬過來了，現在她是另一種新型吸血鬼。」我一邊說，一邊沿著圓圈內側慢慢繞行，盡可能迎視每一雙眼睛。「但妮克絲從未遺棄她。如大家所見，她仍擁有土的感應力。妮克絲之前賜給她的天賦現在再次隸屬於她。」

「我不明白。這孩子曾是雛鬼，後來死掉了，卻又復活？」雪姬娜走上前來，在離史蒂薇．蕾不遠的地方站定，直直盯著她。

在我回答之前，史蒂薇．蕾搶先一步說話。「對，夫人。我死過，但回來了，只是那已不是原來的我。我曾迷失自己，至少迷失了大部分，但柔依、戴米恩、簫妮、依琳，尤其是愛芙羅黛蒂，幫助我找回自己。這時，我也發現自己已完成蛻變，變成另一種吸血鬼了。」她指著自己美麗的紅色刺青。

愛芙羅黛蒂走上前，穿越我們守護圈的那條閃亮銀線。我以為她會遭到彈擊，或被彈回去之類的，但並沒有。那條線讓她穿越。她直接走向我，走到我身邊時，我看見她整個人的輪廓鑲著閃亮銀線。

「史蒂薇．蕾蛻變時，我也在蛻變。」愛芙羅黛蒂舉起手，快速抹掉畫在額頭上的藍色弦月。我聽見數聲驚呼。「妮克絲讓我蛻變成人類，但我是新型的人類，就像史蒂薇．蕾是新型的吸血鬼。我是受到妮克絲祝福的人類，仍然擁有當雛鬼時妮克絲恩賜的靈視能力。女神沒有遺棄我。」愛芙羅黛蒂驕傲地抬頭挺胸，面對全體夜之屋師生，彷彿等著看誰敢說她的壞話。

「所以，我們有新型的吸血鬼和新型的人類。」我說，眼光瞥向史蒂薇．蕾，看見她對我微笑點頭。「而且我們還有新型的雛鬼。」我話聲才落，大橡樹就彷彿下雨一般，降下一個個紅雛鬼。我在心中暗暗提醒自己，要記得問史蒂薇．蕾，她到底是怎麼把一大票孩子藏在上面的——我隨便一數，就發現有六、七個之多。我認出維納斯，她以前是愛芙羅黛蒂的室友。不知她們兩人談過話沒。我也看見討厭鬼艾略特，我發誓我還是不可能喜歡他。他們站在守護圈裡，在史蒂薇．蕾兩側散開，前額的鮮紅弦月輪廓清晰可見，但每個看起來都很緊張。

我聽見守護圈外有些學生哭了，他們認出了以前的室友或朋友，激動地喊著他們的名字。我了解他們的感受。我知道那種以爲朋友死了，後來卻又看見他在行走、說話、呼吸，是怎樣的感覺。

「他們沒死。」我語氣堅定地說：「他們是新型的雛鬼——一種新的人。但他們是**我們的**人。現在是時候了，我們應該替他們找到在我們之間的位置，學習了解妮克絲把他們帶來這裡的旨意。」

「謊言！」一聲尖銳的吶喊傳來，異常響亮，幾乎震破我的耳膜。會眾間傳來嗡嗡聲，接著在圓圈最南端的外圍，人們向兩側散開，讓出一條路給奈菲瑞特通過。

她看起來像是復仇女神，連我都被她驚人的美震懾住，一時說不出話來。她一身精緻的緊身絲質黑禮服，展現出玲瓏曲線，露出光滑白皙的肩膀。她一頭濃密的赤褐色秀髮，如浪一般披垂而下，直抵纖腰。她的綠色眼眸閃閃發光，朱唇猩紅如鮮血。

「妳要我們相信那些大自然的畸形產物是女神造就的？」她說，聲音低沉、美麗。「那些怪物死了，他們應該再死一次。」

憤怒在我內心高漲，粉碎了她的吸引力。「妳很清楚這些**怪物**——套用妳對他們的稱呼。」我挺直腰桿，正面迎戰。我或許沒有她訓練有素的聲音，也沒有她絕世的美貌，但我有眞相和女神。「妳想利用他們，妳試圖扭曲他們，是妳將他們當成犯人囚禁，直到妮克絲透過我們治癒他們，解放他們。」

她雙眼圓睜，露出完美的驚訝表情。「妳竟然說這些怪物是我造成的？」

「喂，我和我的朋友不是怪物！」史蒂薇．蕾的聲音從我身後傳來。

「閉嘴，野獸！」奈菲瑞特喝道。「夠了！」奈菲瑞特轉身，目光掃視驚愕的群眾。「今晚我發現了另一個柔依和她那群朋友用死者造就的怪物。」她俯身拾起腳邊的東西，丟向圓圈中央。那東西落地時，我認出是傑克的書包，原本藏在停屍間的攝影機和它的監視器螢幕從敞開的袋口掉出來。奈菲瑞特的眼睛四處搜尋，直到找到傑克。她厲聲說：「傑克！難不成你要否認柔依叫你在停屍間安裝這東西？不就是你們把剛死去的詹姆士．史塔克的屍體鎖在那裡，好讓她監視，看她的邪惡魔法何時能讓他復活？」

「不是。對。不，不是這樣的。」傑克尖叫。緊靠在他腳邊的女公爵哀號著。

「別煩他！」戴米恩在他站立的位置大喊。

奈菲瑞特轉向他。「難道你打算繼續被她蒙蔽？繼續跟隨她而不跟隨妮克絲？」

他還沒來得及回答，我身邊的愛芙羅黛蒂說話了。「喂，奈菲瑞特，妳的女神徽章在哪裡？」

奈菲瑞特的目光從戴米恩移到愛芙羅黛蒂，憤怒地瞇起雙眼。不過現在大家全都看著奈菲瑞特，並且注意到了愛芙羅黛蒂所說的事——奈菲瑞特那件精緻黑禮服的胸口沒有妮克絲的標誌。然後我注意到另一件事：她頸上所戴的鍊墜是我沒見過的。我眨巴著眼睛，不確定我是否看對了。但，沒錯，我沒看錯。她那串金項鍊垂掛著的鍊墜是一雙翅膀——又黑又大的渡鴉翅膀，由瑪瑙所刻成。

「妳脖子上那東西是什麼？」我問。

奈菲瑞特的手不自覺地去撫摸懸在她胸脯間的黑翅鍊墜。「妮克絲的伴侶冥神俄瑞波斯的翅膀。」

「喔，不好意思，不是欸，那不是冥神的翅膀。」戴米恩說：「冥神俄瑞波斯的翅膀是金子打造的，而且從來不是黑色的。這是妳自己在吸血鬼社會學的課堂上教我的。」

「我受夠了你們的胡言亂語。」奈菲瑞特氣急敗壞地說：「這種扭曲事實的小把戲可以停止了。」

「妳知道嗎，我覺得這真是該死的好主意呀！」我說。

我開始掃視會眾，想尋找雪姬娜。這時奈菲瑞特往旁邊跨一步，屈指召喚彷彿突然在她身後現身的陰暗人影。「過來，讓大家看看他們今晚造就了什麼。」

我第一次看到這個陌生的史塔克時，女公爵痛苦的嚎叫和隨後悲傷的哀鳴將永遠銘刻在我心頭。他像鬼魂一般移動，肌膚蒼白得很詭異，雙眼呈現舊血的暗紅，額頭的弦月刺青也是紅色的，就跟守護圈裡的雛鬼一樣，但又不同。史塔克變成的那個東西站在奈菲瑞特身旁，雙眼怒視，眼神瘋狂。我看著他，覺得想吐。

「史塔克！」我想大聲喊出他的名字，但從嘴裡吐出來的是哽咽的低語。

然而，他的頭還是往我的方向轉過來。我看見他眼裡的血紅色消褪，有那麼片刻我以為我瞥見了我認識的那個男孩。

「柔～～依……」他以斷斷的氣音叫我的名字，但已瞬間給了我一絲希望。

我踉蹌地往前跨出一步。「對，史塔克，是我。」我說，努力不哭。

「我說～～我會回來找妳。」他低聲喃喃地說。

我含淚微笑，朝站在守護圈外緣的他一步一步慢慢走過去。我張嘴想告訴他，不會有事的，我們會設法讓一切都沒事，但愛芙羅黛蒂忽然出現在我身旁。她抓住我的手腕，將我從守護圈邊緣拉回去。

「別靠近他。」她低聲說：「這是奈菲瑞特設下的陷阱。」

我想掙脫她，但雪姬娜的聲音從圈子另一邊傳來。「柔依，加諸這孩子身上的事情太可怕了。我要妳立刻結束今晚的儀式。我們必須把這些雛鬼帶進去，聯絡妮克絲委員會來這裡調查。」

我感覺到那些紅雛鬼在我身後騷動不安，注意力從史塔克轉向他們。我回身迎視史蒂薇．蕾的目光。「沒事，那是雪姬娜。她分辨得出謊言與眞相。」

「我才分辨得出謊言與眞相。我比遠在他方的什麼委員會更有判斷力。」我聽見奈菲瑞特說話，再次轉身面對她。

「妳已經露出眞面目了！」我對她怒吼。「史塔克或其他紅雛鬼會這樣，不是我造成的，而是妳。現在妳必須面對妳幹的好事。」

奈菲瑞特的微笑更像冷笑。「可是，這怪物喊的是妳的名字。」

「柔～～依。」史塔克又叫了一聲。

我直視著他，想看到那張被惡魔附身的臉孔底下我認識的那個男孩。「史塔克，我很難過你發生了這種事。」

「柔依．紅鳥！」雪姬娜的聲音像鞭子一般揮過來。「現在解除守護圈。這些事情必須由那些判斷力可以信賴的人來調查。還有，我會親自照顧這可憐的雛鬼。」

不知為何，雪姬娜的命令使得奈菲瑞特開始狂笑。

「我覺得很不妙。」愛芙羅黛蒂說，把我拉回守護圈正中央。

「我也是。」站在守護圈最北端的史蒂薇．蕾說。

「別解除守護圈。」愛芙羅黛蒂說。

然後，就在這當頭，奈菲瑞特的低語穿越守護圈傳進來。**不解除守護圈，妳就顯得有罪。解除守護圈，妳就容易遭受攻擊。妳要選哪一樣**？

我的視線穿越守護圈迎向奈菲瑞特的眼睛。「我選擇眞相與守護圈的力量。」我說。

她露出勝利的微笑，轉頭看著史塔克。「對準眞正的目標——能讓大地流血的那個目標。現在！」奈菲瑞特對他下令。我看見他遲疑了一下，彷彿想抗拒自己。「照我說的做，我就會滿足你內心的渴望。」奈菲瑞特附在史塔克耳邊悄悄地說，但我從她的朱唇讀出了這些話語。他立刻受到這些話影響，雙眼發出紅光，動作迅疾，如同發動突擊的蛇，舉弓，安箭，瞄準，發射。（我先前沒注意到他垂在身側的手裡一直握著弓。）銳箭筆直劃過空氣，擊中史蒂薇．蕾的胸膛正中央，力道大到整支箭柄沒入她體內，直到尾羽的部位。

史蒂薇．蕾驚愕地吸氣，跌坐在地上，身體蜷縮起來。我尖叫，衝向她，同時聽見愛芙羅黛蒂對戴米恩和孿生的呼喝，叫他們守住守護圈。我心中默默地感激她的冷靜頭腦。我在史蒂薇．蕾身邊跪下。她的呼吸變成痛苦的喘息，頭往下垂。

「史蒂薇．蕾！喔，女神，不！史蒂薇．蕾！」

她慢慢抬起頭看著我。血液從她胸膛汩汩流出——我不敢相信一個人可能流這麼多血。她周圍的地底蔓延著大橡樹的樹根，凹凸不平的地面此時浸透了血液。我看著流淌的血，不由得怔住。不是因爲血的氣味甜美迷人，而是因爲我突然明白眼前是什麼景象。這景象看起來就像大橡樹根部的土地在流血。

我轉頭怒視奈菲瑞特。她站在我的守護圈外，得意地微笑。史塔克跪在她身邊，他望著我的眼睛不再發紅，而是充滿驚恐。「奈菲瑞特，怪物是妳，不是史蒂薇．蕾！」我大聲喊道。

我的名字不再是奈菲瑞特。從今晚起叫我特西思基利王后。她的話語從我心頭浮現，卻清晰一如奈菲瑞特站在我旁邊，對著我的耳朵低語。

「不！」我大叫。接著，黑夜爆炸了。

33

腳下被史蒂薇．蕾的血液浸透的大地開始震動，泛起一波波浪紋，彷彿堅實的土壤瞬間變成水。雖然驚惶的尖叫聲四起，我再度聽見愛芙羅黛蒂的聲音，鎮定得彷彿她只是在斥責孿生的和戴米恩的時尚品味令人不敢恭維。

「往我們這裡靠過來，但別打破守護圈！」

「柔依。」史蒂薇．蕾喘著氣叫我。她抬頭看我，眼神充滿痛苦。「聽愛芙羅黛蒂的話，別打破守護圈，無論如何！」

「可是妳——」

「我不會死，我保證。他取走的只是我的血，不是我的生命。千萬別打破守護圈。」

我點點頭，站起來。我對離我最近的艾瑞克和維納斯說：「過來扶住史蒂薇．蕾，讓她站起來。幫她拿穩蠟燭。不管發生什麼事，絕不能讓蠟燭熄滅，害守護圈破裂。」

維納斯一臉驚恐，但還是點點頭，走到史蒂薇．蕾身邊。臉色發白的艾瑞克，震驚得只是呆望著我。

「現在決定。」我說：「你要不就站在我們這邊，要不就站到奈菲瑞特及其他那些人那邊。」

艾瑞克毫不猶豫地說：「我今晚自願當妳的伴侶時就做好決定了。我要跟妳在一起。」說完，他趕來幫維納斯扶起史蒂薇．蕾。

我跌跌撞撞地走在晃動的地面上，費力地來到妮克絲供桌前，在代表靈的紫蠟燭傾倒熄滅前及時抓住它。我拿穩蠟燭後，把注意力放在戴米恩和孿生的身上。他們正聽從愛芙羅黛蒂的指示，無視於守護圈外的混亂尖叫聲，一起慢慢地移動，逐漸縮緊守護圈周緣的那道銀線，往史蒂薇．蕾靠過來，直到我們所有人，包括戴米恩、孿生的、愛芙羅黛蒂、艾瑞克、紅雛鬼們，以及我，全都聚攏在史蒂薇．蕾身邊。

「幫她一起離開那棵樹。」愛芙羅黛蒂說：「大家一起走，別打破守護圈。我們必須走到圍牆的活板門。現在行動。」

我盯著愛芙羅黛蒂，她嚴肅地點點頭，說：「我知道接下來會發生什麼事，不太妙。」

「那我們趕緊離開這裡吧。」我說。

我們開始集體行動，一小步一小步地走在顛簸搖晃的地面上，還得格外留意史蒂薇．

蕾和蠟燭，以及絕對必須維持住的守護圈。你可能會以為有吸血鬼和雛鬼會擋住我們的路，或至少雪姬娜會對我們說些什麼，但全都沒有。彷彿我們置身於一個風平浪靜的小泡泡裡，與外面腥風血雨、驚恐混亂的世界隔絕。我們離那棵橡樹愈來愈遠，沿著圍牆，小心翼翼地慢慢前進。我注意到現在我們腳底下的草地已漸趨平坦，而且完全沒有史蒂薇．蕾的血。這時，奈菲瑞特可怕的笑聲傳到我耳中。

那棵橡樹發出可怕的撕裂聲，瞬間裂開。我一直倒退著走，在史蒂薇．蕾的前面撐住她，所以我清清楚楚看見橡樹裂開時，橡樹中間底下升起一個生物。一開始我只見到一對合攏的巨大黑色翅膀包覆著什麼東西，然後就看到他從裂開的橡樹走出來，挺直他雄壯的軀幹，展開夜色般的巨翅。

「喔，女神哪！」我一見到卡羅納，便忍不住驚呼。我從沒見過像他這麼美的生物。他的肌膚光滑無瑕，黝亮的古銅膚色彷彿被太陽溫柔的光線親吻過。他的濃密頭髮跟他的翅膀一般黑，披散在肩膀，看起來宛若古代戰士。他的臉——我要怎樣才能充分形容那張俊美絕倫的臉呢？就像雕像被賦予了生命。跟他一比，任何最俊美的凡種，無論人類或吸血鬼，都像是失敗、噁心的仿製品。他琥珀色的眼眸是如此完美，近乎金色。我發現自己好想迷失在那雙眼睛裡。那雙眼睛召喚著我……他召喚著我……

我絆了一跤停下腳步。我發誓，我真的差點打破守護圈，跑回去撲倒在他腳邊——若非此時他舉起那雙令人讚歎的手，以低沉渾厚、充滿力量的嗓音呼叫：「起來吧，孩子，跟我一起起來！」

他一說完，大批仿人鴉立刻從地底洞穴竄出，布滿天空。見到牠們畸形醜陋的身軀，我立刻被恐懼籠罩，也因此打破了卡羅納對我的蠱惑。仿人鴉發出尖叫聲，盤旋在牠們的父親卡羅納周圍。他狂笑，高舉雙手，讓牠們的翅膀撫觸他的手掌與臂膀。

「我們必須離開這裡！」愛芙羅黛蒂以氣聲說道。

「對，現在！快！」我說，整個人回神。地面不再震動，我們終於能夠加快腳步。我繼續以倒退的方式前進，驚恐但著迷地看著奈菲瑞特走向剛被釋放的墮落天使，在他面前停步，優雅地深深屈膝行禮。

他如帝王般莊嚴地頷首回禮，凝望她時眼神閃爍著欲念。「我的王后。」他說。

「我的伴侶。」她回應。然後她轉身面對那些不再驚慌奔竄，而是如癡如醉望著卡羅納的會眾。

「這位是冥神俄瑞波斯，他終於來到地上！」奈菲瑞特宣布。「向妮克絲的伴侶鞠躬行禮吧，他是人間的新王。」

許多會眾，尤其是雛鬼，立刻屈膝跪地。我張望尋找史塔克，卻不見他的身影。但我看見雪姬娜邁步往前走，繞過跪地膜拜的雛鬼。她緊緊鎖著眉頭，充滿智慧的臉龐顯露深深的戒心。她移動時，許多冥界之子跟在她身後，一臉警戒。雪姬娜顯然對卡羅納有所質疑，但我看不出那群冥界之子是否跟雪姬娜一樣，或者他們其實是想保護卡羅納免受這位女祭司長的傷害。在雪姬娜擠過人群，正面面對甦醒的墮落天使之前，奈菲瑞特舉起一隻手，手腕輕輕地抽動一下。這動作非常細微，極不明顯，若非我一直注視著她，絕對不可能看見。

雪姬娜隨即雙眼圓睜，用力喘氣，兩手抓住自己的脖子，然後整個人撲倒在地上。冥界之子衝向她身邊。

這時，我已經從口袋掏出手機，撥了瑪麗·安潔拉修女的手機號碼。

「柔依？」她在第一響就接起電話。

「離開，現在離開那裡。」我說。

「我明白了。」她聽起來好冷靜。

「帶著阿嬤！妳必須帶著阿嬤一起走！」

「當然。好好照顧自己和妳的人。我會照顧她的。」

「可以的時候我會再打電話給妳。」我闔上手機。

我的視線離開手機，再次抬頭時，看見奈菲瑞特已將注意力轉向我們。

「到了！」愛芙羅黛蒂說：「快把該死的門打開！」

「已經打開了。」有個熟悉的聲音說。我瞥向身後的圍牆，看見達瑞司就站在敞開的活板門旁。而且，我整個人鬆了一大口氣，因為我看見傑克就站在這位戰士身邊。他雖然緊張得一直大叫，不過毫髮無傷，身邊還依偎著女公爵。

「如果你要跟我們在一起，就必須與他們為敵。」我告訴達瑞司，下巴往背後點了點，指向夜之屋，以及布滿整個校園，但似乎無意對抗卡羅納的冥界之子。

「我已經做好決定了。」這位戰士說。

「我們可不可以趕快離開這裡？她在看我們欸！」傑克說。

「柔依！妳得為我們爭取一些時間。」愛芙羅黛蒂說：「利用元素——所有五元素。掩護我們。」

我點點頭，閉上眼睛，集中念力。我內心深處隱約感覺到愛芙羅黛蒂正在指揮紅雛鬼，要他們盡量靠攏，留在守護圈內，儘管我們擠過活板門時，守護圈被擠壓得不像個圓圈。但我此時只有一部分在現場。另一部分的我正在召喚風、火、水、土和靈來掩護我們，保護我們，阻隔奈菲瑞特搜尋的目光。它們聽從我的命令，忙碌地作工。這時我感覺到一種前所未有的虛脫感。當然，這是因為我從未同時召喚五元素來替我進行這麼繁重的工作。感覺上，我的心思和意志就像以極快的速度奔馳過馬拉松的長距離。

我咬著牙撐住。五元素密密圍繞在我們四周和上方。我聽見風聲，聞到海洋的鹹水味，而一陣強風飄來一陣濃霧包覆著我們。這時，突然烏雲密布的天空雷聲轟隆，**啪**！的一聲一道閃電劈下，擊中我們前方幾碼外的樹。隨著大地延伸，那棵樹似乎開始擴張。有位紅雛鬼引領倒退走的我穿越活板門，我一睜開眼，看見我們這一小群人完全被元素的強烈力量掩護著。在一陣混亂中，我驚喜地聽見「**喵—呦—嗚**！」的聲音，我的視線穿過活板門望過去，看見娜拉坐在學校外的地上，身後還跟著一大群貓咪，包括看起來很糟糕、邋遢的梅蕾菲森，以及緊緊靠在她身邊的小惡魔。

我瞥了奈菲瑞特最後一眼。她瘋狂地四處張望，顯然不願意相信我們就這麼從她眼前溜掉。然後，活板門關上，將我們隔絕在夜之屋外。

「好，重新形成圓圈，大家靠攏。孿生的！妳們兩個太靠近了，這樣整個圓圈會不平衡。貓咪！別再對女公爵嘶叫，現在沒時間搞這一套！」愛芙羅黛蒂指揮若定，像個士官長。

「坑道。」史蒂薇．蕾的微弱聲音劃過夜色。

我看著她。她無法站著，艾瑞克以兩手撐住她，彷彿抱著小娃娃，小心翼翼地避免碰觸到穿透她胸膛，從她背後鑽出來的那根箭。除了紅色刺青，她整張臉已是一片慘白。

「我們得到坑道去。在那裡就安全了。」她說。

「史蒂薇・蕾說得沒錯，他不會跟著我們到那裡去，奈菲瑞特也不會再跟來。」愛芙羅黛蒂說。

「什麼坑道？」達瑞司問。

「在城市底下，以前禁酒時期藏酒的地方。入口就在市中心的舊火車站。」我說。

「火車站。那裡離這裡整整三哩遠，還要穿越市中心。」他說：「我們要怎麼去——」

他的話語戛然而止，因爲我們聽見夜之屋外的四周傳來駭人尖叫聲。一團團爍亮的火球在空中爆開，宛如致命的可怕花朵。

「怎麼一回事？」傑克問，往戴米恩靠近。

「是仿人鴉，牠們重新獲得肉體了，而且牠們餓了，要吃人。」愛芙羅黛蒂說。

「牠們會用火？」簫妮問，一臉超不爽。

「會，牠們會。」愛芙羅黛蒂說。

「我倒要看看牠們多會用！」簫妮舉起手，瞬間四周開始盤旋著熱氣。

「不行！」愛芙羅黛蒂大喊。「妳別引起牠們注意。今晚不行。萬一牠們注意到我們，我們就完了。」

「這景象妳也預視到了？」我問。

她點點頭。「所有這一切，還有其他的。那些沒躲到地下的人會成爲牠們的獵物。」

「那我們趕緊去史蒂薇．蕾的坑道。」我說。

「怎麼去？」有個我不認識的紅雛鬼問。她聽起來年紀很小，非常害怕。

我打起精神，深吸一口氣，說：「別擔心，我知道如何移動不會被看見。我以前做過這種事。」我因爲竭力施展五元素的力量，已經筋疲力竭，但我不能讓他們知道我已經虛脫。

我有氣無力地對史蒂薇．蕾笑笑。「應該說**我們**以前做過。」我的目光望向愛芙羅黛蒂，「對不對？」

史蒂薇．蕾虛弱地勉強點點頭。

「是啊，我們的確做過。」愛芙羅黛蒂說。

「那該怎麼做？」戴米恩問。

「是啊，快說。」依琳說。

「附議。跟大家擠得這麼緊，我都快抽筋了。」簫妮嘀咕著，顯然仍在氣我們不讓她以火攻火。

「這麼做吧，我們變成霧和暗影，變成夜晚和黑暗。我們讓自己不存在，任何人都見不到。我們就是黑夜，黑夜就是我們。」我一邊解釋，一邊感覺到身體起了一種熟悉的顫動感。我看見紅雛鬼個個驚訝地倒抽一口氣，知道他們看著我時只見到一團黝暗的濛霧，如幻似影。我不禁詫異，彷彿我筋疲力竭的時候更容易與黑夜融爲一體……我彷彿可以就這麼褪去，最後沉沉睡去……

「柔依！」艾瑞克的聲音將我從危險的出神狀態拉回來。

「沒事！我沒事。」我趕緊說：「現在大家開始吧。集中念力。這就跟你們平常溜出校園跟男友約會，或參加校外儀式，沒什麼兩樣，只不過現在必須更集中精神。你們辦得到的，你們就是迷霧與幻影。沒人見得到你，沒人聽得到你，這裡只有黑夜，而你就是黑夜的一部分。」

我看見我們這一小撮人微微閃爍搖曳，開始消融。效果不夠完美，而且女公爵仍是清清楚楚一隻金黃色的拉布拉多犬——不像我們的貓咪可以融入黑夜——不過她依偎著的那個孩子，現在果眞變成一團影子了。

「現在我們走吧。大家走在一起，手牽著手，千萬別讓任何事物分散你的注意力。達瑞司，你在前面帶路。」我說。

我們走進市區時，發現這裡已變成一場活生生的噩夢。稍後我曾經納悶，我們怎麼辨到的，但隨即知道答案：我們辦得到，是因爲妮克絲的手在我們身上引導，我們在她的影子裡行走。在她的力量掩護下，我們變成黑夜。但黑夜的其他部分，已陷入瘋狂混亂。

四面八方都有仿人鴉。這時剛過新年前夕的午夜十二點，人們正在慶祝，這些怪物輕易就可以攫得大批醉醺醺的人類。他們聽見怪物所製造的火焰的劈啪聲響，以爲是在放煙火，紛紛從舞廳、餐館和油田大亨所蓋的豪宅走出來，想觀賞煙火。我不禁想到，不知有多少人抬頭望向天空，生命消失前的最後一眼，瞥到的竟是一張張醜陋臉龐上的一雙雙駭人紅眼直直盯著他們。我心裡有莫大的恐懼，但又覺得這恐懼很遙遠，與我無關。這種感覺實在很奇怪。

我們走到半途，靠近辛辛那提街和第十三街交叉口的地方，我開始聽見警車和消防車的警笛聲伴隨著槍響，忍不住露出冷笑。這裡是奧克拉荷馬州，我們奧克人還眞愛用槍。我眞希望知道，現代武器是否傷得了源於魔法與神祕的怪物一絲一毫。但其實我知道，我不會疑惑太久的，很快就會有答案。

走到陶沙市廢棄火車站的路口，天空開始起霧，還下起冰冷悲戚的雨，寒氣徹骨。不過，這種天氣反倒更能幫助我們躲開窺探的眼睛——不論那是人類或怪物的眼睛。

我們匆忙走進廢棄火車站，推開那道看似很有阻攔效果，實則不然的鐵柵欄，輕易進到地下室。當地下室的黑暗將我們吞噬，大家全都鬆了一口氣。

「好，現在我們可以解除守護圈了。」

「謝謝你，靈，你可以離去了。」我開始說，然後轉向仍倚在艾瑞克懷裡的史蒂薇·蕾。「我感激你，土，你可以離去了。」依琳在我左邊，我在黑暗中對她微笑。「水，你今晚表現得很棒，你可以離去了。」我繼續左轉，找到簫妮。「火，感謝你，請離去。」最後，我找到開啓守護圈的元素。「風，我永遠感謝你，請離去。」伴隨著一陣細微的爆裂嘶嗚聲，那條牽繫我們、拯救了我們的銀線消失了。

我咬牙對抗快要吞沒我的疲憊感。我想，若非達瑞司及時抓住我的手臂，幫我穩住癱軟的膝蓋，我很可能會癱倒在地。

「我們下去吧，現在還不算眞的安全。」愛芙羅黛蒂說。

大家往地下室的後端走去，直到下水道的入口。我知道那後面就是一大片的坑道系統。再度進入這些坑道的感覺，很超現實，就跟這個夜晚一樣。上次我來到這裡時正下著暴風雪，那時我費盡力氣要從史蒂薇·蕾和這群雛鬼手中救走西斯。現在，我卻費盡力氣拯救這群雛鬼。

西斯！

「柔依，快來。」艾瑞克喚我時，我正在猶豫。他已將史蒂薇．蕾交給達瑞司照顧，所以現在我和他是唯一還沒進到坑道的人。

「我得先打兩通電話。底下沒有訊號。」

「快一點。」他說：「我會告訴他們妳隨後就來。」

「謝謝。」我虛弱地對他微笑。「我會盡快。」

他僵硬地對我點點頭，然後消失在通往坑道的鐵梯下方。

我很驚訝西斯在第一聲鈴響就接起電話。「妳想幹麼，柔依？」

「聽我說，西斯，我得盡快把話說完。某種可怕的東西已經在夜之屋被釋放出來，後果會很可怕，非常可怕。我不知道災難會持續多久，因爲我不知道該如何阻止它。不過，我知道唯一確保安全的方法就是躲到地底下。那東西不喜歡地下。你明白了嗎？」

「明白。」他說。

「你相信我嗎？」

他毫不猶豫地說：「相信。」

我如釋重負地嘆了一口氣。「帶著你的家人和你在乎的所有人到地下。你祖父家不是有個很大的老舊地下室嗎？」

「對，我們可以去那裡。」

「很好。我可以的時候會再打電話給你。」

「柔依，妳也會很安全吧？」

我的心揪緊。「會。」

「妳在哪裡？」

「我在舊火車站的舊坑道裡。」我說。

「可是他們那些生物很恐怖。」

「不會，不會——跟以前不一樣了。別擔心。你要確保自己安全，好嗎？」

「好。」他說。

我趕緊掛上電話，免得說出我們兩人都會懊悔的話。接著，我撥了我必須撥的第二個號碼。我媽沒接電話，響了五聲後轉到語音信箱。答錄機裡她那刻意爽朗的聲音說：「這裡是海肥家，我們敬畏上主也愛祂，祝您有個喜樂的一天。請留言。阿門！」我翻翻白眼，嗶聲響起後我留言：「媽，妳會以爲撒旦已經出柵，在世間橫行。這次妳這樣想的話就對了。

這東西很可怕，妳唯一確保安全的方法就是躲到地底下，譬如地下室或洞穴之類的。所以，趕緊到教堂的地下室，待在那裡，好嗎？我愛妳，媽。另外，我確定阿嬤也很安全，她和——」答錄機切斷我的話。我嘆了一口氣，希望這次她能聽我的話。然後，我爬進坑道。

我的朋友在入口附近等我。我看見前方那黝暗駭人的長長坑道裡開始出現閃爍搖曳的光。

「我派了紅雛鬼先去把燈點亮，並準備些其他的東西。」愛芙羅黛蒂說，然後瞥了一眼史蒂薇．蕾。「所謂『其他的東西』，是指趕緊弄些毯子和乾衣服。」

「很好，這樣很棒。」筋疲力盡的我勉強自己思考。紅雛鬼已經點燃幾盞油燈，就是那種可以提著走的老式提燈。他們將油燈掛在牆壁的掛鉤上，高度約與我們的眼睛齊，所以當這些朋友看著我時，我可以清楚看到他們的臉。我看見大家臉上的表情都一樣，連愛芙羅黛蒂也不例外。所有人都面露驚懼。

拜託，妮克絲，我在心中熱切地默禱，**請給我力量，並幫助我說出正確的話語，因為我們一開始在此地的狀況，將會為往後在這裡的生活定調。請不要讓我把事情搞砸。**

我沒有聽到妮克絲出聲講話回應，但有一股充滿愛與信心的暖流襲來，讓我的心顫抖了一下，並將一道力量灌注到我裡面。

「對，現在情況很糟。」我開始說話：「這點不容否認。我們年紀很輕，孤立無援，受到了傷害。而奈菲瑞特和卡羅納法力高強，而且就我們所知，所有其他雛鬼和成鬼恐怕都站在他們那邊。但我們有的東西，他們絕對沒有。我們擁有愛、眞相和彼此。我們還有妮克絲。她標記了我們每個人，也以特殊的方式揀選了我們。沒有哪一群人像我們這樣——我們是未曾有的、全新的組合。」我停頓下來，試著注視每一雙眼睛，對他們微笑，給他們信心。這時，達瑞司開口了。

「女祭司，這個邪惡力量是我從未感受過的。」他說：「以前我也沒聽過這種東西。它是野蠻、不受控制的東西，帶著仇恨。當它從地底竄出，我覺得彷彿邪靈已經重生。」

「但你認得出這是邪靈，達瑞司。很多戰士卻沒有察覺。我看見他們對它的反應了。他們沒像你一樣，抓起武器，趕緊離開那裡。」

「或許英勇的戰士該留在那裡。」他說。

「狗屁！」愛芙羅黛蒂說：「愚蠢的戰士才會留在那裡。你現在跟我們在一起，你有機會對抗它。我們都知道，其他那些戰士要不是被那些該死的鳥東西給殘殺了，就是跟其他雛鬼一樣，臣服於詭異的魔咒之下。」

「對。」傑克說：「我們在這裡，因爲我們不一樣。」

「我們很特別。」戴米恩說。

「天殺的特別。」簫妮說。

「這點英雌所見略同，孿生的。」依琳說。

「我們確實很特別。如果去翻字典，查閱**怪胎**這個詞，你就會發現底下有我們這群人的團體照。」史蒂薇．蕾說，聲音很虛弱但絕對很興奮。

「好，那接下來該怎麼做？」艾瑞克說。

大家全都看著我。我也看著他們。

「嗯，呃，我們來擬定計畫。」我說。

「計畫？」艾瑞克說：「就這樣？」

「不是。我們擬定計畫，然後想辦法奪回我們的學校。大家一起努力。」我伸出手，舉在大家中間，就像壘球隊的蠢蛋。「大家要跟嗎？」

愛芙羅黛蒂翻翻白眼，不過她的手最先蓋在我手上。「好，我跟。」她說。

「還有我。」戴米恩說。

「我也跟。」傑克說。

「一樣。」孿生的異口同聲說。

「算我一份。」史蒂薇・蕾說。

「我當然不會錯過。」艾瑞克說著將手搭在大家的手上面，微笑看著我。

「好，那麼，」我說：「讓我們打垮他們！」大家蠢蠢地跟著我歡呼後，我感覺到一種神奇的刺痛震顫從兩手指尖延伸到掌心。我知道當我把手從這一堆手之中抽出來，會看到掌心出現全新的繁複刺青，彷彿我是異國古代的女祭司，被女神以指甲花染料標記。所以，在這瘋狂、虛脫與驚天動地的混亂中，我內心充滿平靜，知道自己正走在女神要我走的道路上。

這條路不會平坦順暢，但這是我的路，而且就跟我一樣，註定與眾不同，獨一無二。

不馴 / 菲莉絲.卡司特（P. C. Cast）, 克麗絲婷.卡司特（Kristin Cast）著；
郭寶蓮譯.
-- 初版. -- 臺北市 : 大塊文化, 2010.12
面； 公分. -- (R;34夜之屋 ; 4)
譯自 : Untamed : the house of night , book 4
ISBN 978-986-213-215-9(平裝)

874.57   99021406

LOCUS

LOCUS

LOCUS

LOCUS